¿Y ahora qué?

Si tienes un club de lectura o quieres organizar uno, en nuestra web encontrarás guías de lectura de algunos de nuestros libros.
www.maeva.es/guias-lectura

LISA OWENS

¿Y ahora qué?

Traducción:
Álvaro Abella

MAEVA

Título original: *Not Working*

© Lisa Owens, 2016
   Publicado por primera vez en Gran Bretaña por Picador
© de la traducción: Álvaro Abella, 2017
© MAEVA EDICIONES, 2017
   Benito Castro, 6
   28028 MADRID
   emaeva@maeva.es
   www.maeva.es

ISBN: 978-84-16690-60-2
Depósito legal: M-21092-2017

Diseño de cubierta: Sandra Dios con ilustración de Elsa Suárez
Preimpresión: MT Color & Diseño, S.L.
Impresión y encuadernación: Huertas, S.A.
Impreso en España / Printed in Spain

Para mis padres

1

Mala hierba

Hay un hombre plantado en la puerta de mi piso, vestido con tonos caqui y con una enorme chapa de Palestina Libre.

—¿Es usted la titular de la propiedad? —pregunta, y me doy la vuelta para ver si le está hablando a otra persona, pero no hay nadie detrás de mí. Me cuesta un segundo recordar qué lado del conflicto israelí-palestino apoyo.

—Eso creo, sí —respondo, para luego añadir con más convicción, porque ahora estoy segura—: Sí, claro que soy la titular.

El hombre se rasca el cuello, que está gris de la mugre. Sus orejas tienen el mismo tono ceniciento.

—Va a tener que arrancar la buddleia. Es un peligro.

—Oh, claro —digo, alzando la vista hacia donde me señala, una columna de yeso en la fachada del edificio, rematada por un detalle ornamental.

Nunca me había fijado, pero ahora me avergüenzo al ver que la pintura está agrietada y sucia. Si tuviera que decir cómo se llama esa cosa, hubiera apostado un millón de libras a que el nombre es balaustrada.

—Pero ¿no cumple una función estructural? —digo.

El hombre me contempla fijamente, mesándose la barba y reduciéndola a una fina trenza.

—Es una mala hierba. No debería estar ahí —dice, y por fin lo entiendo. Una planta asoma por encima de esa cosa, cayendo en una cascada de flores púrpura. Es bastante bonita.

—Y..., perdone, ¿usted quién es? —pregunto, dudando si será alguien del Ayuntamiento, un vecino o un viandante entrometido.

—Soy Colin Mason, miembro de la Orden del Imperio Británico —dice, y me ofrece una mano polvorienta.

Dudo por una fracción de segundo hasta que los buenos modales hacen su aparición y la acepto.

—Claire —me presento.

—Entonces, ¿me encargo de ella? —pregunta el hombre, indicando con la cabeza hacia la buddleia—. Y ya de paso, si subo ahí arriba, puedo aprovechar y dar una mano de pintura.

—Bueno, es que... Tengo que hablarlo primero con mi novio. Porque compartimos el título de propiedad. ¿Cómo puedo ponerme en contacto con usted?

—Me pasaré por aquí —dice—. Ya me verá.

Entro para lavarme la mano y llamo a Luke. Me contesta una mujer, su compañera Fiona.

—Se está desinfectando para entrar a quirófano —me explica—. ¿Le digo que te llame luego?

—¿Te importaría sujetarle el teléfono para que le comente algo rápido? Serán dos segundos, te lo prometo.

Se oye ruido de movimientos y luego la voz de Luke:

—¿Qué pasa?

—Tenemos un problema con la casa. Hay que arrancar una buddleia.

—¿Una qué?

Suspiro.

—Es una hierba. Una planta de flores púrpura. El tipo de la calle ha dicho que hay que quitarla.

—¿Qué tipo?

—Colin Mason.

—¿Quién es ese?

—Uno que tiene una Orden del Imperio. Ha sido muy insistente.

—¿Y qué quieres hacer? ¿Necesitas que llame a alguien? ¿O puedes encargarte tú de ello? Claire —dice—, tengo que dejarte.

—Sí, ya me encargo yo. ¿Qué quieres que hagamos para cenar?

—No cenará en casa —dice Fiona—. Hoy saldrá tarde del trabajo.

—Vaya —digo.

Creo que de momento voy a dejar estar el tema de la buddleia; a ver qué pasa.

Metro

Las tres mujeres que tengo enfrente hablan del tiempo como si fuera un amigo que no les cae muy bien.

—Y esa es otra —dice una, echándose hacia delante—. Mi regla de nada-de-medias-hasta-octubre se ha ido al garete.

Sus compañeras asienten, descruzando y recruzando sus piernas cubiertas de nailon.

La otra

Mi madre me llama en su descanso del almuerzo. Puedo oír que está en una cafetería.

—¿Dónde estás? —me pregunta, como si de fondo hubiera un jaleo estruendoso, en lugar del silencio de mi cocina.

—En casa.

—Ya veo. ¿Cómo llevas lo que tú ya sabes?

Se refiere a mi búsqueda de empleo: llamarlo «lo que tú ya sabes» resulta, por increíble que parezca, menos molesto que la pregunta en sí.

—Bueno. Bien. Intentando ponerme las pilas.

—Escucha, antes de que te vayas, ¿qué piensas de esto? Anoche tuve un sueño horrible. Salía Diane, la..., Diane, la de mi trabajo. Era Diane, sin duda, pero en el sueño me parecía que era otra persona, alguien desconocido.

Hasta ahora solo había oído a mi madre describirla como «Diane, la mujer negra de recepción». Tengo la sensación de que hay algo más.

—Pues fíjate qué curioso. —Lo dice como si se le acabara de ocurrir—. Resulta que ayer en el centro vi a una mujer que me pareció Diane, y cuando fui a saludarla me di cuenta de que no era ella. —Se ríe—. Claire, ¿tú qué crees? ¿Piensas que la ofendí?

—¿A quién? —pregunto, porque no puedo resistirme—. ¿A Diane, o a la persona a la que confundiste con Diane?

—A la otra mujer. A Diane no. ¿Crees que la mujer se daría cuenta de que la había confundido con otra, con otra...?

—¿Otra mujer de color? —le echo un cable.

—¡Oh! —dice mi madre—. Creo que eso no es muy políticamente correcto. Me parece que ya no se puede decir «de color» en estos tiempos.

Metro

Unos asientos hacia el fondo del vagón hay un señor mayor haciendo punto, calvo y envuelto en una gran chaqueta de lana blanca. Le sonrío y alzo las cejas y, cuando lo hago, veo los pendientes de color púrpura colgando, y me doy cuenta de que no es un señor mayor, sino una mujer, no tan mayor, de la edad de mi madre tal vez, que ha perdido todo el pelo. Me devuelve la sonrisa, trajinando con las agujas, y yo dejo las cejas levantadas, forzando la sonrisa y bajando la vista hacia mis manos, que permanecen inmóviles sobre mis rodillas.

Despertar

Después de llevarse los segundos, los camareros —que en realidad son solo adolescentes— traen el postre: unos tazones con helado medio derretido y fruta nadando en sirope. Estoy sentada a la mesa de los pequeños con los otros niños (todos pasamos de los veinticinco). Mi primo Stuart, que lleva una camiseta de No Fear debajo de la chaqueta del traje, me pregunta a qué me dedico últimamente.

—Estoy intentando descubrirlo —respondo. He tomado mucho vino: no paran de traer y no paro de beber—. Dejé el trabajo hace un par de semanas para dedicar un tiempo a intentar descubrir para qué estoy aquí. No en un sentido religioso, pero sí creo que todos tenemos un fin en esta vida. Por ejemplo, tú estás hecho para dedicarte a los ordenadores. Tiene sentido, completamente. —Me callo, preocupada de pronto porque mi primo sea un ingeniero normal y no un informático, pero Stuart asiente.

—Entonces, el marketing no era lo tuyo.

—La comunicación creativa —le corrijo.

—No te voy a engañar: nunca he sabido muy bien qué significa eso.

—Es... —Me preparo para soltar una explicación, pero me doy cuenta de que es probable que ya no necesite darla nunca más—. Bueno, ya no importa.

—No hay cucharas —dice Stuart, y llamo con un gesto a uno de los adolescentes.

—¿Podrías traernos cucharas, por favor?

Me siento indignada por el solo hecho de haber tenido que pedirlas, y mi tono es bastante frío. El niño-camarero sonríe con gesto borde. Cuando vuelve trae un ramillete de cuchillos, que suelta formando una cascada de plata delante de mí.

—No quedan cucharas —dice—. Ni tenedores. Hoy estamos a tope.

Meneo la cabeza.

—Increíble —murmuro a Stuart mientras repartimos los cuchillos. Corto una rebanada de la isla de helado menguante y me la llevo con cuidado a la boca. Miro hacia la mesa en la que está sentada mi pobre abuela. Acabamos de enterrar al que ha sido su marido durante sesenta años, y ahí está ella, chupando medio melocotón ensartado en un palillo como si fuera un Chupa Chups.

Durante el café, el padre de Stuart, mi tío Richard, dice unas palabras sobre Gum. Bromea con cariño sobre el orgullo que sentía el abuelo por sus «heridas de guerra», las cicatrices de sus muchas operaciones.

—Es verdad que le encantaba presumir de sus heridas de guerra —comento en nuestra mesa. Mis primos asienten y sonríen, con murmullos de aquiescencia—, ¡y de otras cosas! —añado, señalando entre risas mi entrepierna—. Incluso después de la operación del corazón.

—¡Hala! —dice mi prima Faye—. ¿Cómo? ¿Que Gum te enseñaba su...?

—Oh, no, no. «Enseñar» hace que suene... No era que... No creo que lo hiciera a propósito ni nada de eso —digo. Todo el mundo me está mirando. Nadie habla—. La verdad, no era para tanto. Que no. Siempre me pareció que era... ¿No os lo hizo a ninguno más? ¿Sacársela de repente?

Faye menea la cabeza. Sus orejas, que asoman entre su fino cabello rubio, se han puesto coloradas. Echo un vistazo a las caras de los demás primos; la mayoría miran fijamente sus cafés. Echo un sobre de azúcar al mío y lo revuelvo con el cuchillo que me guardé del postre.

Sueño

De noche, conduciendo por la autopista, no se me encienden las luces, pero todos los coches que me cruzo llevan las largas, deslumbrándome entre inquietantes tramos de oscuridad.

El contexto lo es todo

«La buddleia (o buddleja) —según una página web— puede ser o bien un hermoso arbusto floral de jardín atractivo para las mariposas, o bien una malvada hierba invasora y destructiva.»

Autobús

Cojo el autobús para ir al gimnasio que, la verdad sea dicha, ya no me puedo permitir. Elijo un asiento de ventana e intento avanzar con mi libro (llevo casi nueve meses leyendo el *Ulises*). Después de leer el mismo párrafo cinco o seis veces, levanto la vista, buscando desesperada un alivio de tanta palabra. Un tipo mayor con una chaqueta azul cielo y pelo largo y escaso se acerca lentamente por el pasillo. Busca un asiento, pero están todos ocupados y nadie se levanta, así que de forma estoica tuerce el gesto y se agarra al pasamanos que tiene más cerca. Pienso en ofrecerle mi sitio, pero tendría que pedir a la mujer que está a mi lado que se levantase. Parece importante, y va elegantemente vestida, como si fuera a una reunión. Está repasando unas notas y no quiero molestarla o hacerla sentir mal por no haber ofrecido ella su asiento. Vuelvo al *Ulises* y, apremiada por el esfuerzo de fingir no haber visto al anciano, por fin llego a la siguiente página. Cuando la mujer de mi lado se baja del autobús, el hombre mayor permanece de pie donde estaba. Lo observo balancearse y tambalearse con el movimiento del autobús, como si bailara con sus zapatos ortopédicos.

Gimnasio

En el gimnasio, intento librarme de mi suscripción.

—Tiene que esperar hasta el decimotercer día del mes para entregar la notificación y luego se cancelará su contrato dos meses después —me dice la mujer en cuya placa pone «Frankie». Estamos en Halloween y va vestida de bruja, con sombrero, capa y las uñas pintadas de negro. Por debajo de la capa, lleva un mono deportivo negro brillante.

—Pero hasta el día trece queda todo un mes —digo—. ¿No podemos hacer como si todavía fuera ayer?

—¡Ojalá! —contesta, sacudiendo compasiva una lata de caramelos *vintage* ante mí. Cojo un paquete de pastillas Parma Violets y las masco de dos en dos.

La mujer mira su registro.

—Veo que todavía no se ha hecho la revisión física completa. ¿La hacemos ahora, aprovechando que está aquí?

La he estado retrasando, a la espera de coger forma, porque quería sacar mejor resultado que Luke, pero ya llevo dos años y, como me voy a ir, no pasaría nada por hacérmela. La mujer sale del mostrador de recepción y me conduce a una mesa, llevando su escoba de plástico.

Respondiendo al cuestionario, le digo a Frankie que no bebo nada de alcohol ni de café, y que duermo nueve horas todas las noches. Tengo bien la tensión, igual que mis pulsaciones en reposo, pero cuando analiza mi condición aeróbica en la cinta pongo tanto empeño en impresionarla que casi me caigo y se me nubla la vista mientras recupero el aliento.

—¿Con qué frecuencia decía que venía? —me pregunta Frankie, mirando su portapapeles—. ¿Ha pensado en contratar un entrenador personal?

Cuando me marcho, he contratado tres sesiones privadas con un entrenador personal llamado Gavin, a un precio reducido especial de iniciación de 99,99 libras.

Objetivo cumplido

No tengo claro si mi madre ha estado almacenando material para nuestras conversaciones o si es parte del proceso de duelo por su padre, pero estos días, cuando me llama, parece que tiene un horrible montón de noticias tremendas que contar.

«Pippa, la de la iglesia, del coro, la conoces. Su marido, un ateo, creo que no lo conoces. Pues se resbaló y se cayó en la ducha. No se sabe si podrá volver a andar. He mandado a papá a los almacenes John Lewis para que compre una de esas alfombrillas. Hay que ser precavidos.»

Y: «Gordon, el vecino que vive dos puertas más abajo. Bueno, pues su yerno, el policía, te he hablado de él, ¿te acuerdas?... ¡Depresión! Había tenido varios intentos a lo largo de los años, pero pensaban que ya lo había superado». Suspira. «Pues parece que esta vez lo ha conseguido».

Mi siguiente paso

Voy a una cafetería para salir un poco de casa, y me llevo el portátil para seguir con mi búsqueda de trabajo. Hay una mesa de unas ocho mujeres, todas con bebés, y un par de ellas dando el pecho. Hablan de lo apañados que son sus maridos, y aunque sus «el mío, más» me hacen sospechar un poco, no se puede negar que todas presentan un buen aspecto. Su piel es fantástica, y los bebés son todos tan dulces: pequeñitos, tranquilos y felices.

Navego por páginas de arte en busca de trabajo, pero no sé lo que quiero encontrar y todas mis búsquedas me conducen a empleos de comercial o a puestos de ejecutivo muy por encima de mi horquilla de ingresos. Entra una mujer que parece de mi edad, con una niñita en brazos apoyada en la cadera. Las dos llevan vaqueros y blusas de rayas bretonas a juego, y cuando pide un café, resulta que tiene acento francés. Se sienta en una mesa a mi lado y la niña sale disparada: se mete detrás de la barra, debajo de la mesa, trepa por unas escaleras en las que pone «Prohibido el paso». ¡Qué adorable! Los camareros ni se inmutan.

Pincho sobre la descripción de un empleo de patrimonio, que consiste en escribir las placas azules que se colocan en las casas donde vivieron personajes notables. No me importaría hacer eso, creo, resumir a alguien en un par de palabras. Me pongo a pensar en las placas azules de la gente que conozco: Luke = «médico eminente»; Paul = «artista pionero»; Sarah = «innovadora educacional». Me cuesta un poco más con los que trabajan en relaciones públicas y en asesorías para gestión de empresas, y pienso que probablemente se deba a que no se merecen una placa azul.

La niña está junto a mi mesa, con los brazos estirados y meneando ambas manos en un juego de muñecas, sonriente. Imito su gesto y la pequeña se ríe, echa a correr y esconde la cara en el regazo de su madre, diciendo: «*Maman, maman!*», y la madre, que, la verdad, podría ser más joven que yo, se agacha para susurrar una parrafada en francés junto a la reluciente melenita de su hija.

—Quizá lo que debería hacer es tener un hijo.

Estoy cargando el lavavajillas después de la cena, y Luke se ríe.

—¿Con quién?

—Vale, quería decir que *deberíamos*. Pero seré yo la que lo tenga, ¿no? Podría ser una madre ama de casa.

—Pensaba que estabas buscando un sentido a tu vida —dice Luke—. Creía que en eso consistía todo esto.

Se abre ampliamente de brazos al pronunciar «esto», como si de algún modo la cocina formara parte de mi plan, como si «esto» fuera donde me paso ahora todo el tiempo.

—¿Y si el sentido de mi vida fuera ser madre?

Luke asiente, los ojos como platos y frunciendo el labio superior, pensativo pero en el fondo poco convencido. Me indica con un gesto que me acerque y me siento en sus rodillas, pasando los brazos alrededor de su cuello y descansando la barbilla en su hombro.

—Creo que voy a apuntarme a clases de francés —digo—. Para reforzar lo que aprendí en la escuela. Es una pena echar a perder todo ese conocimiento.

—*Mais oui* —dice Luke, moviendo el hombro para acercar mi cara a la suya. Me da un beso francés, con lengua, lo cual significa que acabaremos haciendo el amor.

Sorteo

Las seis de la tarde de un jueves, y aunque no he optado a ningún trabajo, sí que he participado en el sorteo de un Mini Cooper, dos noches en París y siete en Miami, 500 libras en cupones de una marca de ropa escandinava, una tele enorme (que tengo pensado vender), una máquina de expreso (que me quedaré sin duda), entradas para tres exposiciones, una caja de Prosecco, un exprimidor, un bolso de diseño, un abrigo de diseño, una comida para dos en un restaurante para ejecutivos en la City que incluye cóctel de bienvenida pero no vino, el carné de miembro de una franquicia de cines independientes y un pack VIP para dos en un spa solo para mujeres, así que nadie puede decirme que ha sido un día desaprovechado del todo.

Trabajo

Paul, mi amigo de la universidad, ha regresado después de pasar una temporada fuera, en lugares como Berlín, Tokio, Viena y Johannesburgo. Es un artista conceptual de fama creciente: he empezado a ver su obra mencionada en blogs (aunque siempre los encuentro a través de los enlaces que él pone en el suyo). Quedamos en un garito que frecuentábamos hace tiempo, nada más graduarnos, cuando yo salía de casa de mis padres en los suburbios y me pateaba Londres haciendo entrevistas para trabajos cuyos criterios de selección quedaban un poco alejados de mi dispersa experiencia laboral —camarera, canguro—. Después vaciábamos botellas de vino mientras nos lamentábamos por nuestra juventud perdida —teníamos veintiún años— y nos quejábamos de lo injusta que era la vida: ¿qué más podíamos hacer nosotros? ¿Por qué nadie nos daba un respiro? Pero mientras yo bombardeaba con mi currículo a todas las organizaciones de arte, publicidad y medios de comunicación que se me ocurrían (sin importar que tuvieran ofertas de empleo), Paul me ocultaba que le estaban ofreciendo becas de prestigiosas escuelas de arte de todo el mundo. Cuando me enteré, dos semanas antes de que se marchara a Nueva York, me sentí profundamente ofendida, con todo el derecho. ¿Cómo se atrevía él a albergar esos sueños? ¿Quién le había dado permiso para apuntar tan alto? ¿Quién se creía que era?

Se presenta con unas grandes botas, los cordones sueltos, una espesa barba y el pelo, que se ha dejado crecer, recogido en un pequeño moño en la coronilla.

—Felicidades por escapar de la agobiante rutina del trabajo, pequeña —dice. También me da unas palmaditas en la cabeza, un gesto paternalista habitual en él. Es curioso, pero todavía lo sigue haciendo cada vez que nos vemos—. ¡Después de tantos años de amenazas vanas! ¿Qué es lo que te ha hecho decidirte en esta ocasión?

Le cuento lo del día en que se adueñó de mí un poderoso deseo de empezar a tragarme las cosas de mi mesa: chinchetas, pegotes de masilla, cualquier cosa que me entrara en la boca.

—Llegué a meterme un clip en la lengua antes de comprender que había otra salida. Así que lo escupí y fui al despacho de mi jefa a presentar la renuncia.

—¿Cómo se lo tomó?

—Estaba de vacaciones, así que tuve que esperar otras dos semanas. Pero en cuanto tomé la decisión, fue como si... llevara años aguantándome la respiración sin saberlo y por fin pudiera soltar el aire. Y no hizo falta que me tragara ni siquiera una grapa.

—Suicidio por burocracia. Me gusta —dice, asintiendo lentamente en conformidad.

—Eh, te cedo los derechos. Puedes usarlo como título para tu próxima exposición.

—Bueno, no es exactamente mi tipo de trabajo. Pero gracias —añade, y sus ojos se contraen en una sonrisa.

Mariquitas

Hay mariquitas por todas partes; las piso todo el rato y luego tengo que limpiar sus cadáveres aplastados. Entran por los paneles de las ventanas y me asustan cuando vuelan demasiado cerca, zumbando delante de mi cara como drones diminutos. Luke dice que no ha visto ninguna, y me pregunto si serán una aparición, o si solo se debe a que paso demasiado tiempo en casa.

El año que la empresa de mi padre se trasladó, tuvimos que mudarnos, y las aceras de nuestro nuevo barrio estaban infestadas de mariquitas. Yo tenía diez años, y el único amigo que hice aquel verano fue un muchacho que se llamaba Jeffrey y que vivía en la casa de al lado. Uno de sus proyectos a largo plazo consistía en guardar cientos de mariquitas en un tarro grande de encurtidos Branston Pickle durante varias semanas. Cuando lo tuvo lleno, arrojó una cerilla encendida dentro. No recuerdo qué pasó después: es posible que me alejara al oírlas estallar, pero es igual de probable que Jeffrey volviera a poner la tapa y se apagara la llama. Grandes ideas, pobre ejecución, así era Jeffrey.

Busco «mariquita paneles ventana» en Internet y me reconforta el número de resultados que me muestra el buscador. «Están invernando en los marcos de tus ventanas», afirma Quizking2, que tiene una calificación de tres estrellas sobre cinco otorgada por los usuarios del foro. Busco «invernar». «La hibernación y la migración son los mejores modos de invernar», recomienda Wikipedia. Los dos me parecen bastante apetecibles.

Wasabi

Acepto ir a una fiesta que organiza un amigo de Luke de cuando iban juntos al colegio. Este grupo son todos chicos de la City excepto Luke: llevan pantalones chinos o vaqueros oscuros y camisas bien planchadas, y sus novias son distintas variedades de un patrón delgado y bronceado. Noto sus miradas en mi pelo, que tiene menos brillo de lo que me gustaría, y mi vestido, que en el espejo del baño parece un poco barato. Vacié mi primera copa de Prosecco a los cinco minutos de llegar y —inclinando la copa para llamar la atención del camarero— acepto un relleno hasta el borde cada vez que la botella pasa cerca.

—Es una pena que no podáis venir a Marbella, chicos —dice una de las novias, que podría llamarse Lou perfectamente—. Luke trabaja mucho. Necesita unas vacaciones.

Es la primera vez que oigo hablar de «Marbella» como plan, y no se me puede ocurrir nada peor. Me sorprende y me alegra que Luke nos haya descartado sin hacerme quedar a mí como la mala por una vez.

—Pues sí, una pena —digo—. La próxima vez será, seguro.

—Seguro —dice quizá-Lou, mirando a su alrededor—. Voy a... —añade, y se escabulle sin preocuparse por terminar de formular su excusa.

20

Me siento en uno de los enormes sofás de cuero junto a una bandeja de guisantes wasabi y me llevo un par a la boca. Nish, el amigo de Luke, se une a mí. Lleva el cuello de la camisa levantado y unas gafas de sol sobre la cabeza aunque estamos dentro de una casa y es de noche. A pesar de todo, es un chico simpático y se le da bien animar las cosas cuando la conversación empieza a decaer. Sin duda, es el mejor de los amigos de Luke.

—Ten cuidado. Enganchan como el crack —dice, señalando la bandeja.

Lo miro y cojo otro puñado que voy soltando en mi boca. Me lloran los ojos al mascarlos.

—¿Qué te cuentas? —le pregunto con la pasta ardiente en la boca—. ¿Algún escándalo?

Me pone al día de lo que sabe. Todos se van a casar: me señala a cuatro parejas recién prometidas y se queja de lo difícil que le resulta expresar la emoción requerida con cada nuevo anuncio. Nish está soltero y comparte mi hastío por lo que llamamos «el interminable desfile de la brigada de prometidos».

—Tengo la teoría de que es como cuando se te mueren los abuelos —digo—. Cuando le pasa a otro, sientes pena de un modo vago, universal, por así decirlo. Pero, en el fondo, te da igual. Cuando te pasa a ti, por contra, es algo importantísimo.

—¡Sí! —dice Nish—. ¡Exacto!

—Por cierto, se acaba de morir mi abuelo —añado—. Me alegra saber que te importa una mierda.

Nish se ríe y me da un golpe amistoso con el hombro.

—Bueno, ¿y a qué te dedicas ahora? —pregunta.

Le cuento lo del trabajo de las placas azules, que estoy pensando en presentarme.

—Igual un día me ponen una placa a mí —digo—. Claire Flannery, forjadora de placas azules, vivió en esta casa.

—¡Eso sería una buena paradoja! —dice Nish—. No te ha llevado mucho, entonces, encontrar tu *raison d'être*. Solo hace unas semanas que dejaste el trabajo, ¿no?

—Solo estoy explorando mis opciones. Puede que no lo acepte.

—Si te lo dan —dice.

Mi copa, cubierta de huellas grasientas y saladas, está vacía. Se la muestro a Nish.

—Tenemos un problemilla que resolver.

Mientras él se va, yo sigo dándole a los guisantes wasabi. No puedo parar de llevarme puñados a la boca. Nish regresa tras haberse agenciado una botella entera de Prosecco de la cocina. Toso, en un intento de enmascarar el ruido que hace al descorcharla, pero mi actuación termina provocando que un par de cabezas se giren. Los dos nos reímos y brindamos chocando las copas, con total descaro.

—Creo que me salto esta ronda —dice Nish—. De bodas, me refiero. Esperaré a la segunda ola, cuando todas seáis unas preciosas divorciadas, y así podré elegir entre menos competidores.

Pronuncia el «preciosas divorciadas» con un tono entre morboso y bromista. Sospecho que, quizá, envalentonado por el espumoso, a Nish le he hecho tilín. Soy hiperconsciente del muslo a través de su vaquero rozando el mío, de sus ojos en mi cara, de su cálida respiración.

—¡Tú puedes aspirar a algo más que a una divorciada acabada! —digo, sintiéndome atractiva, irresistible. No me sentía así desde hacía muchísimo tiempo.

—Siempre me has gustado, Claire —dice, sonriendo. Sus ojos brillan, y su cabeza me busca, como un cachorrito.

Luke nos encuentra un rato después, yo con la cabeza sobre el hombro de Nish, que me envuelve con su brazo, la botella vacía a nuestros pies. Noto que Nish se incorpora, tenso.

—El taxi nos espera. Voy a cogerlo. ¿Vienes, o estás cómoda? —bromea Luke. O eso creo.

Abrazo a Nish por la cintura de su camisa rosa.

—Nish es el mejor —digo, sonriendo a Luke, que aguarda con las manos en los bolsillos. Me levanto y me termino los guisantes wasabi, los pequeñitos, escuálidos y grises que he rechazado hasta ahora. Me habré tomado cientos, quizá.

—No me has preguntado si me apetecía irme —digo, siguiéndolo hacia la salida—. Te has adelantado y has pedido un taxi. Siempre haces lo mismo.

—Tú nunca quieres irte.

—Para empezar, ni siquiera quería venir. Deberías estar contento de que me apetezca quedarme —digo, tropezándome en una baldosa suelta de la acera.

—¿Quedarte para tontear con Nish? ¡Claro! ¿Cómo no voy a estar contento con eso?

Ya en casa, cuando me quito el sujetador, tres guisantes wasabi caen sobre la tarima del suelo. Doy un beso a Luke, pero él me da la espalda y apaga la luz fingiendo no darse cuenta de mis intenciones.

Resaca

Al día siguiente, me siento fatal: deshidratada y como si me ardieran las entrañas. Por mucha agua que beba, no ayuda. Jugamos un penoso partido en la pista pública de tenis cerca de nuestro piso; las bolas vuelan hacia mí como guisantes wasabi gigantes en una pesadilla. Luke gana fácilmente, 6-0, a pesar de esforzarse menos aún que yo.

—No vuelvo a comer esas cosas —digo—. Y tampoco vuelvo a beber. No merece la pena estar así por esa fiesta.

Cenamos pasta con una montaña de parmesano. Luke se sirve una copa de vino.

—¿Seguro que no puedo tentarte? —pregunta.

—Venga, dale —digo, e incluso me relleno la copa.

Lista y dispuesta

Resulta difícil de creer, pero hubo un tiempo en que me planchaba la ropa las tardes de domingo, y la colgaba, almidonada y lista, para la semana de trabajo que se avecinaba.

Mañana de lunes

Cuatro correos nuevos, ninguno personal.

Cafetería

Frente a mí hay un jovencito leyendo un libro de matemáticas con un sello de la biblioteca universitaria: páginas y páginas de ecuaciones, parece. Yo podría estar con alguien así si las cosas fueran distintas, si estuviera soltera. Admiraría sus dedos finos y sus cejas espesas y oscuras. Empollón (gafas), modernito (pulsera de festival), amante del aire libre (bronceado). Con cabeza para los números, puedo suponer, o al menos con potencial, y bien sabe Dios lo mal que se me dan a mí. Sin embargo, el pelo —una enorme masa mullida, más largo y espeso que el mío— tendría que cambiar. Intento imaginármelo con pelo corto y sin gafas, y me doy cuenta de que es exactamente igual que Luke.

Economía

¿Qué pasa realmente con todas estas horribles obras de arte a la venta en cafés, que cuestan un riñón?

Típico

—¿Al final qué hiciste con la cosa esa del tío ese? —pregunta Luke, repantigado en el sofá.

—Como no te expliques mejor... —digo, de espaldas al estruendo estático del fútbol, pintándome las uñas en la mesita del café (un régimen que requiere tiempo, pero que hasta el momento se ha mostrado efectivo para evitar mordérmelas).

—La hierba de la pared. El tipo de la Cofradía del Imperio Británico.

—*Orden* del Imperio Británico y, por lo visto, resulta que la buddleia al final no es una mala hierba, o en cualquier caso, no *siempre* es mala —digo, esperando dejar zanjado el tema, pero no.

—Entonces, ¿qué vamos a hacer con eso?

—¿Mmh?

—Ya me has oído.

—No —Sí que le he oído.

—¿Qué vamos a hacer con el tema de la buddleia?

—No estoy segura —digo.

—¿Ignorar el problema y esperar a que se pase?

Meto el pincel en el frasquito para poder mirarlo sin estorbos.

—Muchas gracias por el voto de confianza. He estado estudiándolo. No voy a arrancar algo de nuestra casa antes de saber de qué se trata.

—Vale. Entonces, ¿de qué se trata?

Vuelvo al pintaúñas, recitando lo que he aprendido:

—La buddleia procede de China y fue introducida en Gran Bretaña en el, esto..., en el siglo diecialgo, como una planta decorativa de jardín, pero desde entonces ha ido por libre debido a su semilla, que se propaga con facilidad. Crece muy bien en espacios urbanos, desordenados y descuidados, como las vías de tren, las orillas de los canales y las edificaciones de piedra.

—¡Sigue! —dice Luke, levantándose de repente, y aunque podría seguir perfectamente, el estruendo de la muchedumbre en la tele me confirma que no me lo decía a mí. Así que soplo mi manicura para secar la capa superior de un tono que a alguien (con un sueldo, en un despacho, en una oficina cualquiera) le pareció bien llamar «Cazuela ardiente».

Trabajo

Empiezo a cumplimentar mi solicitud para el empleo de las placas azules exactamente dos horas antes de que se cierre el plazo a medianoche. Una sección del formulario me pide que nombre una figura histórica a tener en cuenta para el proyecto. Todos los buenos que se me ocurren ya tienen una placa, así que la desesperación pura —o la inspiración brillante, solo el tiempo lo dirá— me conduce al reverendo Adam Buddle, un clérigo y botánico del siglo dieciocho en cuya memoria se bautizó a mi nueva amiga la buddleia.

Leo en voz alta a Luke:

—Buddle dedicó muchos años a la redacción de *Flora inglesa*. La completó en 1708, pero nunca se publicó. ¿A que es triste?

—Pero descubrió una planta... Creo que eso es mejor.

—En realidad no la descubrió él. Fue otro, años después de la muerte de Buddle, y le puso ese nombre en su memoria. Buddle ni siquiera supo que la planta existía. De hecho, él era más de musgos —comento.

—Si un libro no publicado y una afición por la jardinería es suficiente para que te pongan una placa hoy en día, ¿por qué no a mi tío Ian, entonces?

Casi no escucho a Luke con el barullo que está armando: revolviendo el cajón de los cubiertos, sacando platos de entre otros platos, cerrando armarios a portazos.

—De entrada no me parece muy bien esto, así que, por favor, no lo empeores. No tengo tiempo para empezar de nuevo.

—Claire, llevas una eternidad hablando de este trabajo. No entiendo por qué lo has dejado para tan tarde.

—Si quieres ayudar, en lugar de ser increíblemente poco colaborador, deja de hacer ruido y responde a esto: ¿qué palabras puedo usar que peguen con patrimonio?

—Antiguo —dice Luke—. Historia, histórico, pasado... No, espera, «El pasado».

—¿Y si te vas? —sugiero.

Lo hace, con una taza llena y un plato, fruto de su ensordecedor concierto de cocina, pero unos momentos después me da una voz desde el salón: «¡Posteridad!». Y, la verdad, no está mal lanzada.

Envío la solicitud a solo tres minutos del cierre. Después, me la leo unas cuantas veces, agradablemente sorprendida de lo buena que es: he transformado un puñado de inconsistentes datos biográficos en un argumento bastante persuasivo. Estoy particularmente orgullosa de mi declaración final: «Resulta coherente que Buddle alcanzase la posteridad a través del medio que estudió en vida. No solo es un digno candidato por méritos propios para tener una placa, sino que además representa y define de un modo convincente el concepto mismo de patrimonio».

—Eso último —dice Luke— parece un poco forzado.

—Ya lo he enviado.

—Y forzar es bueno —dice, manos en las caderas y abriendo mucho las piernas en un ejercicio gimnástico.

Compañía

Antes de estar con Luke, estuve enredada en una larga no-relación, en la que mi presencia en Shepherd's Bush era requerida vía mensaje de texto bien entrada la noche. A cada ocasión, me recorría los cincuenta minutos hasta la otra punta de la ciudad para estar con un hombre que prefería besar un porro y acariciar su guitarra.

Revisionismo

A la mañana siguiente, releo la solicitud para el trabajo de patrimonio, confiando en que me anime para un productivo día de búsqueda de empleo; pero sin la adrenalina de las once de la noche y con el efecto de tres cafés, queda muy alejado del logro sin faltas de ortografía que esperaba que fuese.

Mamá

Llamada de teléfono de mi madre; habla con voz baja y temblorosa.

—Mamá, ¿estás bien?

—¿Le dijiste a Faye que Gum... —Toma aire— se exhibió delante de ti?

—¿Qué? ¡No! Ay, Dios. Eso no es...

—Acabo de hablar con Dee —dice. Dee es su hermana, mi tía, la madre de Faye—. Me ha dicho que en el funeral, ¡en el funeral de tu abuelo!, te dedicaste a hacer Dios sabe qué tipo de comentarios sobre él. ¡Sobre mi padre!

Intento explicar que seguramente fue un accidente, que simplemente se le habría escapado al ir al baño. Repito unas cuantas veces lo de «escapado», para reforzar la sensación de espontaneidad. Le digo que había tomado demasiado vino en el velatorio y que quizá sonó peor de lo que realmente fue.

—¿En el baño? —dice, alzando la voz—. ¿Y qué hacías tú en el baño con Gum?

—Mirar sus heridas de guerra —respondo. Me viene a la cabeza una idea horrible—. No se lo habrás contado a la abuela, ¿verdad? Ni Dee... No le habrá dicho nada, espero.

—Pues claro que no.

—Bien. No hace falta que ella se entere.

—Solo el resto de la familia.

—Lo siento, mamá —digo, y empiezo a llorar—. Llamaré a Faye; llamaré a Dee y les diré que realmente no fue para tanto. Nunca me tocó, lo juro.

—No puedo hablar ahora contigo. Necesito algo de tiempo —dice, y cuelga el teléfono.

Cena

Estamos en un restaurante con mi amiga más antigua, Sarah, y su novio más nuevo, Paddy, una cita que ha costado muchas semanas organizar debido a la agenda de Luke. El novio, a quien solo he visto de pasada un par de veces, no nos mira ni a Luke ni a mí durante toda la cena, y dirige sus escasas palabras al espacio que hay entre ambos. Trabaja como «diseñador de interiores industriales», y no nos queda claro en qué consiste eso después de diez minutos de interrogatorio durante los segundos platos.

—Entonces, a ver, ¿es como el diseño de plantas industriales? —pregunto.

—No exactamente —dice.

—¿Almacenes?

—No exactamente —dice, y luego con el mismo tono monótono, admite—: Algo así, quizá, depende.

—¿Con qué... materiales trabajáis? ¿Madera?

Asiente.

—¿Metal? —pregunta Luke.

—Con esos dos, sí. Madera, metal..., cosas así —dice Paddy. Es lo más locuaz que ha estado en toda la noche.

—Así que trabajas con las manos —digo resuelta, contenta de estar llegando a algún sitio.

—No exactamente. Es más bien algo así como conceptual.

Se produce un silencio y asiento con la cabeza, como si ahora todo estuviera absolutamente claro.

—¿Qué... es lo que más te gusta de tu trabajo?

Doy un largo trago de vino. He bebido más de lo que me corresponde. Debo de llevar dos copas de ventaja a los demás.

—El horario no está mal.

—¿Y cómo... acabaste en ese sector? —Esto viene de Luke. Muy buena, pienso, y le doy un golpecito con la rodilla. Me responde con un pellizco.

—La verdad, por pura casualidad.

Sarah permanece ajena, feliz por el hecho de que por fin tengamos una cena de parejas, y se comporta de un modo más estridente incluso de lo normal. Corrige a Luke cuando acentúa mal la palabra «epítome» y se ríe más de lo que merece el error, mientras Paddy juguetea nervioso con los dedos. Sus uñas, me fijo, están peor que las mías: rojas, mínimas y con aspecto sangrante.

—Por culpa de tipos como este los que nos mordemos las uñas tenemos mala fama —digo a Luke de camino a casa.

—Si ella fuera tan lista como se cree, no estaría tan desesperada por demostrarlo todo el tiempo —dice Luke. Un argumento sólido y difícil de rebatir, pero la crítica a mi amiga me molesta. Me callo, apretando un poco el paso para que le cueste seguir mi ritmo en el paseo desde la estación de metro hasta nuestra casa.

Coche

Hay un reluciente coche aparcado en la calle, ribeteado de espuma. Casi me tropiezo con el cubo que tiene al lado, lleno a rebosar de agua oscura. Una capa de residuo jabonoso gira lentamente en la superficie. No sabía que la gente todavía lavara los coches a mano.

Cuando era niña, el parabrisas de mi padre siempre estaba salpicado de cagadas. Debíamos de vivir bajo una transitada ruta aérea, o quizá había más pájaros en aquel tiempo. Cada dos meses, cuando la capa era muy densa, papá se ponía los vaqueros de hacer chapuzas y salía con un cubo y la esponja amarilla, un objeto de aspecto primigenio que tenía más años que yo. Le suplicaba que me dejara ayudar, pero tras un rato empezaba a quejarme de las mangas empapadas y las manos frías. Una vez, mi madre se presentó en la puerta con un plato de *nuggets* de pollo recién salidos del horno y me metió uno en la boca con su mano. Justo en esa época había empezado a llamarle «mamá» en vez de «mami», y había dejado de darle la mano en la calle. El pollo quemaba, y aspiré una bocanada de aire frío, sacudiendo mis manos mojadas delante de la boca mientras luchaba por contener unas lágrimas que no entendía.

Miro a mi alrededor; no se ve a nadie y no hay ninguna puerta abierta en las casas cercanas. Levanto el cubo y vierto el agua sobre el coche, para que la espuma no se seque y deje marcas.

Disponibilidad

Unos pocos tonos y salta el autómata petulante: «Lo sentimos. La persona a la que llama no se encuentra disponible».

«La persona» es mi madre, y tiene bloqueadas mis llamadas.

Retrospectiva

—¡Hago un comentario estúpido estando un poco borracha y ahora mi madre actúa como si hubiera dicho que el abuelo abusó de mí!

—Pero es que dijiste algo así, ¿no? —Luke unta una tostada de mantequilla, aparentemente convencido de que el salteado que estoy preparando no saciará su apetito.

—¡No! —Levanto la tapa y compruebo el arroz. Todavía le queda mucho—. Lo que dije fue que cuando me enseñaba sus heridas de guerra, solía ver más de lo previsto.

—¿No te das cuenta de que eso puede sonar un poco... desagradable?

Me paro a pensarlo.

—Entiendo que alguien lo pueda interpretar así, pero en absoluto lo dije con esa intención.

—¿Y con qué intención lo dijiste? —Da un mordisco a la tostada (la mitad de una tacada) y mete otra rebanada de pan en la tostadora.

—No lo sé. ¿Como una anécdota?

—¿Una anécdota en plan «qué risas» o «qué peculiar»? La diferencia es crucial.

—Las dos cosas. Tú conocías a Gum..., era un tipo peculiar. El discurso de mi tío en el funeral solo hablaba de sus pequeñas rarezas.

—Sus pequeñas rarezas —Luke sonríe—. Espero que no las llamases así.

—¡No seas cerdo! —intento darle una patada, pero está muy lejos.

—En serio, Claire, es todo muy extraño. Si mi hermana me contara que nuestro abuelo le hizo eso, me resultaría muy raro.

—Sí, bueno, yo no tuve un hermano que me explicara las cosas, y he salido bien, ¿no? No es un oscuro secreto que haya llevado conmigo todos estos años. Solo fue algo que pasó. Vale, algo un poco raro, quizá. Pero no es que me haya marcado la vida. La moraleja de esto es que no tengo que contar nada, nunca.

—Bueno, al menos has aprendido algo —dice Luke, mientras machaco granos duros de arroz apretando los dientes.

Cuestión de principios

La leche espumosa de mi café con leche está —no me preguntéis por qué— tan compacta y sólida que la cucharilla se sostiene sobre ella sin ayuda. Ya sé que hay cosas peores en el mundo, pero eso no significa que deba sufrir en silencio y beberme, o, mejor dicho, comerme esto.

Gimnasio

Gavin, el Entrenador Personal, va de un rollo empalagoso de sábado noche, el tipo de tío que solía poblar los fines de semana de mi adolescencia. Canta al ritmo de la música con un ritmo impecable cuando las letras tienen que ver con el ejercicio (dolor, direcciones, jornadas, retos, distancias, calor, límites, etcétera), y apostaría una suma considerable a que en su tiempo libre se pone un *aftershave* fuerte y menea la barbilla al son de la música en bares oscuros de luces parpadeantes, cubata en mano. Me cae bien, me gustan su entusiasmo y el flirteo de manual que sin duda emplea con todas sus clientas femeninas. Me hace sentir nostalgia de un tiempo en el que las cosas eran más simples.

—Entonces, ¿te has cogido el día libre? —pregunta tras el calentamiento, llevándome a los espejos para hacer «trabajo de suelo». Es una pregunta razonable a las tres de la tarde de un miércoles.

—Sí —respondo, y añado, para disuadirlo de más interrogatorio—: ¿A esta hora sueles estar ocupado?

—No, las tardes de entre semana son muy tranquilas. Tenemos algunas madres que quieren perder el peso del embarazo, y algunos de los miembros más mayores. Los trabajadores jóvenes como tú suelen venir a primera hora de la mañana, antes de ir a trabajar. Vamos a hacer unas sentadillas, Claire. —Me ayuda a descender apoyándose en mis hombros—. Mete la rabadilla... Perfecto. —Intento no estremecerme cuando me reajusta la pelvis—. Vamos a hacer diez de estas.

Gavin se apoya, de brazos cruzados, en el espejo mientras yo me acuclillo. Cuando estoy en el punto más bajo de la número seis, mete el dedo en la llaga:

—¿En qué trabajas?

En el fondo sé que es una pregunta inocente, pero justo en este momento, ante mi reflejo acuclillado en el espejo, con los muslos temblando bajo una licra vieja y translúcida, la respuesta «Bueno, estoy buscando sentido a mi vida» no es una opción.

—Me dedico a las finanzas —digo.

—Fascinante —Gavin asiente como si fuera lo que esperaba y, por absurdo que parezca, me siento halagada.

Terminamos la sesión con un *sprint* en la cinta, y Gavin se pone a gritar por encima de la música:

— ¡Quiero! ¡Que lo des! ¡Todo!

Obediente, subo el control de la velocidad, resoplando y apretando los dientes para que piense que he llegado a mi límite. Pero de ningún modo pienso darlo todo en esto. Es una absoluta locura no reservarse algo: es una cuestión de sentido común.

Contacto

Un técnico está revisando las tripas multicolores de una caja metálica verde de mi calle. De modo que ahí es donde van todos los cables. Oigo música, como la cuerda de un violín, pero, al acercarme, resulta que solo es una nota larga y triste: el tono de llamada que nos mantiene a todos conectados.

Co-op

En el supermercado Co-op local, me compro una Coca-Cola Light. En la caja, saco mi tarjeta de débito.

—¿Cómo va a pagar? —pregunta el cajero.

—Pues... ¿con esto? —digo, agitando la tarjeta.

—¿Con chip, PIN, o *contactless*?

—*Contactless*.

Coge un Kit Kat de un montón que tiene junto a la caja, lo escanea y lo pone junto a la lata.

—No quiero eso.

—Es gratis. Regalamos un Kit Kat al pagar con *contactless*. —Señala un cartel donde pone exactamente lo mismo al pie de la letra.

—Pero no lo quiero —digo, y el muchacho tuerce el gesto, incrédulo.

—¿Cómo no va a querer una barrita de chocolate gratis?

—Porque no la quiero.

—Pero ¿por qué?

—No hay porqués. O quieres algo o no lo quieres. Así funciona el querer.

Huelo un aroma a menta: está mascando chicle. No puede dejar de sacudir la cabeza.

—Todo el mundo la ha cogido. Ya la he escaneado. ¿Por qué no se la da a su novio?

—No tengo novio —digo, para molestarle.

Voy a quedar mal la próxima vez que venga con Luke.

Karma

Lo lógico sería que después de no-sé-cuántos años hubiese aprendido a abrir bebidas gaseosas a un brazo de distancia, por si acaso.

Siento discrepar

—No estoy diciendo que no sea un buen trabajo; solo me pregunto si es realmente lo que tenías en mente cuando dejaste tu otro empleo. El objetivo de todo esto era pasar un tiempo pensando en lo que de verdad querías hacer, y me preocupa que estés invirtiendo un montón de esperanzas en un trabajo que podría no ser el correcto, solo un apaño más, y que acabes otra vez atascada y frustrada dentro de un par de meses...

Luke y yo nos disponemos a salir y me he parado en el recibidor para repasar meses de publicidad en el buzón por si se me ha pasado alguna carta de la gente de las placas azules.

—Básicamente, fue lo primero que encontraste, por casualidad, y lo solicitaste un minuto antes de que se cerrara el plazo. A mí eso no me suena a «el trabajo de mis sueños». Además, por cierto, no vas a encontrar nada ahí. ¿Quién no usa el email en estos tiempos?

—Pues mira: ¿Pizza Palace? ¿La Gran Muralla China? ¿Taxi AAA1? ¿Empleadas del hogar Ángeles Domésticos? ¿Sushi Hollywood?

Cojo los folletos uno a uno y los voy tirando al suelo.

Luke se agacha para recoger uno.

—¡Sushi! Vamos a comer sushi. Es justamente lo que me apetece.

—Y tú decías que no iba a encontrar nada —digo.

Aceptable

En nuestra calle nos cruzamos con una pareja envuelta en un morreo de esos que te hacen doblar la espalda.

—¿Sería razonable afirmar —empiezo a decir— que las parejas menos atractivas son las que demuestran más interés en hacer ostentación de su vida sexual?

—Bueno —dice Luke—, no creo que esté bien hacer ese tipo de comentarios.

—Pero es cierto. Si no puedo hablar de esto contigo, ¿con quién voy a hacerlo?

—¿Con tu madre? —sugiere Luke.

Mi madre, si contestara al teléfono, seguramente estaría de acuerdo conmigo. Lo cual significa que Luke tiene razón: probablemente no debería hacer ese tipo de comentarios.

2

Abuela

Llamo a la abuela para decirle que voy a pasarme a visitarla. El teléfono suena tres veces antes de que responda, y cuando lo hace, su voz es como la de una ancianita de los dibujos animados, temblorosa y frágil:

—¿Diga? ¿Dígame?

—¿Abuela? ¡Soy Claire! —digo en voz alta, preocupada por si la he despertado.

—Claire —dice débilmente, y me pregunto si ahora mismo sabrá quién soy. Hay una pausa y un ruido, supongo que está cambiándose el teléfono de oreja. Visualizo la escena, el receptor enorme en su mano huesuda, el mismo teléfono que tuvo que coger el día que murió Gum para llamar a sus hijos y contárselo, uno a uno. La espera mientras el disco de marcar giraba de regreso al cero, el silencio hasta que se establecía la llamada. El teléfono de la abuela es de otra época, de cuando la gente usaba la palabra «teléfono» y tenía cosas importantes que contarse.

—Quería saber si vas a estar en casa dentro de un rato. Voy a pasarme por allí esta tarde.

—Deja de gritar —dice la abuela, ahora sí como es ella—. No voy a estar. Tengo una cita. Mustafa me va a llevar a comer.

Mustafa es el vecino turco de la abuela, un viudo cuyo verdadero nombre es Erdem, pero que tolera este racismo indolente de la abuela porque es un buen tipo que sabe ver cuánto lo disfruta ella.

—Vaya —digo. Pensaba que se alegraría de mi visita—. Entonces, ¿qué tal mañana? —Hay un silencio que se prolonga demasiado y añado—: ¿Abuela? ¿Mañana te va bien?

—No muy bien, pero puedo hacerte un hueco a... ¿las tres y media?

—Déjame ver... Las tres y media puede que me resulte complicado —digo, aunque tengo todo el día libre—. Tendré que cambiar algunas cosas... No, no, está bien. Me las apañaré —insisto ante sus tibias protestas.

—Has adelgazado —me dice al día siguiente cuando me agacho para darle un beso en su mejilla suave y arrugada.

—Siempre me dices eso. Si hubiera adelgazado tanto como dices cada vez que te veo, no quedaría nada de mí.

—Bueno, no creo que haya que tener miedo de eso —dice la abuela, dirigiéndose a la cocina, donde hay unos bollitos enfriándose en una rejilla de metal.

—¡Qué ricos! —digo, cogiendo uno—. Espero que no te hayas tomado esta molestia solo por mí.

Me golpea en la muñeca con un trapo.

—Pues no. He invitado a las chicas a tomar té. Vienen a las cinco. Por eso te dije, si te acuerdas, que hoy no me venía muy bien. Toma. —Me ofrece la caja de las galletas. La abro y observo en el interior un par de tristes galletas integrales al fondo. Cojo un trozo de una. Ha perdido todo lo crujiente que alguna vez fue y sabe a humedad, pero me la termino de todos modos.

Nos sentamos en la mesa de la cocina a tomar té en unas tazas que fueron rojas pero que se han vuelto de un rosa blanquecino tras décadas de ciclos de lavavajillas.

—Me han contado que te está costando un poco encontrar un nuevo trabajo —dice la abuela—. ¿Cuánto llevas? ¿Un mes?

—No me está costando.

—¿El anterior trabajo era tan malo que no podías esperar a tener otra cosa antes de dejarlo?

—Me daba miedo que si esperaba, acabara no saliendo nunca de ahí. Ese trabajo no tenía que ver con lo que estudié... Solo lo acepté porque me sentí aliviada de que hubiera alguien dispuesto a contratarme.

—Mmm —dice la abuela.

—Pero luego, de repente, pasaron los años y supe que, si quería llegar a algo, tenía que dejarlo. Necesito este tiempo para evaluar la situación.

—Ya veo. Bien. Algunos tienen suerte.

—No es eso. Tengo mis ahorros.

—A Faye le han vuelto a subir el sueldo, ¿te has enterado? ¿Nunca has pensado en dedicarte a la contabilidad?

—Los números no son mi fuerte.

La abuela asiente.

—Eso lo has debido heredar de tu padre. Toma. —Empuja la caja de galletas hacia mí—. Coge otra —dice con un amable tono reconciliador.

—Estoy bien, gracias.

Suspira.

—Eran las preferidas de tu abuelo. Nada de lo que hacía le gustaba tanto como esas galletas.

Como la mayoría de su generación, Gum detestaba tirar las cosas. Cuando, de niña, me quedaba en casa de los abuelos, si dejaba algo en el plato volvía a aparecer en la siguiente comida como un bumerán: zanahorias grisáceas para desayunar, una papilla de cereales para comer, cortezas de sándwich para cenar. Gum llevó el mismo par de sandalias todos los veranos durante treinta y cuatro años, y todos sabíamos que dejó de hablar a mi abuela durante semanas como consecuencia de un ataque de limpieza en el que tiró un montón de alimentos tan viejos que existían antes de que se pusieran fechas de caducidad. En el funeral, la abuela me contó que supo que el final estaba cerca cuando el abuelo empezó a tirar las bolsitas de té después de un solo uso. «Era como si se hubiera apagado una luz», dijo.

—Bueno, ¿puedo ayudarte en algo ya que estoy aquí?

La abuela levanta una mano y la sacude con desdén en el aire.

—No hace falta que hagas nada. Solo tomarte tu té.

—¿Estás segura? Podría cambiarte las sábanas, limpiar un poco, o... acercarme a la tienda si necesitas algo.

La abuela menea la cabeza.

—Stuart y yo hicimos la cama esta mañana. Y Faye viene a pasar la aspiradora una vez a la semana. Las gemelas se turnan para ayudarme a hacer la compra. De todos modos, no servirías de ayuda, ni siquiera sabes conducir.

—Sí sé conducir, abuela. Me saqué el carné a la primera, ¿no te acuerdas? Lo que pasa es que no tengo coche.

Me pregunto si estará empezando a tener demencia senil. A los ojos de la familia, aprobar el carné a la primera ha sido mi mayor logro hasta el momento. Mi madre tuvo que examinarse tres veces, e incluso la abuela necesitó cinco intentos. Y eso que fue hace mucho, cuando todo el mundo aprobaba.

—Pues es lo mismo, ¿no? ¿De qué sirve tener el carné si no te preocupas de usarlo? Termínate las galletas, eso es lo que quiero que hagas.

—Anda, venga, por favor. —Mojo un trozo en el té y la mitad se disuelve y desaparece—. Piensa en algo que pueda hacer. ¿La colada? ¿Algo en el jardín?

No tenía ni idea de que mis primos fueran tan considerados: siempre me había tenido por la nieta atenta. Me siento mal por no haber hecho nada, cuando por lo visto ellos están ocupándose de la casa de la abuela. Deben de pensar que soy horrible.

—Puedes cortarme las uñas de los pies —dice la abuela.

—Eh..., sí, claro. Vale —digo, directamente—. Claro que puedo hacerlo. ¿Ahora?

—Claire —dice la abuela—. Es broma. Tú no eres de las que colabora. No pasa nada; eres así. Me acuerdo de qué se sentía con tu edad. Claro que, a tu edad, yo ya tenía cuatro hijos de menos de ocho años, pero la vida moderna es distinta. Bastante tienes con lo tuyo.

Ya en casa, esa misma noche, sigo rabiosa.

—¡Ni siquiera me dejó que le pusiera una lavadora! ¡No es justo decir a alguien que no te ayuda cuando acaba de ofrecerse a hacer lo que sea por ti!

—Hablando de lavadoras —comenta Luke—. Me estoy quedando sin camisas limpias. —Levanta una mano apaciguadora al verme boquiabierta—. Solo lo decía porque voy a poner una, y me preguntaba si tienes algo que necesites lavar.

—Por favor —digo—. No te he visto poner ni una sola lavadora desde que vivimos juntos. No es momento de hacer grandes gestos.

—¡Te quiero! —grita Luke mientras me dirijo acelerada hacia el dormitorio a recoger la ropa para hacer una colada blanca.

Vida de oficina

Son las pequeñas cosas lo que se echa de menos: bolígrafos y cuadernos gratis, el café, la impresora a color. Las conversaciones casuales.

Chica

De regreso a casa tras otro rato en una cafetería, veo a una mujer más o menos de mi edad sentada en el bordillo, tirándose de los pelos y hundida en sollozos. Pienso en acercarme a preguntarle si está bien, pero entonces me acuerdo de un artículo que leí sobre alguien que acabó apuñalado por pedir a un adolescente que no armara barullo en el autobús. El mantra de mi madre resuena con fuerza —«¡No te metas!»— y, por una vez, hago caso. Al pasar a su lado, le ofrezco a la chica una media sonrisa, mitad mueca de comprensión, y ella me mira con ojos enrojecidos y entre largas respiraciones agónicas y atragantadas.

En casa, me siento fatal y llamo a Luke. Me contesta riéndose; puedo oír una voz femenina de fondo.

—Hola —dice—. ¿Qué pasa?

Le cuento lo de la chica.

—¿Qué te parece?

—¿La dejaste allí sola?

Agarro mis llaves.

—¿Tan mal he hecho?

—Sus padres se estarán volviendo locos. ¿Has llamado a la policía?

Me detengo en las escaleras, con un pie suspendido en el aire.

—¿Sus padres? —Entonces lo entiendo—. Espera, si tendría nuestra edad.

—Oooh. Como dijiste una *chica,* pensé que sería una chavalita.

Me derrumbo en las escaleras, apoyando la cabeza en los balaustres del pasamanos.

—Bueno, en ese caso —continúa Luke—, seguramente esté bien. Igual se había peleado con el novio o algo así.

—Mmm —digo, mordiéndome los pellejos alrededor de mi dedo meñique—. Quizá.

—Si esto te va a quitar el sueño, ¿por qué no vuelves y le preguntas?

—Podría meterme en algún lío del que luego no sepa salir. A ver, la chica estaba muy cabreada —digo—. Oye, ¿qué era eso tan divertido?

—¿Qué?

—Te estabas riendo cuando has contestado.

—Ah, ¿sí? Vaya, pues no me acuerdo. Seguramente nada.

Cuando colgamos, corro escaleras abajo para ver si la chica sigue allí, pero ya no está.

Malestar

Sueño y vigilia se pelean toda la noche y pienso, ¿es que vosotros dos no podéis llevaros bien?

Bolera

Mis excompañeros me invitan a una noche en la bolera para celebrar tres cumpleaños que caen todos en la misma semana. Se toman unas copas en la oficina antes de salir. Es la primera vez que paso por allí desde que lo dejé, y el lugar está distinto, aunque no puedo distinguir qué es lo que ha cambiado. Le echo un vistazo a mi antiguo escritorio, que ahora mantiene inmaculado mi sucesor: un jovencito (aunque con entradas) llamado Jonathan. El gesto que manifiesta es una cara de sorpresa malhumorada, que atribuyo a la prematura pérdida de pelo, porque la verdad es que no tiene ninguna curiosidad por conocerme.

—Soy Claire. Antes, era tú —digo, ofreciéndole una mano—, o tú eres el nuevo yo, dependiendo de cómo lo mires.

—Pero tú no hacías digital —dice, colgando una bolsita de plástico en la muñeca de mi mano extendida, antes de ofrecer a mis dedos un apretón flácido y sudoroso—. ¿Verdad?

—No. —Dediqué gran parte de mi último año a evitar el digital, insistiendo en que no estaba entre mis atribuciones—. ¿Qué es esto?

—No sé cómo, pero conseguiste olvidarte todas estas cosas cuando recogiste mi escritorio —dice Jonathan, tecleando con tanta rapidez que parece que finge, aunque puedo ver en la pantalla que no es así. Su tasa de palabras por minuto debe de ser una barbaridad. Miro la bolsa, que está cargada de peniques y otras monedas extranjeras de poco valor. También hay algunas horquillas, un mapa de Londres en proceso de descomposición, un puñado de recibos y algunas nóminas a mi nombre. Me fijo en que algunas de estas últimas han sido abiertas, algo que yo nunca me preocupaba de hacer.

—No hacía falta que guardaras esto, pero gracias de todos modos —digo—. Podías haberlo tirado.

Tengo tantas bolsas de plástico similares en casa, llenas de semibasura de la que no me atrevo a deshacerme...

—Haz lo que te parezca. Espera. —Alarga el brazo hasta su tablero de corcho y coge un manojo de papeles clavados con una chincheta—. También son tuyos.

Los repaso y me arden las mejillas. Son todos los emails personales enviados por error a mi correo del trabajo desde que me marché: semanas y semanas de invitaciones a *brunches* y cenas, y una conversación titulada «Las copas de los martes», unas diez páginas con los planes de mis amigos del colegio para quedar a tomar algo. Un vistazo a la última página revela que la discusión ha degenerado en bromas sobre animales de granja.

—Vaya —digo—. ¿No tenías mi nueva dirección de correo? Podías haberme reenviado todo esto.

—Por ahí debe de estar —dice, regresando a su virtuoso tecleo—. Pensé que así sería más fácil. Todo a la vez, enviártelos por correo con las demás cosas. Ninguno parecía ser muy urgente.

—Bueno... Si llega alguna cosa más, bórrala, ¿vale? —digo, tirando los emails en su caja de papel para reciclar.

En la bolera tienen una cuenta de la empresa. Me siento mal usándola, así que acabo pagando una ronda para ocho que hace que se me acelere el corazón al sacar mi tarjeta. Nadie se da cuenta de que la he pagado yo, y casi ni me dan las gracias cuando poso la bandeja.

Empiezo con un semipleno que resulta ser pura chiripa: las siguientes cinco bolas se van derechas a la canaleta.

—¿Cómo va la búsqueda de empleo? —pregunta Geri, mi antigua jefa, frunciendo el ceño ante sus zapatos de bolos mientras esperamos nuestro turno. Es la primera vez que la veo sin tacones.

—Lenta, pero avanza, más o menos. No quiero precipitarme y acabar en un sitio en el que no quiera estar.

—Te teníamos que estar pagando mucho —dice— si te puedes permitir ese lujo.

—Tengo ahorros. De todos modos, algunas cosas son más importantes que el dinero.

—¡Pleno! —grita, apuntando al techo con los índices cuando la bola de Jonathan derriba los bolos. Ya se ha dado la vuelta y da tragos a una cerveza—. Oh —continúa, dándome unas palmaditas en las rodillas—. ¡Se te echa de menos! Jono es brillante, todo un cerebrito pero, entre tú y yo, prepara un café de mierda.

Cuando me marcho, están todos bailando. Han puesto *9 to 5* en la gramola y me retiro discretamente cuando todos se unen para cantar el coro, sintiéndome un fraude. De vuelta a casa en el metro, saco las nóminas de la bolsita de plástico y veo que se ha colado una de Jonathan por error. Me pongo contenta hasta que la abro y veo que solo gana mil pavos menos al año que yo, aunque tiene veintidós años y yo llevaba más de seis años en ese trabajo.

Seguramente no será nada

Me meto en los emails de Luke para ver si hemos pagado la factura del gas: tengo la carta recordatorio del suministrador de gas abierta en la mesa como prueba. Mi ojo se posa en un correo con fecha de hace tres semanas de su colega Fiona: sin asunto, solo un enlace a un artículo de una revista de medicina. Lo firma con un «Muchos besos», lo cual hace que me caiga peor todavía.

Buddleia

Colin Mason, miembro de la Orden del Imperio Británico, ha montado una especie de andamiaje delante de nuestro edificio. No tiene ninguna pinta de ser algo oficial ni consistente, y verlo ahí subido trajinando me pone un poco nerviosa. Paso corriendo, pues no quiero que empiece a hablarme, pero o bien se ha olvidado de quién soy o la cosa ya no va conmigo.

Al día siguiente, el andamio ya no está, pero la buddleia sigue ahí, mecida ligeramente por la brisa.

Progreso

Hace más de cuarenta años que el hombre pisó la Luna, pero todavía no han inventado un pan que no engorde.

Déjà vu

Mientras almuerzo con Sarah en un café cerca de la escuela donde trabaja, me habla de Paddy y de lo feliz que es. Su experiencia con él, por lo que parece, tiene tan poco que ver con el taciturno come-uñas que conocí, que me veo obligada a plantearme la posibilidad de que mi juicio no haya sido acertado en esta ocasión.

—Nunca he conocido a nadie que sepa tanto de todo. El otro día le conté lo de mi fiebre del heno y me dijo que tenía que tomar miel de productores locales para contrarrestar los síntomas. ¡Miel de productores locales! —Sacude la cabeza—. Y eso que él no ha pasado la fiebre del heno.

—Eso ya lo había oído yo —digo, y luego—: ¡Ay, Dios mío! Qué fuerte: esto ya ha pasado antes. Tú y yo, sentadas aquí, hablando de esto, yo diciéndote que ya había oído hablar de la miel de productores locales.

—No —dice Sarah con rotundidad, sin dejar lugar al debate—. Esto no ha pasado. Nunca había oído hablar de ello hasta que Paddy me lo contó.

—Lo sé —digo, molesta—. Se llama *déjà vu*. Es el segundo que tengo esta semana.

Sarah me mira y me agarra de la muñeca, interrumpiendo la ascensión de mi tenedor cargado de ensalada.

—Claire, no quiero asustarte, pero creo que deberías ir al médico. ¿Hueles a quemado?

Husmeo el aire.

—¿No? ¿Quizá? ¿Se está quemando algo? —digo—. No sabría decir si ahora me lo parece solo porque lo has mencionado. ¿Por qué?

—Habla con Luke —dice—. Probablemente no sea nada preocupante e igual estoy equivocada, pero estoy casi segura de que leí en algún sitio que tener *déjà vu* con frecuencia está relacionado con tumores cerebrales. Como el olor a quemado.

—Entonces sí que es un poquito preocupante —digo, segura de que puedo sentir algo duro expandiéndose en el interior de mi cráneo.

Patología

Llamo a Luke para sondear su opinión.

—Empieza desde el principio. Olvida todo lo que hayas leído en Internet y dame los hechos.

Le cuento lo de mi comida con Sarah, lo de Paddy y la miel local.

—De acuerdo... —detecto un punto de impaciencia.

—Dijiste que empezara desde el principio —le recuerdo, pero para mantener su atención, salto a lo del *déjà vu*—. ¿Qué te parece? Sé sincero conmigo. Sabré aceptarlo.

—¿Dos veces en una semana? —no suena ni ligeramente preocupado.

—Como mínimo —digo—. Parte del problema con los *déjà vu* es que la propia sensación es muy extraña: resulta difícil separarla en distintas instancias.

—Vale, busquemos alguna prueba más. ¿Has tenido migrañas? ¿Problemas de visión? —Me pongo a pensarlo con detenimiento y Luke añade—: Las resacas no cuentan.

—Bueno..., siento una especie de palpitación general de fondo, pero siempre la he atribuido a..., esto..., la vida.

—Seguiremos hablándolo cuando vuelva a casa —dice Luke—. Pero, mientras tanto, no te preocupes.

—¿No te preocupes, lo superaremos? ¿O no te preocupes, no hay de qué preocuparse?

—Lo segundo —dice, preparándose para un bostezo.

—¿Y es tu opinión personal o profesional?

—Ambas.

—Entonces no hagas caso del email que te acabo de enviar —digo, refiriéndome al dosier que he reunido a lo largo de toda una tarde realizando búsquedas en Internet.

Tiempo libre

Cuando tenía un trabajo, solía fantasear con lo que haría si no tuviera que trabajar más. Ir al gimnasio todos los días, ponerme en forma, preparar una maratón, quizá. Terminarme el *Ulises*, leerme *Moby Dick* y alguno de esos clásicos rusos. Controlar un poco de economía y también de arte moderno.

Segunda opinión

Todavía no he ido a que me asignen un médico en Londres, a pesar de la perpleja insistencia de Luke y del hecho de llevar casi ocho años viviendo aquí. Luke sigue totalmente impasible ante el diagnóstico de Sarah, pero para estar definitiva e inequívocamente segura, pido una cita con nuestro médico de cabecera.

—Claire —dice el doctor Patterson cuando entro—. ¡Cuánto tiempo! ¿Qué problema tienes?

—Probablemente no sea nada —digo—. La verdad es que no sé por qué he venido.

Su trato con los pacientes no ha cambiado: una repelente mezcla de jocosidad y escepticismo. Su sonrisa crece cuando llego a lo del *déjà vu*, tras una serie de trabajosas explicaciones.

—Lo primero es lo primero: ¿estás embarazada? —pregunta.

Una mano vuela hacia mi tripa, la otra, hacia mi cabeza.

—No creo. ¿Es un síntoma de embarazo?

—Bueno, no —admite—, pero una mujer de tu edad... Digamos que no hace daño descartarlo como parte de cualquier conversación sobre salud. ¿Estás segura?

—Segura. No puede ser. Mi novio..., mi *pareja* y yo tomamos precauciones.

El doctor Patterson se ríe por lo bajo.

—Te sorprendería saber cuántas veces he oído decir eso mismo a mujeres que luego resultaron estar en avanzado estado de gestación.

—Entonces, ¿es cierto lo de que el *déjà vu* está relacionado con tumores cerebrales o...? —pregunto, intentando aparentar poca preocupación, sea cual sea la respuesta.

—¿Has estado consultando al doctor Google? —me espeta de repente, sin previo aviso, apuntándome con una linternita en los ojos—. Yo creo que estás perfectamente —añade, y por si acaso, pregunta—: ¿Tienes migrañas?, ¿mareos?, ¿náuseas?

Meneo la cabeza.

—Lo preguntaba solo por si acaso.

El doctor frunce los labios.

—Todos queremos asegurarnos de que estamos bien de cuando en cuando, ¿verdad? Con frecuencia, esas preocupaciones son producto del estrés. ¿Tienes mucho lío en tu trabajo?

—Es... una situación un poco complicada —digo—. Ahora mismo estoy cambiando de trabajo. Por voluntad propia, quiero decir. No es que me hayan despedido ni nada de eso.

—Ah —Se quita las gafas, se reclina en el respaldo de la silla, echa vaho en los cristales y los limpia con un pañuelo—. A veces, cuando tenemos demasiado tiempo libre, nos preocupamos en exceso por nuestra salud. Si no tenemos las distracciones diarias de, por ejemplo, un empleo o —señala hacia mi tripa— una familia a la que atender, podría ocurrir que nuestras miras se vuelvan un poco... estrechas.

Parpadea ostensiblemente un par de veces, luego se vuelve a poner las gafas.

—Como si estuviéramos en una isla desierta —añade, por si no me he dado cuenta de que esta es la charla que suelta a los solitarios, a los que buscan excusas para ir al médico solo por la compañía.

—Es algo temporal —digo—. Estoy esperando a recibir noticias de algunas cosas.

Aunque no me han dicho nada desde la fecha límite de lo de las placas azules hace unas semanas, sigo siendo optimista respecto a mis posibilidades.

—¿Venías por algo más? —pregunta.

Decido que es mejor no contarle que me despierto por las noches convencida de que tengo bultos en las axilas y en el pecho.

—No, nada más —respondo, ofreciéndole una amplia sonrisa mientras me levanto para irme.

De camino a la estación de tren tras la cita, me cruzo con el coche de mi madre: reconocería ese lento Beettle en cualquier parte. Levanto las manos a su paso, por si coincido —cosa poco probable— con una de las escasas ocasiones en que mira por el espejo retrovisor. El intermitente se enciende, y cuando el coche gira a la derecha, su cara se vuelve hacia mí antes de perderse de vista.

Críptica

«Nunca me había planteado ser madre y, entonces, viniste tú», me ha dicho en más de una ocasión.

Fracaso

Un email, por fin, de los de patrimonio, para comunicarme que mi solicitud para lo de las placas azules ha sido rechazada. No dicen el porqué, pero sí dicen por qué no pueden decir el porqué («respuesta abrumadora») y expresan la esperanza sincera de que mi interés por el patrimonio «siga creciendo» en cualquier caso. Han escrito mal mi nombre.

Cuando Luke vuelve del trabajo, son las nueve y media. Se sorprende al encender la luz y verme con el portátil en una oscuridad casi total, y me imagino el aspecto que debo de tener: encogida, como un lémur, chiflada.

—¿Estás bien? —pregunta.

—No me han dado el trabajo.

—El... Vaya, lo siento. ¡Qué mierda! —dice, y otros tópicos que no escucho porque regreso a los frutos de mi búsqueda posrechazo: consejos para el CV, información sobre becas para estudios especializados de posgrado, artículos de Wikipedia sobre esos estudios especializados de posgrado, empleos de canguro, de camarera, de administrativa, caros cursos intensivos de cocina con estancia, cursillos de derecho, medicina, para acceder por la vía rápida al servicio público, agencias especializadas en contratos para la temporada de esquí en Canadá, Europa, Nueva Zelanda y Rusia, programas para vivir y trabajar en el extranjero, en Japón, Sudamérica, China, los Emiratos Árabes. Tengo más de veinte ventanas distintas abiertas, cada una con tantas pestañas que mi ordenador ha tomado la decisión ejecutiva de archivar la riada en incómodas subpestañas.

—¿Quieres que hablemos de ello? —pregunta Luke.

—No hay nada de lo que hablar —digo, apretando el botón de encendido y suspirando con la melodía electrónica del apagado.

¿Tan difícil es?

A lo largo de mi vida laboral he recibido correos dirigidos a: Clare, Clair, Clara, Cara, Kate, Louise, Catherine, Carol, Cleo, Caroline y *Derek*.

Canal

Un paseo a mediodía a orillas del canal, que está detenido y quieto como el cristal. No hay nadie a la vista y por un segundito se me pasa por la cabeza arrojarme al agua. La tarde caería vacilante mientras me engullen las aguas.

Listas

He creado en mi teléfono una lista de ideas de negocio, por si algún día me cruzo con un millonario aventurero. Hasta el momento, pone:

1. Leche negra (¿para góticos?)

Biblioteca local

El olor estandarizado de las bibliotecas públicas —a hojas mohosas y café instantáneo— aún lo asocio con conocimientos y nuevos mundos, así que puede que todavía no esté tan hastiada. A mi lado hay otros tres usuarios: un rastafari leyendo atentamente las páginas de apuestas, una mujer con burka que sacude los hombros mientras mira algo en un ordenador, y un enorme tipo barbudo que viste bermudas y recorre las estanterías con un manojo de bolsas de plástico colgando como apéndices de ambos puños.

Mientras espero a que se cargue mi viejo portátil, cojo un libro de la estantería de al lado que se titula *Sobrevivir en el siglo XXI*, un compendio de trastornos y síndromes, ordenados alfabéticamente de la anorexia hasta la vigorexia, pasando por la depresión, la adicción a Internet, el síndrome del colon irritable y el perfeccionismo. Lo abro y leo el capítulo sobre síndrome de acumulación compulsiva:

> Entre las señales tempranas se incluye la tendencia a agrupar cosas en montoncitos, con la intención de volver a ellos más tarde. Con frecuencia puede tratarse de una manifestación de bloqueos emocionales: tristeza, derrota, confusión o en ocasiones incluso ambición o esperanza. El acumulador compulsivo suele tener problemas para distinguir entre lo que es importante o útil y lo que no.

El renqueante quejido de mi ordenador ha dado paso a un chirrido insoportable, lo cual significa que está listo para usarse, así que cierro el libro de un golpe y lo vuelvo a dejar en la estantería.

Fallo de comunicación

—Darren, soy Clive —dice el bibliotecario al teléfono—. Era para comprobar si Michelle sabe si Jeff Jones ha dejado su número de móvil nuevo a Angus. Hemos perdido un dígito y estamos hasta arriba.

4 a.m.

El vino de la tarde me ha dejado la vejiga llena, la boca reseca y un pálpito en la sien. Tengo un dolor, como un taladro, en lo que podría ser mi hígado. Probablemente sea una paranoia, o podría ser el apéndice. El corazón me late un poco acelerado, y de repente estoy más que segura de que tengo una intoxicación por monóxido de carbono. Mi padre tenía razón, deberíamos haber comprado un detector. No le he hecho caso todos estos años, y ahora es demasiado tarde.

Esta semana —si sobrevivo a esta noche— será diferente. Nada de vino, excepto quizá una copa, o dos, como muchísimo, el fin de semana. Reducir el café. Empezar a cuidarme, pienso, agarrando el edredón. Empezar a buscar trabajo en serio y como es debido. Arreglar de una vez por todas el asunto de mi madre.

Me doy la vuelta y distingo la figura oscura de Luke a mi lado. Le quiero, y algún día se morirá. Empieza a roncar.

—Deja de roncar —digo con firmeza, y lo hace, sin despertarse.

Metro

Entra una familia de judíos ortodoxos: unos padres increíblemente jóvenes con siete —¡siete!— niños. En medio de la lóbrega muchedumbre iluminada por la luz amarillenta, sus ropas son un fabuloso anacronismo entre tanta sudadera y vaqueros. En el centro del vagón, el padre permanece de pie, las manos unidas a la espalda, manteniéndose recto con su propia fuerza, mientras, bajo el ala ancha de su sombrero de fieltro, sus tirabuzones revolotean a la deriva. Su mujer, cargada con un niño en la cintura, lleva una lustrosa peluca, medias gruesas, falda oscura y camisa blanca. Casi me hace sentir nostalgia del uniforme escolar: esa seguridad de pertenecer a una tribu, de un-día-sí-y-otro-también. Cuando unas paradas después la familia desfila para apearse, el espacio que dejan es rápidamente ocupado, pero su presencia permanece flotando, como el incienso.

Noticias

—¿Qué páginas quieres? —me pregunta Luke respecto al periódico.

—Los crucigramas —digo, con el bolígrafo ya preparado.

—Nunca te interesas por las principales. ¿No quieres saber qué pasa en el mundo? —Me enseña la portada, que parece llena de sangre y llamas.

—Ya sé lo que pasa: amenazas terroristas, atentados terroristas, tiroteos, hambrunas, sequías, inundaciones, mujeres violadas y asesinadas... No, gracias. —Meneo la cabeza—. ¿No conoces el dicho? Si no hay noticias, son buenas noticias.

—No se refiere a eso.

—Pero es igualmente cierto —digo.

Comida líquida

Desde que alguien me dijo que, técnicamente, la leche es un alimento, casi he abandonado mi costumbre del café con leche.

Sin cambio

Suena el timbre cuando todavía estoy en pijama: como un jubilado, me asomo a hurtadillas por la ventana para ver si hace falta abrir. Hay dos niños en la puerta, muchachos con flequillitos, de unos once años.

—¿Sí? —pregunto, al abrir la puerta.

—Me gustaría hablar con tu madre, si está en casa —dice el pelirrojo pecoso, con tanta seguridad que por un instante me pregunto de qué conocerá a mi madre.

—No vive aquí.

—Vaya —dice—. Entonces, ¿puedo hablar con la persona a cargo?

—Esa soy yo. ¿En qué puedo ayudarte? —Me cruzo de brazos y me apoyo en el marco de la puerta—. Jovencito —añado, sin engañar a nadie.

—Recaudamos dinero para obras de caridad. Yo busco patrocinadores para mis monólogos y Liam hace natación.

Habla bien y es un chico de aspecto amable, pero no lo definiría como gracioso.

—Me alegro —digo—. Cuéntame un chiste.

Niega rotundo con la cabeza.

—Todavía estoy trabajando en mi repertorio.

Liam se cuelga de la valla, inclinado hacia delante como un buceador dispuesto a saltar.

—Y tú, ¿qué distancia nadas? —le digo de una voz.

Se encoge de hombros.

—Entonces, ¿nos patrocinas? —pregunta el pelirrojo—. Es por una buena causa. —Se saca del bolsillo una bola de papel mugriento y algo mojado.

La desdoblo. «Tom y Liam recaudan dinero para la Cruz Azul», pone en el encabezado. Hay un boceto bastante bueno de un perro en una esquina. Por debajo hay una serie de nombres y, a mi juicio, unas donaciones tremendamente generosas: alguien de nombre Pippa Jackson ha prometido treinta libras; la familia Courcy-Pitt, cincuenta libras. En mis tiempos, cincuenta peniques ya se consideraba generoso.

—Veréis, no suelo dar dinero a organizaciones de animales —digo—. Prefiero que el dinero vaya a la investigación científica...

—¿A la experimentación con animales? —me interrumpe Liam, contrariado.

—No me has dejado terminar. Investigación científica del cáncer y otras enfermedades.

—Mi perro tenía cáncer —dice Liam—. Es el del dibujo.

—Enfermedades humanas —digo.

—¿Está usted enferma? —pregunta el pelirrojo, que debe de ser Tom.

—No. ¿Por qué? —digo, ligeramente asustada por si ha sentido algo, de ese modo tan escalofriante que tienen los niños en las películas para ver el fondo de las cosas.

—Por el pijama —dice, señalando, y con razón. Son las cuatro de la tarde—. Entonces, ¿nos va a patrocinar? —insiste.

Liam, mientras tanto, ha saltado de la repisa de la valla, dispuesto a dirigirse a hogares más dadivosos.

—Escuchad, chicos, voy a hacer una excepción esta vez porque estáis haciendo una buena obra. Admiro vuestra energía. Esperad aquí.

Como nunca se sabe, los dejo con la puerta cerrada mientras voy a buscar mi cartera. Antes creía que ser adulto implicaba tener una gran abundancia de calderilla por ahí —en bolsillos y bolsos, en la encimera de la cocina—. Y no poca cosa, como centavos, sino de la gorda: monedas de media, una y dos libras. Pero lo único que consigo juntar rascándome los bolsillos es más o menos una libra, ni eso. Cuando vuelvo a abrir la puerta, Liam está dando patadas a la papelera, con una fuerza moderada.

—Deja de hacer eso —digo y, para mi sorpresa, lo hace—. Me temo que esto es todo lo que tengo.

Le muestro la palma de mi mano a Tom, que la mira con un desprecio manifiesto.

—Podemos ir a un cajero —propone, alegrándose momentáneamente.

—No creo —digo, y su gesto vuelve a torcerse.

Repasa las monedas, contando en voz alta. Resulta doloroso.

—... cuarenta, cincuenta, cincuenta y cinco, sesenta, setenta, setenta y cinco, ochenta, ochenta y dos. —Me mira, como para confirmar que es mi última oferta—. Ochenta y dos peniques —repite.

Asiento, un poco avergonzada. Se lleva el dinero al bolsillo y escribe lentamente «00,82 libras» en su papelajo arrugado.

—¿Qué nombre pongo?

—Oh, no te preocupes por eso —digo, retrocediendo y empezando a cerrar la puerta.

—Tiene que decírnoslo. Nos lo dijo el profesor. Ah, sí, ¿y usted paga impuestos? —Me da el papel y el bolígrafo.

—¿Disculpa? —garabateo algo ilegible, abochornada de escribir mi nombre de verdad.

—Si usted paga impuestos en el Reino Unido, nos dan un dinero extra. Esto... —mira a Liam.

—Un veinte por ciento —dice Liam. Saca un iPhone y da unos toques en la pantalla, calculando—. Eso hace que ascienda a... noventa y ocho coma cuatro peniques.

—No, lo siento. Ahora no pago impuestos. Antes sí, y volveré a hacerlo, pero me habéis pillado en un cambio de trabajo, me temo. —Me pregunto cómo he acabado dando explicaciones sobre mis elecciones en la vida a unos chavales desconocidos en la puerta de mi casa—. Es algo voluntario. No me han despedido ni nada de eso.

—No pasa nada —dice Liam.

—Sí, no se preocupe —dice Tom.

Las monedas en su bolsillo resuenan musicalmente mientras se alejan calle arriba.

Los que saben

—¿Y profesora? —pregunto.

Luke se está afeitando en el lavabo; yo estoy sentada en el borde de la bañera, imaginándome a mí misma —faldas largas, moño en la nuca— leyendo un enorme libro de cuentos a unos embelesados niños reunidos sobre una alfombra bañada por el sol.

—¿Qué?

—Como trabajo. Para mí.

Alza la barbilla para rasurar por debajo.

—¿Y qué enseñarías?

—No sé. ¿Primaria?

—Necesitas saber matemáticas.

—¡Sé matemáticas!

—¿Cuánto es quince por trece? —pregunta, mirándome a los ojos en el espejo.

Ni lo intento.

—En primaria solo llegan a la tabla del doce.

—Ajá. —Me estremezco cuando pasa la cuchilla sobre la protuberancia de la nuez.

—Piensa en las vacaciones. En lo bien que nos vendrá cuando tengamos hijos.

Frunce el ceño en el espejo, perfilando el borde del labio superior.

—Me pregunto de dónde ha salido esta historia de ser profesora. Parece un poco precipitado.

Miro la bañera, los restos grisáceos varados en un extremo.

—Entonces, ¿no quieres tener hijos?

—Nunca he dicho eso.

—Pero no conmigo.

—Tampoco he dicho eso.

—Ah, vale. —Abro el grifo, dirigiendo el chorro hacia los restos, intentando aclararlos—. Y... ¿cuándo... piensas que te apetecerá tenerlos?

Vuelve el rostro hacia un lado, luego, hacia el otro.

—Cuando hayas decidido qué quieres hacer con tu vida, hablaremos —dice, sacudiendo la cuchilla en el agua.

Honestidad

Deja de decir «genial» tan a menudo. Y también «¡guau!», «interesante» y «asombroso».

Ajá

«De modo que —pienso, mientras veo nuestras toallas blancas teñirse lentamente de rosa en la lavadora— al final esto es algo que todavía sucede en esta época y en estos días.»

Tiempo

—Solo intento entender qué haces todo el día —Luke se frota un ojo con los nudillos, y se nota que lo está intentando de verdad. En la mesa hay un cheque que le prometí que iba a cobrar y un paquete para su hermana que le prometí que echaría al correo.

—Sé que suena raro —digo—, pero cuanto más tiempo tienes, menos tiempo tienes. Cada instante se vuelve valioso. —Mira el techo, inflando los carrillos—. Lo siento, lo siento. Lo haré mañana —digo, y Luke asiente, soltando el aire entre los dientes.

Es un detalle que no mencione su trabajo, que —si vamos al intríngulis del asunto— consiste en concederle más tiempo a la gente.

Dar y recibir

Al poco de empezar a salir juntos, Luke contrajo una infección y estuvo una semana hecho polvo. Yo me escaqueé dos días del curro para ver la programación matinal a su lado, jugar al Scrabble y preparar comidas revitalizantes para convalecientes: caldos de pollo, tostadas integrales, gajos de naranja, uvas..., excepto una noche que tocó fondo y pedí una pizza de Domino's para darle un capricho.

El Luke enfermo se sentía miserable y avergonzado: poseía el aspecto trágico de un político caído en desgracia.

«Es que no lo entiendes: yo nunca me pongo malo», insistía.

«Bien, porque yo nunca soy tan atenta», le respondía yo, ayudándole a entrar en la bañera llena de agua templada, o ahuecando las almohadas aplanadas por la fiebre.

Pues claro

«Los edificios históricos y protegidos son particularmente vulnerables a los daños estructurales causados por las buddleias, y se calcula que generan unos costes de mantenimiento anuales que rondan el millón de libras.»

No me extraña que los de patrimonio no aceptaran a Adam Buddle ni, por extensión, a mí.

Animar

—Intentemos plantearlo de otro modo. La gente, ¿cuáles dice que son tus puntos fuertes? —pregunta Ann, la tremendamente paciente *coach* vocacional que he encontrado en Internet y a la que he llamado porque estaba de bajón.

—La verdad es que no se me ocurre nada.

—¿Y tus papis? Apuesto a que en algunas cosas te decían: «Oh, a Claire se le da muy bien esto».

De pequeña, mis padres mostraban una confianza inquebrantable y general en mis capacidades que yo daba por hecha; últimamente, sin embargo, me invade la sensación de que no he conseguido responder a todas esas grandes expectativas.

—Bueno, a veces me llaman para pedirme ayuda con los crucigramas.

—Habilidades lingüísticas, comunicativas y lógicas —dice Ann, aporreando su teclado—. Es un buen principio. Venga, algo más. —Se produce un largo lapso de silencio—. Puede ser cualquier cosa, no importa que parezca insignificante o ridícula.

—Pues... siempre han hablado muy bien de mis huevos revueltos.

—Bueno, eso tiene que ver con una buena administración del tiempo —dice Ann, demostrando que *ella*, al menos, ha encontrado su vocación.

3

Hora punta

Puede que no lleve todo el día trabajando en el sentido tradicional, de oficina, pero aun así también soy una persona que intenta llegar a alguna parte.

Resolución de conflictos

Quedo con una de mis amigas de la uni, Rachel, para tomar algo después del trabajo (su trabajo). Se ha pasado diez minutos analizando una serie de mensajes de texto de un abogado de derechos humanos, que son unos de flirteo y otros cortantes.

—¿Qué debería contestar a esto? —me pregunta, enseñándome una respuesta que le acaba de llegar.

«No está mal. ¿Y la tuya?», pone. (La pregunta original, que yo le ayudé a redactar, era: «Hola, ¿cómo va tu semana?».)

—No estoy segura de ser la persona correcta a la que preguntar. Llevo mucho tiempo fuera del mercado, lo más probable es que diga algo que le haga salir espantado.

—¿Cómo está Luke? —pregunta Rachel—. ¿Te lo sigue poniendo difícil?

Me cuesta un poco descubrir que se refiere a la última vez que nos vimos, cuando le conté que Luke y yo teníamos nuestras peleas. Lo dije solo porque había estado hablando de lo afortunada que era yo por tener a Luke, y no quería parecer creída o complaciente.

—Un poco mejor, gracias —digo, y animada con la mentira, añado—: Seguí tu consejo. Me vino muy bien.

Su consejo fue que dedicáramos un tiempo cada semana a hablar con franqueza sobre nuestra relación.

—Eso es genial —dice, apretándome la mano—. Me alegra ser de ayuda.

Le pregunto por el trabajo, en los términos más generales posibles para ocultar el hecho de que no tengo claro del todo a qué se dedica. Tiene algo que ver con África, yo diría que una ONG, pero no podría estar segura sin comprobar antes la firma de su email, y me maldigo en silencio por no haberlo hecho antes de quedar. Mientras habla, retengo algunas palabras clave, que en cualquier otro campo serían una jerga horrible (resolución de conflictos, mediación, diálogo) pero que en el mundo de Rachel —que es, de hecho, el mundo real— son literales y vitales.

—Me gustaría tener tu determinación —digo—. Pones tanto entusiasmo en lo que haces... Cambias las cosas. Eso debe de ser maravilloso.

Sacude un hombro.

—Yo no lo veo así. Créeme, gran parte de lo que hago es papeleo muy aburrido. Ya sabes —dice—, no todos pueden ser héroes o vivir un sueño. Solo tenemos que aportar lo que podemos. Hacer tu parte, ganarte la vida. No hay que avergonzarse de ello.

Percibo en ese comentario una lección dirigida hacia mí, empapada en desaprobación. Es un tono al que me voy acostumbrando cada vez más a medida que mi situación de desempleo voluntario se prolonga.

—Estoy completamente de acuerdo. ¡Bien dicho! —comento, y esta vez soy yo quien aprieta su mano hasta que la retira con delicadeza para redactar una respuesta a su abogado que ni frío ni calor.

Expresión propia

—Nunca le he pillado el punto al sorbete —digo mientras ponen un anuncio de una nueva marca—. No es ni pez ni pescado.

—¿Qué? —dice Luke, con una sonrisita.

—No es delicioso ni ostentoso como el helado, pero igualmente lleva un montón de azúcar, así que ni siquiera es sano.

—¿Qué es lo otro que has dicho?

—¿Ni pez ni pescado?

—Sí.

—¿Qué pasa con eso?

—Que no es un refrán.

—¡Sí que lo es!

—No lo es.

—Luke, te juro que lo es. Ni pez ni pescado. Ni una cosa ni la otra. Ni chicha ni limoná.

—Sí, eso sí que es un refrán. Lo del pez, no.

—Lo he dicho cientos de veces y ni te has inmutado.

—No lo has dicho nunca. No es un refrán. ¿De dónde lo has sacado?

—Esto..., ¿del inglés coloquial? No me puedo creer que no lo hayas oído nunca. Eres *tú* el rarito.

Su sonrisa crece aún más. Me pondría furiosa, de no ser porque estoy completamente segura de que yo reiré la última.

—Dime una sola persona que use esa expresión, aparte de ti —dice.

—Eso es ridículo. Es como si yo dijera: dime alguien que use la palabra «la».

—No, porque «la» es una palabra, como lo demuestra el hecho de que tú misma la has usado. Venga, dime una persona.

—Mi madre. Lo dice todo el tiempo.

—¡Ooooh! —dice Luke, con una risita de suficiencia—. Vale.

—¡Dijiste que nombrara a una persona!

—Vamos a reírnos. Dime alguien más. Alguien que no sea tu madre.

—¡Todo el mundo!

—Hay una forma muy sencilla de averiguar quién tiene la razón —dice Luke, sacándose el teléfono del bolsillo de la camisa con un gesto altanero—. Ni... pez... ni... pescado. —Lo introduce y me muestra la pantalla, triunfante—. No es un refrán.

Le arrebato el teléfono y voy repasando los resultados de la búsqueda: páginas 7, 8, 10, 19, 22. Tiene razón: hay innumerables menciones a peces y pescados, pero ni una sola coincidencia con mi frase.

—Bueno..., es un dicho muy antiguo. Se ha transmitido oralmente. No hace falta que esté escrito en ninguna parte.

—Claire —dice Luke—, eso no suena muy convincente.

—Llama a mi madre. Llámala ahora mismo: ella te lo dirá.

—Oh, no tengo ninguna duda de que tu madre usa esa expresión —dice Luke—. Pero no creo que encuentres a nadie más que lo haga.

—Muy bien... Yo diría lo mismo, si tuviera miedo de que rebatieran mis argumentos. No la llames.

—Tu madre no te habla. No creo que le haga gracia que yo la llame a las diez de la noche para preguntarle por una frase que se ha inventado.

Repaso unas cuantas páginas de resultados más al azar: 34, 42, 45, 59. Nada.

Nunca me había sentido tan sola.

Metro

Este hombre está mirando a alguien al otro lado del vagón con un deseo y una pasión tan evidentes que me giro para ver a qué se debe tanto anhelo. Nadie me ha mirado así, nunca, ni siquiera Luke, que está *enamorado* de mí.

Identificarse

En el café, la camarera me sonríe amistosa.

—¿Tan pronto de vuelta? —dice, y me río, aunque hace bastante que no vengo por aquí.

—¡No puedo estar mucho sin venir! —digo, y con mis reservas de conversación casi agotadas, pido inmediatamente mi café.

Ahora es su turno de reír.

—¿Ya te has bajado del vagón del descafeinado? ¡No has aguantado mucho!

—¡Ja! —contesto mientras me siento, porque es menos incómodo que preguntarle a qué se refiere.

Abro el portátil y relleno un test de profesiones, mi nueva estrategia para descubrir el trabajo perfecto del que nunca he oído hablar. Me encuentro con una prueba de marcar casillas en la que se pide que me identifique con una de tres opciones en respuesta a cada afirmación, siendo la 1 = «muy preparada» y la 3 = «no tan preparada como me gustaría». Todo lo relacionado con números o informática es fácil: marco 3 con algo parecido al orgullo. Otras, como «mover y girar objetos», o «hacer movimientos muy pequeños de dedos», son tan desconcertantemente vagas pero a la vez específicas que solo puedo asumir que están relacionadas con un campo determinado que queda muy lejos de mi experiencia. Envío mis respuestas con una leve emoción.

Los resultados son variados y sorprendentes: hipnoterapista, agente de aduanas, escritora técnica, agente forestal. Me imagino, con casco de obra y chaleco fluorescente, vagando por bosques, pero la imagen se desvanece cuando la camarera exclama «¡Ay, Dios!» como si hubiera visto a alguien que ha vuelto de entre los muertos. Me mira a mí y a otra clienta que está en la barra.

—¡Te he confundido con ella! —dice la camarera, riéndose—. ¡Sois clavadas! ¿Sois gemelas? Tenéis que ser hermanas, fijo.

La chica se gira, confusa y sonriente, pero cuando me ve, se le dilata la nariz.

—¿De verdad? —dice, dirigiéndose a la camarera—. No me lo parece.

Estoy con ella. A mí, tampoco. Pero me molesta un poco que la idea le repugne tanto. Me encojo de hombros y meneo la cabeza con un gesto de disculpa. No estoy segura de si me siento mal por haber engañado a la camarera o por ser una doble tan decepcionante.

Reconfortante

Paul y yo quedamos para tomar una pinta después del trabajo. Para él, el trabajo hoy ha supuesto rellenar solicitudes de becas y hacer entrevistas por Skype sobre su nueva exposición, que está a punto de inaugurar en Reikiavik.

—¿Qué tal tu día? —me pregunta cuando hemos acabado con el suyo.

—¡Bien! —digo—. Y con eso me refiero, obviamente, a que ha sido totalmente improductivo. Pero de camino aquí he tenido un pensamiento de lo más reconfortante: estoy un día más cerca de saber qué voy a hacer con mi vida.

Paul se traga un par de dedos de cerveza y eructa dulcemente en el dorso de su mano.

—Suena alentador. Entonces, ¿qué? ¿Te has centrado en un campo?

—No: me refería a que aunque *mentalmente* no lo tenga más claro, *técnicamente* estoy más cerca.

—¿Qué? ¿De dónde te sacas eso?

—Bueno, más lejos no puedo estar, ¿no? El tiempo no va hacia atrás —digo.

Se ríe.

—Sí, pero..., y estoy seguro de que no es el caso, pero *en teoría*, podría ser que nunca descubras lo que quieres hacer. Podrías conformarte con cualquier cosa, como la última vez, o aceptar un empleo cualquiera en una gran empresa solo por el sueldo. Y recalco: *en teoría*.

—Vale, pero..., aunque acabe haciendo eso, de cualquier modo habré tomado una decisión, y así sabré lo que voy a hacer. —Me arden los ojos, llevo un buen rato sin pestañear—. Así que, sea como sea, estoy un día más cerca. ¿No? ¡Brindo por ello! —inclino mi cerveza para hacer un brindis.

—Sí..., esto..., supongo que sí —dice, brindando sin emoción—. Del mismo modo que todos estamos un día más cerca de la muerte.

Mañana de sábado

Este parque está lleno de veinteañeros que van a tomar unos *brunches* cuyos precios harán que sus padres (de visita en un esfuerzo por seguir la rápida evolución de sus descendientes) miren tres veces la cuenta, pero insistan en que Invitan Ellos, echando mano a la cartera.

Compras

Luke y yo estamos en el Co-op comprando la cena. Llevamos veinte minutos y ya hemos dado tres vueltas al supermercado.

Forma parte de una nueva doble iniciativa: expandir nuestros horizontes culinarios y cocinar más en casa.

—¿Qué te apetece? —dice Luke, y no por primera vez.

—Lo que sea —digo—. Decide tú.

—¿Cuáles eran las opciones?

—¡Ilimitadas! —digo—. Imagínate un plato y yo te lo cocino.

—Entonces, pasta —dice Luke.

—Menos pasta. Ya te he dicho que no quiero pasta. Cualquier otra cosa, tú eliges.

—Pizza —propone, y frunzo el ceño.

—Creí que habíamos dicho que probaríamos cosas nuevas. Desmelénate, sé original.

—Me rindo. Decide tú —dice.

Cojo una berenjena y la echo en la cesta.

—¿Con qué? —me pregunta Luke por encima del hombro.

—Por favor, no. Estoy improvisando la compra. Necesito un poco de espacio. —Extendiendo el brazo, lo aparto de mí.

Sin decir nada, se aleja y se queda junto a los ramos de flores de las puertas automáticas, observando todos mis movimientos. Cojo unos tomates, algo de queso, pollo, devuelvo la berenjena, cojo un repollo, un pimiento, devuelvo el repollo, devuelvo el queso, y luego abandono la cesta en el pasillo de los artículos de aseo y los dos nos escabullimos a comprar comida para llevar.

Paso de cebra

No tienes que indicarme con la mano que pase; la ley dice que tú te tienes que parar y yo no tengo que darte las gracias.

Epílogo

De niña, veía un montón de vídeos. Si estaba sola, seguía mirando cuando la película se acababa, después de los créditos, hasta que la pantalla se ponía azul, y hasta el punto en que se iniciaba el autorebobinado, convencida de que me llevaría como premio un mensaje secreto especial por aguantar hasta donde nadie más llegaba. Los libros me los leía de de principio a fin: agradecimientos, lista de títulos de la editorial, los formularios a rellenar para pedidos desde el extranjero...

Pienso en estas cosas mientras me tomo la última ración que queda de copos integrales para desayunar: polvo de cereales, que me va muy bien. Espesa la leche y forma una buena pasta: unas gachas sin esfuerzo. Me pregunto si esta afición a los posos es algo de lo que estar orgullosa o si significa que tengo problemas para pasar página, para desprenderme de las cosas.

Descripción de empleo

Palabras como «maestro» y «superestrella», emparejadas con «administrador» y «voluntario».

Política corporal

—Cuando estoy desnuda, parece que lo ves como una invitación —comento a Luke, que se ha tomado la libertad de manosearme un pecho mientras me desvisto para ir a la cama—. Me pregunto por qué te parece que eso está bien.

—Siento que te lo tomes así —dice Luke, que ahora me besa—. Quizá se deba a que solo te veo desnuda cuando hacemos el amor. De cualquier modo, lo veo más como una oportunidad.

—Vaya —digo—. Entonces, ¿es culpa mía que no tengamos suficiente sexo? Si fuera desnuda con más frecuencia, ¿ayudaría?

—Yo no he dicho eso —protesta Luke, pero, tras una pausa, añade—: Sería un experimento interesante.

Conversación íntima

—Eres bonita —susurra Luke, como para recordarlo o convencerse a sí mismo de ello.

Comunicando

Llamo a la abuela con la firme intención de socavar su afirmación de que yo «no colaboro». Estoy resuelta a convertirme en su amiga íntima: la animaré con juventud y liberalismo, y a cambio ella compartirá su sabiduría del hogar y me enseñará a cocinar de verdad —caldos como elixires, los más esponjosos bizcochos—, legándome sus utensilios de cocina cuando muera, de aquí a muchos años, en paz y realizada.

—¿Diga? —dice, respondiendo al teléfono tras un solo tono.

—Soy Claire... —su velocidad me coge desprevenida—, tu nieta. Flannery —añado, llevándome una mano a la cabeza de lo tonta que soy.

—Sí, ¿qué quieres?

—¿Te pillo en mal momento?

—No —suena como ofendida ante la mera insinuación de que no esté lista para cualquier cosa.

—¡Genial! Esto..., ¿cómo te va?

—Bien. Claire, ¿pasa algo?

Ojalá me lo hubiera preparado antes, escrito algunos puntos de conversación, como solía hacer cuando, de adolescente, llamaba a chicos.

—No, no, para nada. Solo... —Hay una pausa mientras me esfuerzo por buscar un tema de conversación—, quería... esto, pedirte consejo sobre un asunto.

—¿Ajá?

—Es una cuestión de jardinería.

—Ajá.

Le cuento lo de la buddleia y las informaciones contradictorias que he leído.

—Tuvimos una de esas hace años: apareció por la tapia de atrás. La «buddleia bastarda», la llamábamos —dice.

—¿En serio? ¿Y qué hiciste?

—¡Qué no hice! Veamos... Intenté cortarla con unas tijeras de podar, pero solo lo empeoré. Probé con un hacha. Veneno.

—Vaya —digo—. ¿Y algo funcionó?

—Sí: nos cambiamos de casa. Me quedé embarazada de tu madre y necesitábamos más espacio. Dejamos que los nuevos dueños se ocuparan de ella. Pero supongo que, a su manera, era bastante bonita. En el sitio adecuado, pueden ser preciosas, ¿sabes?

—Sí, yo le tengo bastante apego a la nuestra.

—Bueno, y puede que descubras que en realidad mantiene algo unido. Si la arrancas, ¡se te cae todo el edificio! —Suelta una risotada—. Después de la guerra, estaban por todas partes. Brotaban entre los escombros de un día para otro. Como un emplasto sobre una herida, siempre me lo pareció. Un bálsamo de la naturaleza.

Me tomo este inusual arranque poético como pie para meter una marcha más en el frente confidente.

—Tuvo que cambiar la manera en que ves la vida. Lo de vivir una guerra, me refiero. Te haría pensar en lo fugaz que es nuestro paso por el mundo. —Guarda silencio; temo que se haya quedado traspuesta.— ¿Abuela? ¿Hola?

—Sí, estoy aquí. Solo estaba pensando: igual puedes prenderle fuego.

Pero yo estaba pensando en que quizá prefiera dejarla en paz.

Felicitaciones navideñas

Un email de papá. Asunto: Navidades.

> Mamá ha dicho que por qué no un crucero. 7 noches en Canarias con su madre. Algo diferente. Suponemos que no te interesará. Querrás pasar las Navidades con Luke. Dímelo porque necesito reservar cuanto antes. Te quiere, papá.

Contesto:

> Vale, parece que ya lo tenéis todo planeado. No os preocupéis por mí. Ya me las apañaré. C

Media hora después, lo tengo de nuevo en mi buzón de entrada:

> Genial. Todo reservado. Cena de Nochebuena temática, James Bond, cinco platos y champán incluido. Suplemento de 15 libras por cabeza para langosta. Puede que mamá y yo lo cojamos, pero lo decidiremos allí. La abuela no querrá atragantarse con las pinzas. Tendré que meter un esmoquin en la maleta. Te quiere, papá.

Pelo

No hay nada en este mundo que pueda hacer con mi pelo para que parezca algo mejor que pasable. Mi yo más joven no tenía ni idea de la parte tan grande de mi vida que iba a pasar agobiada por ello: por lo lacio y aplastado que me queda en la cabeza, por lo abundante que brota en otros sitios.

«De bebé, tenías una buena cabeza», me dijo mi madre la pasada Navidad, antes de que muriera Gum, cuando todavía me hablaba. A ella siempre le ha gustado mucho el pelo, mucho pelo, cuanto más, mejor, y el mío, sencillamente, la defraudaba.

«Una buena cabeza, ¿por el pelo?», pregunté, sorprendida, porque en todas las fotos parezco muy calva.

«No —dijo—. Un gran cabezón. Enorme. ¡Me tuvieron que dar seis puntos!»

Y las dos empezamos a reírnos de una forma tan estridente y sonora que mi padre bajó de su despacho.

«¿Me contáis el chiste?», dijo desde la puerta y, todavía con lágrimas en los ojos, mi madre y yo meneamos la cabeza y sonreímos, agotadas.

Segunda oportunidad

Llamo a Sarah, necesitada de una voz amiga, pero me contesta Paddy.

—Ah, hola, Paddy. ¿Está Sarah?

—Está en la ducha.

—¿Le puedes decir que he llamado?

—Vale.

Decido que es la ocasión perfecta para que me demuestre que estaba equivocada con la pobre impresión que me causó la primera vez.

—¿Cómo te va? Soy Claire, por cierto.

—Lo sé.

—¿Todo bien en el trabajo?

—Sí.

—¿Tenéis algún plan para el fin de semana?

—La verdad es que no.

Sabía que tenía razón, pienso. Nunca dudes de ti misma. Pero, por Sarah, decido insistir.

—Sarah me dijo que igual subíais a Hampstead Heath. Me encanta ese sitio.

—¿De verdad?

—Igual podemos ir un día los cuatro. Vosotros, Luke y yo. Hay estanques en los que se puede nadar. Podríamos hacer un picnic.

—Sí... Tengo que hablarlo con Sarah. —Su tono transmite serios recelos sobre el plan.

—No tiene que ser este fin de semana. Me refería a cuando llegue el verano. No hay prisa. Cuando sea. Solo era una idea.

—Vale.

—Bueno, pues nada, Paddy, ha estado bien ponerse al día. Mejor no te molesto más. Nos vemos pronto, espero.

—Adiós.

Hermanas

Van a venir unos amigos, así que estoy en el Sainsbury's grande y, como es natural, me pongo en la cola equivocada. Delante tengo a dos señoras con pelos de loca cuya compra, exceptuando cuatro latas de sidra, consiste en su totalidad en artículos con la etiqueta naranja de pasados de fecha de caducidad: yogures, lonchas de pavo, pastel de carne de cerdo y ensalada de col.

—Son nueve setenta y seis —dice el chico de la caja, y las señoras comienzan un encendido debate sobre quién debe pagar.

—Te presté un billete de diez para las apuestas —dice una.

—¡No, no, no, no! —replica la otra, una defensa poco convincente pero sentida. El toma y daca continúa un rato, y a mi espalda brotan suspiros de la creciente fila.

—¡Paga tú! —grita la primera, marchándose con las bolsas—. ¡Ya está bien! ¡Me las debes! ¡Yo me largo!

Farfullando, la otra saca un puñado de cambio del bolsillo del abrigo y lo desparrama sobre la zona de embolsado.

El cajero pone una sonrisa triste cuando las mujeres se marchan penosamente.

—Son hermanas. Siempre que vienen, se pelean.

En la parada del autobús, las veo al otro lado de la carretera, instalándose en un portal. Del bolsillo de sus abrigos, sacan unos cubiertos de metal auténtico y comienzan su picnic, charlando animadamente. Antes de que el autobús que llega las oculte de mi vista, chocan sus sidras enlatadas, salpicándose con el brindis, y siento pena por no tener una hermana junto a la que envejecer y enloquecer.

Anfitriona

Luke llega cuando estoy preparando el entrante de la cena: trucha ahumada sobre tostadas de pan integral.

—¡Rico! —dice, besándome en la mejilla. Se queda mirando mientras intento encajar las rodajas de pescado en los cuadraditos de pan: una operación precisa y compleja.

—¿Por qué lo haces así? —me pregunta—. ¿Por qué no pones el salmón en rebanadas enteras y luego las cortas en cuadraditos?

—Trucha —digo—. Ya se ve cuánto sabes.

No es justo que se haya pasado el día salvando vidas y al volver a casa también tenga razón en esto.

—¡Todo el mundo debería aprender la maniobra de Heimlich! ¡Debería ser un imperativo legal!

Hemos acabado el plato principal, abierto cuatro botellas, y las pasiones se están desatando.

—¿Y tú cómo la haces? Enséñame —dice alguien.

—¡Eso quería decir! —replico—. Yo no sé hacerla.

—Yo te enseño —se ofrece Luke, apilando los platos.

—¡No tendrías que hacerlo! Eso es lo que intento decir. No me escuchas. ¡Nadie me escucha!

Tengo los pies calados. Hay agua por todas partes, pero por fin he terminado de fregar.

—¿Crees que se lo han pasado bien? —pregunto.

—Seguro —dice Luke desde la mesa de la cocina, con la cabeza entre los brazos.

—¿Me he pasado un poco? Creo que igual me he pasado un poco.

—No —dice con una exhalación.

—¿Te gustó el postre? A mí, sí. Ha quedado algo. Podemos tomarlo mañana.

—Estaba bien —bosteza Luke.

—¿Solo bien? —digo, y me dirijo al frigorífico, saco la tarta de queso y la tiro a la basura: plato, cuchara y todo.

A la mañana siguiente, estoy cargada de remordimiento y malestar.

—Lo siento —le digo a Luke—. Soy una persona horrible.

—No, no lo eres —dice a su almohada—. Vuelve a dormir.

—Lo soy. Lo siento. Te quiero —digo, besándolo en la cabeza, en su mejilla cálida, en su espalda suave como el terciopelo.

Problema

Antes pensaba que el problema era que no me gustaba mi trabajo; pero ahora veo que el problema es que eso no era todo el problema.

Multitarea

Los participantes del concurso de media tarde de hoy son una ejecutiva de marketing de una empresa de desarrollo web, un analista de negocios de una agencia de Bolsa, un monitor de *body-contact* y un estadístico de la industria farmacéutica. De modo que al final del programa no solo me he aprendido la capital de Lesoto (Maseru) y el ingrediente principal de un sidecar (coñac), sino la existencia de otras cuatro salidas profesionales que no creo que me apetezca probar.

De sol a sol

Café, café, café, café, vino, vino, vino.

Daño colateral

—¿Quieres saber lo peor de que mi madre no me hable? Se me ha acabado la crema de manos y no puedo ir a su casa a reabastecerme.

Mi madre lleva comprando al por mayor crema de manos de la buena desde hace años, desde que oyó en un grupo de lectura el rumor de que iban a dejar de producir su marca favorita. El hecho de que siga estando a la venta se debe, insiste, al cambio en su propio hábito de consumo, tan sustancial y dramático que infló falsamente la demanda percibida. No me he preocupado por desmontar su teoría, ya que ese suministro constantemente repuesto significaba que podía echar mano siempre que la visitaba, y he aplacado todo remordimiento incómodo con el hecho de que, al menos, no vería tanto a mis padres si la crema hidratante no fuera un factor que determinase el tiempo y la frecuencia de mis visitas.

—¿Ves? —paso el dorso de mi mano por la mejilla de Luke.

—Raspa —dice.

—Esta me sangró el otro día. Mira, tengo escamas.

—Pues cómprate crema.

—No puedo. ¿Tú sabes lo que vale un frasco?

Se lo digo, y veo cómo palidece de la conmoción.

—Quizá deberías intentar volver a llamar a tu madre —dice, pasándome el teléfono—. Creo que ya es hora de que las dos arregléis las cosas.

Más tiempo

—Hola, papá.

—¿Claire? ¿Eres tú?

—Evidentemente. A no ser que tenga una hermana secreta de la que nunca me hayas hablado.

—¿Qué?

—Soy la única persona que va a llamarte «papá», eso es lo que quiero decir.

—No lo entiendo —dice—. ¿Qué es eso de una hermana secreta?

—Déjalo. ¿Cómo estás?

—Bien, gracias. —Hay un silencio, que en circunstancias normales vendría seguido de mi padre llamando de forma espontánea a mi madre—. ¿Hay algo en particular por lo que...?

—Me gustaría hablar con mamá, si está por ahí.

Aguardo escuchar su voz de fondo durante otro silencio; me la imagino pronunciando un vehemente «no» mudo, meneando la cabeza y cortando el aire en su garganta.

—Todavía no está lista —dice por fin mi padre—. Está... Lo sentimos, Claire, pero necesita más tiempo.

—Pero yo necesito explicarlo —digo—. ¿Cómo van a mejorar las cosas si no me deja explicárselo?

—¿Qué hay que explicar? —suena la voz de mamá, estridente pero lejana, y me doy cuenta de que papá me tiene en manos libres.

—¿Puedes decirle que siento haberla molestado? —digo, fingiendo que no me he dado cuenta, y luego respiro hondo porque está a punto de rasgárseme la voz—. Que no quería hacerlo, en serio, y que echo de menos nuestras charlas.

La línea está en silencio, como un vacío.

—Podría ser que te hubieras equivocado al marcar —dice papá.

—¿Cómo?

—Ahora mismo, cuando me dijiste «Hola, papá» y yo te pregunté si eras tú. Podría haber sido alguien que se equivocó al marcar, otra mujer llamando a su padre. Por eso te pregunté si eras tú. —Se le nota contento de haber salido airoso de eso.

—Vale —digo—, supongo que tiene algo de sentido.

—Me han contado que tienes un problema con una buddleia. Tienes que arrancarla cuanto antes. Pueden causar muchos problemas si no actúas rápido.

Me conmueve que esta información le haya llegado desde la abuela a través de mi madre, pero su tono hace que me entren ganas de plantar un matorral en las paredes.

—En realidad, no es tan importante. Ya lo he estado mirando.

—Dile a Luke que puedo recomendarle a alguien si necesitáis andamios.

Cierro los ojos.

—Muy bien, se lo comentaré, claro que sí.

—Claire, solo intento ayudar.

—Lo siento..., y gracias, de verdad, por preocuparte, pero ya lo tengo bajo control.

—Te preguntaría qué tal el trabajo, pero... —dice papá—. ¿Alguna novedad en ese frente?

—Todavía no. Algunas posibilidades, pero nada concreto.

—Bueno, pues que tengas mucha suerte —dice—. ¿O querías algo más?

—No, solo despedirme. Adiós, mamá —digo, y cuelgo antes de que mi madre tenga ocasión de responder nada.

Bueno y malo

—Como nación, necesitamos replantearnos qué es objetivamente «bueno» y «malo».

—Ajá —asiente Andrea, con los ojos fijos en el aparato que tiene en la mano. En realidad no es una amiga, es más bien la amiga de una amiga, pero como es autónoma (algo que ver con redes sociales), está libre para quedar durante el día, y juntas recorremos cafeterías intercambiables pobladas exclusivamente por usuarios de Mac.

—Pues, verás, esta mañana, en el programa del tiempo, la chica daba la predicción. ¿Predicción? En realidad, ¿predicen el tiempo o solo nos cuentan qué tal hace? Da igual, a lo que iba... La chica ha dicho: «Se espera que continúe este tiempo fabuloso». Pero ¿y las cosechas que se pierden? ¿Y los embalses secos? No me parece que el cambio climático sea algo fabuloso.

—¡Ja! —dice Andrea a su aparato.

—En serio —digo—. ¿Por qué tenemos que asumir que un tiempo caluroso y soleado es bueno, cuando sabemos con certeza que el aumento de las temperaturas está provocando todo tipo de desastres? ¿Crees que a los hombres del tiempo de Somalia les pondrá tan contentos el sol como a nosotros?

—Bueno, el mal tiempo está relacionado con la depresión —comenta Andrea—. Trastorno afectivo estacional, hay una relación demostrada científicamente entre la luz del sol y la felicidad, y entre los cielos grises y la tristeza.

—Tú también lo haces —digo—. Mal tiempo, cielos grises. Estamos condicionados para pensar así. Si nos enseñaran a amar la lluvia y el frío, seríamos una nación mucho más feliz.

—Imagina que dedicas todo este tiempo y energía a un trabajo de verdad —dice Andrea—. En serio, lo estás desaprovechando en... nada.

Muérdago y vino

—¿Qué vas a hacer en Navidad? —digo, fingiendo un bostezo que sugiera indiferencia, que a su vez provoca uno de verdad en Luke.

—Creo que me toca trabajar. Mis padres y mi hermana puede que bajen a Londres y alquilen un piso por aquí cerca o algo así. ¿Por qué?

—¿Y si la paso contigo?

Levanta la vista.

—Esto sí que es todo un cambio.

Me mordisqueo la uña del pulgar.

—Llevamos siete años juntos. Si no lo hacemos ya, ¿cuándo?

—Espera —dice—. ¿Esto tiene que ver con tu madre? ¿Tan mal están las cosas? Siempre has dicho que no podías dejar a tu familia en Navidad.

Me encojo de hombros.

—Creo que mi madre necesita su espacio. Estoy segura de que se las apañarán. Pueden pasarlas con la abuela, o irse de crucero o algo así. —Me acerco a él hasta que nuestras narices se tocan—. Da igual. Mi familia eres tú.

Su rostro se arruga formando una sonrisa tonta y cursi, de la cual me burlaría sin piedad, si no fuera porque es el reflejo mismo de la mía.

Así se hace

En el parque, un perrito pasa trotando. En su boca, un palo cuatro veces más grande que él.

Destino

En un arrebato de nostalgia y aburrimiento, busco en Google a una amiga de la infancia con la que hace mucho que perdí

84

el contacto. Parece inmune a la pandemia de redes sociales que ha afectado a gran parte de mi generación (o quizá la evita sabiamente), pero finalmente la encuentro avanzando algunas páginas de resultados. Trabaja en Aberdeen, en la eliminación de residuos radioactivos. Es cierto que la última vez que la vi teníamos ocho años, pero nada —ni su amor por el kétchup, ni su colección inigualable de muñequitas Sylvanian Families— daba la más leve pista de que seguiría ese camino. ¡Eliminación de residuos radioactivos! ¡Aberdeen! Intento imaginarme su vida ahora y veo un despacho en una caseta prefabricada, descansos para el café con un colega barbudo (los dos como astronautas con sus trajes protectores), una espesa llovizna en el ambiente, regresar a casa en la oscuridad, un adosado con cálida moqueta al final de una calle sin salida, un gato atigrado rescatado de una protectora, el marido en la cocina con la cena en el horno, comida para llevar los sábados mientras ven el programa de Ant y Dec.

Ahí fuera

Estamos leyendo en la cama. Luke, apoyado en un codo con las páginas de deportes del fin de semana; yo sigo sumida en el *Ulises*.

—¿Alguna vez has pensado en vivir en otro sitio que no sea Londres?

—¿Dónde? —dice Luke después de tanto tiempo que me parece haberme imaginado que he hablado.

—Eso es lo que te preguntaba. —Otro largo silencio—. Luke.

—Ponme un ejemplo.

—Donde te apetezca. Devon o Bristol o Yorkshire o Jersey. Aberdeen. Las Hébridas Exteriores. Islandia. Nueva Escocia. Terranova. Cualquier sitio.

—No —dice Luke.

—¿Y te lo pensarías?

—¿El *Ulises* te está aburriendo?

—Calla —le doy en la cabeza con el libro y pierdo la página, lo cual no está tan mal—. No me refiero a irnos ahora, aunque me podrías convencer, si quisieras.

—Nah —dice.

—Eso es todo, ¿entonces? ¿Nah?

—Sip. —Y regresa al periódico.

Recojo el *Ulises*, y evalúo su enorme peso sobre la palma de mi mano.

—¿Sabes? Yo no elegí de forma activa vivir aquí. Vine porque es lo que hacía todo el mundo. Pero no hay ningún motivo por el que deba seguir aquí.

—Un poco duro, eso que dices.

—No, no. Por supuesto, tú eres el motivo de que me haya quedado. Pero es como si yo, personalmente, no tuviera necesidad de estar aquí. Piénsalo: si tú quisieras, o necesitaras, un traslado, yo podría irme contigo mañana mismo. Puede que hasta me fuera mejor con lo de encontrar trabajo. Podría ser lo que yo quisiera en otro sitio, como cocinera de colegio en Cornualles, recepcionista de un médico en Fife o bibliotecaria en Gloucestershire, por ejemplo.

—También puedes ser esas cosas aquí. —Luke me lanza una mirada, una imitación imprecisa y vaga de persona interesada.

Dejo el libro y desenrosco las piernas.

—No, *aquí* sería raro. *Aquí* me verían como alguien excéntrico. Londres está genial, pero es agotador... La cultura del trabajo aquí es muy ambiciosa. A ver, dime uno solo de nuestros amigos que se dedique a ir tirando sin más con un curro del montón. —Luke reconfigura el periódico con muchas sacudidas y crujidos, y luego se tumba y sigue leyendo—. ¡Exacto! No puedes, porque no hay ninguno. Todo tiene que ser interesante de verdad, o creativo, o significativo, o de prestigio, o bien pagado, o, en el mejor de los casos, todas esas cosas juntas. Incluso los que se metieron en carreras de mierda ahora ganan una pasta gansa.

Se vuelve hacia mí con un gesto serio y comprensivo, posa ambas manos en mis hombros y busca mis ojos con los suyos.

—Claire. Voy a serte sincero. Creo que ya ha llegado el momento. —Respira hondo—. Pienso... Pienso de verdad que deberías dejar el *Ulises*. No pasa nada, no voy a juzgarte por ello. Te sentirás mucho mejor.

Es tentador. Últimamente estoy tan desesperada que me pongo a acariciar el lomo de *Moby Dick* cuando paso junto a la estantería, anhelando la vasta majestad del océano e incluso los largos pasajes técnicos sobre la pesca de ballenas, que, racionalmente, sé que odiaré, pero que ahora mismo poseen un atractivo puro, como un anorak de marinero.

—A ver, ¿hasta dónde has llegado? —pregunta Luke.

—Me has hecho perder la página. La doscientos y algo.

—¿Y qué está pasando?

—Es difícil de explicar. No hay una historia real en sí.

—Ponme a prueba —dice Luke—. Me lo he leído.

—No es verdad.

—Sí que lo es. Cuando estuve en Sri Lanka.

—¡Hasta el final! ¡Te lo has leído todo!

—Pues claro que me lo he leído todo. Es una obra maestra. Aunque, sinceramente, si a ti te resulta demasiado, te prometo que no te juzgaré. Es una lectura exigente y puede que no te encuentres en el estado de ánimo adecuado para afrontarla. Podrías probar con *Dublineses*. Es más digerible.

Abro el libro de golpe, pero, en cuanto retomo la lectura, mi atención se desvía ya a pueblecitos azotados por el viento y recogidos a orillas del mar.

Metro

En el último tren, una mujer va mascando taciturna gominolas de fresa gigantes. «He pasado por eso, amiga», pienso, fijándome en su ropa de oficina arrugada y en su piel cetrina y cansada.

Gestiones

Hace dos meses que renové mi carné de conducir —solo con ocho meses de retraso— y todavía siento un arrebato de orgullo cuando me acuerdo de este logro.

«La siguiente meta, el dentista», me digo muchos días, pero todavía no he mostrado ninguna señal de continuidad.

Retórica

La buddleia ha sido descrita de un modo variado (durante la búsqueda en Internet de hoy) como tozuda, autosuficiente, una oportunista total, dominante, adorable, un incordio, poco exigente, encantadora, munificente, destructora de hogares, un festín para las mariposas.

Efecto mariposa

Cuando tenía seis años y jugaba en el jardín, una mariposa se posó en mi brazo y se quedó allí durante diez segundos, contando despacito. Contuve la respiración mientras ella flexionaba las alas, preparándonos a ambas para su inminente despegue, y por cada segundo (despacito) que se quedó, más importante y escogida me sentí. Pero cuando salió volando, corrí a casa para contárselo a mi madre y descubrí que no me salían las palabras adecuadas, así que me quedé callada.

Probando

—¿Diga?

—Mamá, soy Claire.

Hay un largo silencio.

—Me salía como «número desconocido» —se le nota molesta por haber picado tan fácilmente.

—Lo sé. No respondes a mis llamadas. Quería probar y... ¿Sigues enfadada conmigo?

Suspira, y me lo tomo como una buena señal. Puedo apañármelas con una resignación comedida.

—Enfadada no estoy. ¿Herida? Sí. Desconcertada, no entiendo por qué hiciste una broma de tan mal gusto en el funeral de mi padre...

—Ok, vale: por eso te llamo. A ver, en primer lugar quiero decir que no era estrictamente una broma, pero...

Otro suspiro.

—No tengo la energía para esto en este momento.

—Por favor, espera... No era una broma, *pero* tampoco lo dije porque fuera algo gordo. Y lo siento por el momento en que lo dije: estoy de acuerdo en que no era el ideal.

—¿Eso es una disculpa?

—Sí.

Contengo la respiración. ¿Es posible que sea tan sencillo?

—Oh, bueno, entonces, ¡ya está todo arreglado! —comenta con una risa sarcástica.

—Mamá...

—No sé qué quieres que diga, Claire, en serio. ¿Que está bien ir soltando por ahí acusaciones sobre mi padre, siempre que no sea en su funeral?

Intento controlar el volumen de mi voz.

—Creo que estás exagerando. Si lo hubieras escuchado cuando lo dije, habrías comprendido que no era una *acusación*. Se suponía que no era nada serio. Sinceramente, pensaba que todos los demás sabían de qué les estaba hablando.

—Bueno, pues a mí me parece bastante serio. Por favor, Claire, *solo* te has disculpado por el momento en que lo dijiste.

—Eso no es... ¡Deja de dar la vuelta a todo lo que digo! ¡Joder! ¿Por qué no intentas comprenderlo de una maldita vez?

Mi madre no responde, y yo ya no sé cómo seguir desde este punto.

—Creo que deberíamos dejarlo así de momento —dice, finalmente—. No creo que esto nos ayude mucho a ninguna de las dos.

Metro

Unos asientos más allá, veo al ex amor-de-mi-vida. Ha engordado un poco, y no va muy bien vestido precisamente, pero, a pesar de todo, vuelvo a sentir el palpitar de antaño. Redirijo la vista al suelo y miro fijamente el linóleo gris, de un modo intenso, poético, para dar la impresión de que él no podría estar más lejos de mi brillante mente.

—¡Eres tú! —dice, cruzando el vagón, y me tomo un momento para sacudirme mi profunda ensoñación.

—¡Anda! —digo—. Hola.

Está de pie encima de mí, agarrado a la barra sobre su cabeza. Lleva el mismo *aftershave* de siempre, embriagador y popular, que he olido cientos de veces en extraños que me cruzo desde entonces.

—No me había fijado en ti al pasar.

—No has cambiado, entonces. —Mi intención era soltar una réplica desenfadada, pero las palabras brotaron extrañas y amargas de mi boca.

—Pues tú sí... —dice—. Que has cambiado, quiero decir. A mejor: tienes muy buen aspecto. Estás... estás muy bien. No estoy diciendo que antes no estuvieras bien.

Se ha colocado en una postura en la que sus pies rozan ligeramente el lateral de los míos.

—¿A qué te dedicas ahora? —digo, deseando desprenderme del calor que me invade.

—Un poco a la investigación, un poco a la asesoría. Casi todo mi tiempo se lo dedico al grupo. —Me da un golpecito con el pie—. ¡Eh, tienes que venir a vernos tocar! Esta noche actuamos en Camden. Te conseguiré unas invitaciones. Estaría bien tomar algo después, ponernos al día. —Asoma la lengua entre los dientes, en un gesto que le debe de parecer juguetón—. Tú y yo solos.

—Vaya —digo—, esta noche no puedo. Otra vez será. Os buscaré.

—¿Y un café? —dice, poniendo su amplia sonrisa comodín—. Seguro que puedes sacar media hora para tomar un café. Por los viejos tiempos. —Sus rodillas ya aprietan con ganas las mías. ¡Con qué rapidez y facilidad se toma estas libertades!

—Lo siento —digo, con un esfuerzo hercúleo, borrando de mi mente escenas mareantes de caída libre emocional en una cafetería luminosa cualquiera de cristales empañados—. Estoy con alguien. Me bajo aquí.

—Ha estado bien verte —dice cuando me levanto. Posa con suavidad una mano en mi cintura, acercándose para que sus labios rocen mi oreja—: Se te ve muy feliz.

—Lo estoy —respondo—. Estoy muy feliz.

Y al bajarme del metro, cinco paradas antes de la mía, me doy cuenta de que, en cierto modo profundo y solitario, llevaba esperando este momento demasiados años.

Señal

—Se ha jodido el wifi. —Luke va en calzoncillos: descalzo, pecho desnudo.

—Se va y viene —digo.

Se pasea esperanzado por la habitación, con el portátil en brazos como quien acuna a un bebé con cólicos para que se duerma.

—Vas a ser un padre magnífico —digo, y al ver que abre la boca para protestar, añado—: Cuando llegue el momento, lo sé, todavía no.

Sueño

Llevo a un bebé en mi bolso, pero sin el menor cuidado: solo una cosa más ahí metida, junto al teléfono, el peine, el monedero y las llaves.

Viernes noche

Estoy en el piso de Sarah, el mismo que compartí con ella antes de que Luke y yo nos compráramos la casa, hace cinco años. Desde entonces ha tenido una serie de tranquilos compañeros de piso, todos estudiantes de doctorado, pero mañana Paddy se muda con ella, así que hoy he venido para celebrar su última noche de libertad con vino y una cena a base de patatas fritas.

—La tele fue un punto de inflexión. —Sarah me indica la enorme y lustrosa pantalla plana que ocupa el sitio del antiguo cubito en el que veíamos *Friends*—. Me dio un poco de pena deshacerme de aquella cajita.

—Con este monstruo no tendrás problemas con la antena, supongo. —Vivíamos obsesionadas con hacer pequeños ajustes a la antena para ver bien la imagen—. ¿Te acuerdas de cuando acabábamos de sintonizarla y vino Luke y la fastidió?

La segunda vez que Luke vino al piso, agarró el cable, preguntando para qué servía, y Sarah y yo chillamos de terror mientras se le caía de entre sus dedos sorprendidos.

—¡Maldito Luke! Nunca volvimos a ver tan bien la imagen —dice Sarah.

—Tuvo suerte de que no cortara con él allí mismo. —Me inclino para rebañar con el dedo unas migas de patata—. Bueno, ¿cómo llevas lo de empezar a vivir con Paddy?

Sonríe.

—No te rías, pero siento una emoción ridícula ante todas esas cositas estúpidas que tú seguro ya tienes asumidas. Como cocinar juntos una gran cazuela de chili y congelarla en raciones.

Asiento con vigor, administrando vino a nuestras copas.

—Entiendo exactamente a qué te refieres. Hay algo tan atractivo y... primario en ello: dar vueltas a una olla hirviente con tu pareja, almacenar comida para el invierno... ¿Conoces esa parte de *La casa de la pradera*? ¿O era la del bosque? Cuando ahumaban y salaban la carne de ciervo. —Sarah asiente, pero creo que para seguirme la corriente—. Era mi parte favorita. El primer verano que lo leí, le rogué a mi padre durante semanas que me construyera una caseta para ahumar en el jardín. Se negó.

—No me puedo imaginar por qué lo haría.

—Ya te digo. Es incomprensible. —Doy un trago de vino y suspiro—. Luke y yo hemos probado toda esa historia de congelar en raciones, pero parece que no conseguimos hacerlo bien. Se nos olvida poner un ingrediente fundamental, o lo dejamos tanto tiempo en la nevera que al final resulta incomestible. Tenemos un pastel de pescado en el cajón de abajo que tendrá más de tres años, te lo juro.

Sarah parece desolada.

—¡Claire! ¡Te estás cargando mi sueño!

—¡No! ¡Oye! —Poso mi copa y cojo su cara entre mis manos—. Escúchame. Todo va a ir bien. Tenéis un plan de pensiones. Y un coche. Paddy y tú haréis lo del chili: creo en ti, ¿vale? —Asiente, y la suelto, regresando a mi copa, que aprieto contra mi mejilla—. A veces todavía me fascina que me dejen vivir sola sin la adecuada supervisión de un adulto. ¿No es un poco increíble que podamos hacer lo que queramos, cuando queramos? Cenar patatas fritas, por ejemplo.

—No ir a trabajar.

—Ay.

—Perdona, perdona, no era mi intención. Es que estoy celosa de que puedas pasarte el día echada a la bartola.

—En realidad, ahora me levanto más temprano que cuando tenía trabajo.

—¿En serio?

Asiento. No es del todo una mentira: quizá dos de cada cinco días estoy en pie a las siete y media, cuando Luke entra pronto, y, en mi opinión, eso es suficiente para validar mi afirmación.

—Descubrir qué hacer con mi vida es mucho más duro que mi antiguo empleo. No me puedo creer lo rápido que se me pasan los días.

—¿Puedo preguntar... adónde has llegado con todo esto?

—Pues... A ninguna parte —digo, vertiendo en el bol dos bolsas más de patatas (paprika y pollo con tomillo) y revolviéndolas bien para que se mezclen los sabores—. Tengo la impresión de que cada decisión que tomo *recorta* las posibilidades en lugar de ampliarlas. ¿Y si fuese una magnífica alfarera pero nunca llego a saberlo porque nunca lo he probado?

—¿Nos apuntamos a clases? Yo me apuntaría.

—Pero lo mismo vale para todo: fotografía, jardinería, ¡carnicera! No puedo apuntarme a clases de todo.

Sarah me apunta con su copa, consiguiendo milagrosamente que no se le derrame ni una gota.

—De verdad pienso que tienes que creer en ti. Confía en tu instinto. Ninguna de esas cosas te ha resultado atractiva antes, así que, ¿por qué ibas a querer probarlas ahora?

Me lo pienso.

—Pero tú no siempre supiste que querías dar clases, ¿no?

La miro. Sarah está paralizada junto a la mesita del café, los ojos como platos y los carrillos hinchados, intentando controlar un enorme puñado de patatas que se le escurre entre los dedos y la boca.

—¡Santo Dios! —digo—. Ojalá Paddy pudiera verte ahora mismo.

Engulle lo que le queda en el puño, entre risas.

—Por eso tengo prohibidas las patatas en casa —consigue decir una vez que se ha recuperado, limpiándose las migas de las manos en los vaqueros—. Lo de dar clases... No lo sé. Siempre me han encantado los niños. Me lo pasé bien en el colegio, y supongo que el hecho de haberlo vivido hizo que me resultara atractivo como profesión.

—Haces que suene muy sencillo y lógico. ¿Por qué yo no puedo hacer ese tipo de inferencias? ¿Crees que algo va mal en mí?

—Pues claro que no.

—Igual es que no hay nada que me guste lo suficiente. Ese imbécil, Jonathan, el que me ha sustituido. Le *encanta* el trabajo; está obsesionado con la agencia. Fíjate, incluso ha empezado a organizar planes con los compañeros.

—¿Cómo lo sabes?

Lo sé porque echo un vistazo a sus cuentas en redes sociales casi a diario, por no hablar de la actividad online de mi antigua jefa.

—Me lo han contado.

—¡Pues bien por él! Ha encontrado lo suyo. ¿No es una prueba de que se puede conseguir?

—Pero ¿por qué no era *lo mío*? No solo es Jonathan. Mis antiguos compañeros, mi jefa Geri, todos estaban mucho más implicados que yo. Se ponían a *chillar* cada vez que pasaba algo bueno en el trabajo.

—Puede que no seas de las que se ponen a chillar. Pero cuando empezaste a trabajar ahí te gustaba.

—No como a ellos. Siempre he sentido que era todo falso.

—Recuerdo que te emocionabas con las cosas —insiste Sarah—. Ese festival de grafiti que montaste para la marca de vodka. Eso estuvo genial.

—Arte callejero —corrijo. Tiene razón: fue un éxito, y provocó mi ascenso de «asistente» a «jefa de proyecto»—. Estuvo bien, pero, al final, lo que conseguí es que alguna gente hablara de vodka. Quiero decir, ¿a quién le importa eso?

Sarah se quita la goma de la coleta. Me llega el olor a champú cuando su pelo cae suelto: Herbal Essences, la misma marca que lleva usando desde que teníamos quince años.

—¡Pero fue divertido! Con eso basta. No tienes que cambiar el mundo.

—Lo sé, pero ¿no debería pensar que lo que hago merece la pena? Aquello estuvo bien para mis veintipocos; ¿no es momento ya de hacer algo serio?

—Cuando éramos pequeñas, ¿no querías ser psiquiatra? Eso me parece que te pegaría —dice.

Poso mi copa, me estiro en el sofá y alzó la vista al techo.

—Quería, antes de saber que la psiquiatría forma parte de la medicina, lo cual significaba que tendría que hacer ciencias, así que lo descarté.

Saqué la idea de una novela juvenil sobre una chica cuyos padres eran los dos psiquiatras en América. Debía de resultar precoz en boca de una muchacha de doce años, y arrancaba una risa garantizada a los adultos, así que se convirtió en mi respuesta por defecto durante un buen número de años.

—Y desde entonces nada te ha llamado la atención.

—Bueno, no un trabajo concreto. Más bien, una idea general de estilo de vida: despachito acristalado, que me traigan sushi y cafés a la mesa, ropa cara, pasarme el día estudiando atentamente algo..., ¿fotografías? dispersadas sobre una mesa.

—Vale. Creo que ya veo dónde te equivocaste. Todos esos trabajos imprecisos y sin nombre ya están ocupados por los personajes de series en Nueva York.

—Esto puede sonar muy inocente, pero cuando acepté mi anterior trabajo no pensaba que estaba cogiendo un camino que podría convertirse en mi carrera. ¡Solo era una niña! Solo quería pagar las facturas y aprovechar al máximo las juergas de los fines de semana. Pensaba que tenía todo el tiempo del mundo para estudiar más, volver a formarme, viajar.

—Ay, Dios, hablas igual que mi madre, Claire.

—Siempre he opinado que Ruth habla con mucha sensatez. Deberías hacerle más caso.

—Sí, pero tiene sesenta y cuatro años. ¡Tú tienes mucho tiempo!

—¡No, no es verdad! ¿Y si quisiera tener un hijo en los próximos años? Imagina que empiezo en un curro nuevo y, justo cuando comienzo a dominarlo, tengo que pedirme una baja maternal para que gente cinco años más joven que yo me adelante.

—Para eso podrías haberte quedado donde estabas y haberlos adelantado tú. Tienes que reconocer que eso ya ha sido tomar una decisión.

—Cada vez más me gustaría que mis padres hubieran sido granjeros —digo.

—No —dice Sarah, meneando la cabeza con los ojos cerrados.

—Eso lo arreglaría todo. Piénsalo: tendría tierras, seguridad. ¡Y conocimientos! Tendría un montón de conocimientos útiles: ordeñar vacas, cultivar, criar gallinas...

Sarah se rinde.

—Todavía no es tarde. Vende tu piso y cómprate un terreno por ahí. Luke puede ser veterinario. Seguro que muchas cosas coinciden.

—¿Por qué no te vienes? Habrá que tener un montón de hijos para que lleven la granja cuando nos hagamos viejos. ¡Podrías ser su maestra!

—Me apunto. ¿Y Paddy?

—Paddy también, claro. Será perfecto para... esto... —Me esfuerzo, pero me cuesta encontrar un uso a «diseñador de interiores industriales» en ese escenario idílico—. ¿Construir graneros...?

—Ya sé: ¡puede convertir los cobertizos viejos en un hotelito rural! Para tener una fuente de ingresos extra.

—¡Perfecto! —digo, señalándola con el dedo.

Sarah da palmadas, sonriente. ¡Misión cumplida! Decido intentar aparcar mis dudas sobre Paddy. Está claro que, para mi amiga, el tipo es lo más.

Mañana del sábado

Dos de la madrugada: tres botellas vacías, nos hemos pasado al *amaretto* y hemos llegado al final de nuestra cuarta ensalada de patatas fritas (sal y vinagre con queso y cebolla, un clásico insuperable).

—Debería irme —digo, sin hacer ningún esfuerzo por moverme.

—¿Quieres quedarte? —propone Sarah—. Puedo sacar el sofá cama de tu antiguo cuarto.

Sería muy fácil. Llevo toda la noche invadida por una tierna nostalgia de nuestra vida de veinteañeras en este piso: fiestas en las que cenábamos en el sofá con los platos en equilibrio sobre las rodillas, interminables tazas de té, *gin-tonics* mientras nos preparábamos para salir y regresar renqueantes varias horas después, descalzas, para devorar una ronda tras otra de tostadas con mantequilla de cacahuete...

—Me encantaría, pero mejor no —digo, incorporándome con dificultad y lanzando una lluvia de migas de patatas sobre la alfombra—. Imagínate que mañana llega el pobre Paddy con todas sus cosas y me encuentra comatosa en el cuarto de invitados. No querréis empezar así vuestra nueva vida juntos. De todos modos, el autobús nocturno pasa por delante de mi casa.

Sarah abre los brazos para abrazarme.

—Aquí siempre habrá una cama para ti cuando quieras, Clairie. —No me llamaba así desde que teníamos doce años y siento un pellizco de tristeza, pero también de gratitud, porque siga siendo mi amiga después de todo este tiempo.

—Eres la mejor —digo, fundiéndonos las dos en un achuchón de pelo y jersey suaves y perfumados.

Mañana del sábado II

Me despierto y apoyo la frente contra la fría ventana. En la oscuridad, distingo filas de autobuses de dos pisos aparcados: enormes bestias silenciosas, como ballenas dormidas. Las puertas del autobús están abiertas, aunque no se ve por ninguna parte al conductor y, mareada, salgo de la terminal a la calle, donde me toca esperar quince minutos en la acera a que llegue un taxi sin licencia para llevarme a mi casa, en la otra punta de la ciudad, y cobrarme cuarenta y seis libras por el favor.

Peluquera

Más de seis meses y no-se-sabe-cuántas puntas abiertas: no puedo posponer por más tiempo este corte de pelo. Aunque llevo cinco años yendo al mismo sitio, mis visitas son tan poco frecuentes y mi presencia claramente tan insípida, que cada vez me saludan como si fuera una nueva clienta.

—Dime —me pregunta mi estilista, Giulia, una personita intensa, tatuada, y cuyo pelo, con corte asimétrico, está decolorado de blanco y revuelto, de modo que se le ve el cuero

99

cabelludo en un lado. Cuando suelto el mío de la coleta, cae tristemente por mi espalda.

—Bueno, está hecho un desastre. Mira estas puntas —digo traicionera, como un padre avergonzado poniéndose de parte de un profesor en su reprimenda.

Tomo un mechón al azar entre mis dedos y lo sostengo para que lo inspeccione. Giulia muestra su acuerdo asintiendo con el ceño fruncido, y bajo las luces demasiado brillantes y los espejos ubicuos, las ambiciones que traía de un gran cambio me abandonan.

—Así que, supongo que arreglarlo un poco, corta lo que necesites. —Lanzo un golpe de kárate a la altura de mi pecho—. ¿Hasta aquí? ¿Qué te parece?

Pone morritos.

—¿Lo *quierres* todo a la misma altura, o en capas?

—¿Tú qué piensas?

Se encoge de hombros.

—A la misma altura es más fácil *parra* mí.

—Vale, ¿pero me quedará mejor? ¿En tu opinión?

Lanza una mirada, primero a su reloj y luego a mi reflejo en el espejo.

—*Crreo* que sí. Ya *verremos*. Vamos. —Me acompaña a lavarme el pelo, sacudiendo un par de guantes de látex a modo de reprimenda. De vuelta al espejo, se pone manos a la obra, realizando frecuentes correcciones bruscas a la posición de mi cabeza. Mientras tanto, unas sillas más allá, otra estilista y su clienta comentan animadas una serie de improbables pasiones comunes: artes marciales, comida etíope, un festival de música electrónica en Bulgaria. Cuando resulta que tienen en común un libro favorito —una novelita escocesa de los ochenta que suena poco conocida— solo el temor a despertar las llamas de la ira de Giulia evita que me ponga a buscar cámaras ocultas, para comprobar que no estoy siendo víctima de una gran broma televisiva para culturetas.

La revista que me ofrecieron no ha llegado y, tras un lapso brutal de silencio, pregunto desesperada, para distraerme de la atracción lunar de mi reflejo:

—¿Mucho curro esta tarde?

—Sí. *Parra* abajo, *porr* favor —dice, empujando hacia delante mi cabeza de modo que solo puedo ver el humillante michelín fofo y blanquecino que asoma entre los pliegues de mi blusa.

Levanto la mirada sorprendida cuando al poco tiempo Giulia posa las tijeras y coge el secador.

—¿Ya has terminado?

—Sí. Entonces, ¿*norrmalmente* te pasas el secador? —pregunta.

—Oh, no. Me da igual.

Hasta que tenía doce años o así, mi madre insistía en secarme el pelo, convencida de que alguna enfermedad antediluviana me llevaría por delante si no lo hacía. Sin duda los cuentos que leíamos juntas antes de dormir sobre niños inválidos de buen corazón condenados a muertes trágicas en oscuros inviernos no ayudaban mucho. Pero cuando llegó la pubertad, me encontré a la caza de formas de rebelión poco arriesgadas y de mucho impacto y, siendo demasiado orgullosa para pasar de los estudios y demasiado miedica para el tabaco o los chicos, recurrí a nuestro ritual de secado de pelo matutino. Me marchaba airada al colegio con los hombros empapados, dando un portazo ante las vehementes protestas de mi madre.

—Eso me *parrecía* a mí. —Giulia posa una mano en mi hombro, y su cara junto a la mía—. *Perro* ¿y el calor y el movimiento? *Parra* ti, *estarrá* bien. Solo una pasada rápida. *Parra* que quede menos... —Pone una mueca que sugiere monotonía, renuncia y desesperación con una elocuencia impresionante—. *Quedarrá* mejor. Más...

—¿Voluminoso? —sugiero.

—¡Vivo! —exclama feliz entre el rugido del secador.

Perspectiva

Al pasar a toda prisa ante el edificio de mi vieja oficina, no puedo evitar mirar hacia la ventana. Geri y Jonathan están reunidos ante un teléfono, gesticulando muy excitados. La oficina está decorada para Navidad —¿cómo podemos estar ya en diciembre?— con el típico árbol artificial torcido adornado con lucecitas de colores y muchísima guirnalda. Me fijo en un detalle nuevo en los cristales de las ventanas: copos de nieve de papel tisú blanco, y unas letras de papel tisú rojo pensadas para que se lea «jo, jo, jo», aunque para quien está fuera, como yo, pone «oj, oj, oj».

Pasándolo genial

El día de Navidad, Luke y yo volvemos a casa a las nueve de la noche del apartamento que ha alquilado su familia aquí cerca. Estoy agotada de tanta comida y tanta cháchara: a Luke lo llamaron del trabajo unas cuantas horas antes de la celebración y tuve que mantener un flujo lúcido de conversación en su ausencia, esperando que a los demás no les resultara evidente que, sin Luke allí, yo estaba colándome en las sagradas tradiciones navideñas de unos extraños.

En nuestro salón, nos desplomamos en el sofá y me pongo el regalo de la madre de Luke: un par de zapatillas de casa con forma de cerdito, que hacen «oink» cuando les aprietas el hocico.

—Es difícil saber cómo tomarse esto —digo—. Está claro que no es el estilo de tu madre. ¿Es así como me ve?

Muevo arriba y abajo los pies.

—Yo que tú no le daría muchas vueltas —comenta Luke; pero es que a él le han regalado un iPad mini.

A eso de las diez, recibo una llamada de mi padre. Hay interferencias en la línea y casi no se le oye.

—¡Barco a tierra! ¡Barco a tierra! —no para de repetir, claramente poseído por el ambiente festivo.

Oportunamente, mi madre está metida en la final de una animada partida al juego de las películas junto a algunos de sus compañeros de mesa.

—Ahora es su turno, así que no puede hablar —dice mi padre—. ¡Literalmente!

De fondo se oyen los chillidos de la abuela, que de repente grita: «¡EL EXORCISTA!» varias veces antes de que se corte la línea.

Luces fuera

—Me ha encantado pasar la Navidad contigo —dice Luke, envolviéndome con su cuerpo.

—Me lo he pasado genial.

—Espero que no hayas echado mucho de menos a tus padres.

Pienso en ellos y en la abuela, en el mar oscuro, algo escorados en las camas de sus camarotes.

Ceder

—Siempre hacemos lo que a ti te apetece —digo.

Estamos a última hora de la tarde en Nochevieja. Extendida sobre el edredón hay una selección de DVD, todos con subtítulos, de alguna lista de grandes clásicos de todos los tiempos con los que Luke nos está obligando a lidiar.

—Sí, siempre hacemos lo que *a ti* te apetece —dice Luke.

—Eso no es cierto. Yo hago muchas cosas ahora que no hacía nunca antes de estar contigo.

—¿Por ejemplo?

—Ver pelis aburri... ¡extranjeras! Perdón, quería decir extranjeras. Ver pelis extranjeras, antes nunca hacía eso.

—¿Algo más? —pregunta.

—Marcharnos pronto de las fiestas.

—¿Algo bueno? ¿Alguna cosa positiva? —dice, poniéndose encima de mí y plantando las rodillas en mis costados.

—¿Comer más comida vegetariana? Eso es algo bueno. Y pelear. Antes de ti, casi nunca me peleaba. —Le agarro por las muñecas e intento tumbarlo, pero los dos sabemos que eso no va a suceder.

—¿Tenemos que ir a esa cosa esta noche? —pregunta. Se supone que vamos a ir a una fiesta de Nochevieja con mis amigos de la facultad en un bar que cobra veinte libras solo por entrar—. ¿No podemos quedarnos en casa a vaguear?

—Solo si me dejas elegir lo que vamos a ver.

—¡Hecho! —dice, apartándose de encima de mí, triunfante.

Me levanto a correr las cortinas para ocultar lo que queda del día y, como fugitivos escondidos en un cochambroso motel, nos deslizamos bajo el edredón para ver *Sister Act*, seguida de *Sister Act II*.

4

Hazte oír

Detrás de la parada del autobús, uno de los locos del barrio se dedica a aporrear con un martillo de verdad la persiana bajada de una tienda que hace tiempo cerró. Como de costumbre, lleva su traje de lamé plateado: una reliquia de un futuro que nunca llegó a suceder (o, para hacerle un poco de justicia, un futuro que *todavía* no ha llegado).

—Es la única manera —explica, gritando entre el tremendo ruido que él mismo está provocando—. Es la única manera de que me contesten, ¿sabes?

Miércoles

Me paso la mañana planeando una comida elaborada para Luke, compuesta de recetas de cinco páginas web distintas.

En la carnicería, cojo el tique y espero a que aparezca mi número en la pantalla digital. Estoy a punto de avanzar un paso cuando noto que alguien tira de mi codo.

—¿Me dejas pasar? —dice una mujer pequeña y ansiosa con un chubasquero beige y gafas de cristales gruesos, que amplifican sus ojos de un modo adorable. Me muestra en su mano temblorosa un tique arrugado en el que pone «47». En la pantalla está el 79—. Se me ha debido de pasar el turno.

—Sé lo que se siente —digo, haciéndome a un lado mientras ella pide solo un corazón de cordero.

—Bueno, ¿qué tal te ha ido hoy? —pregunta Luke, con la boca llena de cerdo desmigado cocinado a fuego lento y ensalada de col superpicante, mientras parte un trozo de pan de maíz al jalapeño para untar los restos de la salsa de los macarrones con queso y con un montón de pitos y flautas.

Llamada

Sobre la mesa, mi móvil se retuerce como si estuviera en sus estertores finales. «PAPÁ» se ilumina en la pantalla y ya sé qué es lo que pasa: mi madre ha muerto de repente, o se está muriendo, o esperando unos análisis que confirmen que se está muriendo; o es él quien se está muriendo, o le ha salido un bulto que seguramente no sea nada, pero se lo está mirando solo para asegurarse.

—Papá, ¿qué pasa?

—No pasa nada, solo te llamo para ver cómo estás.

—Estoy bien —digo—. Nada nuevo por aquí. ¿Y tú? ¿Y mamá? ¿Estáis bien los dos?

—Bien —dice. (No dice «No me quejo», su anticuada respuesta tipo, que desapareció de su vocabulario cuando, hace años, en una etapa entre pisos, volví a casa por un breve período y una tarde le dije, bajo la luz del fluorescente de la cocina, «Buf. ¡Esa frasecita es insufrible!», con una vehemencia malintencionada que ninguno de los dos nos esperábamos, ni llegamos a comprender del todo; y él, poniéndose colorado y torciendo el labio, parpadeó con un gesto de derrota triste y sorprendido.)

—¿Y Luke? —me pregunta—. ¿Está bien?

—Luke está bien —digo—. Trabajando mucho, como siempre.

—Sí, bueno... —El sobrentendido queda en suspenso: un cable suelto sacudido por el viento. *Sí, bueno, alguien tiene que hacerlo.*

—Mañana voy a ir a Londres —dice de repente.

—¡Vaya! ¿Y eso?

—Una reunión.

—¿Con quién? ¿De trabajo?

—Sí.

—Vale —digo—. Entonces..., llamas para... ¿ver si me gustaría quedar contigo?

—¿Te apetece? —dice papá.

—A mí, sí. ¿A ti?

—A mí... Si a ti te apetece.

—Me apetece.

—Bien.

Definición

Estamos viendo un documental sobre la Oficina de Personas Desaparecidas.

—De media, en el Reino Unido se archiva una denuncia por desaparición cada dos minutos —explica la voz en *off*—. Solo un porcentaje muy pequeño de esos casos llegan a los titulares de los periódicos.

En la pantalla, un agente de policía introduce con parsimonia importantísimas estadísticas en una base de datos.

—Me pregunto si yo saldría en las noticias —comento a Luke—. Tú seguro que saldrías: «Desaparece prometedor neurocirujano». Les encantaría. ¡Eh!, hablando de esto... ¿Me harías un favor? —Le doy una patadita—. Si alguna vez desaparezco, por favor diles que me definan como «de constitución media». Aceptaría «delgada» o «flaca», evidentemente, pero entendería que eso sea demasiado pedir.

—Media —dice—. Intentaré recordarlo.

—Debería seleccionar algunas fotos, por si acaso —digo—. En las que salga favorecida, pero que sean fieles a la realidad. No me fío de ti, desenterrarías alguna horrorosa en la que salga con ojos rojos y papada. —Meto la tripa, apenada—. No me puedo imaginar algo peor que ser descrita como «corpulenta» en las noticias de las diez.

—¿Ser descrita como «corpulenta» y «desempleada»? —bromea Luke, lanzándose directo a la yugular.

Me está bien empleado

Un mismo artículo —«Cómo encontrar el trabajo de tus sueños»— me aconseja: quemar todos mis planes, ir contra las normas, salir a la caza y captura, probar cosas diferentes, hacer un listado de mis pros (y mis dones), ser buena conmigo misma (pero realista), escuchar a mis sueños, hacer caso a mi corazón (y también al camino menos transitado), cambiar las reglas del juego, considerar mis opciones, estar atenta a las señales, tantear el agua con un pie antes de lanzarme de cabeza, tomar el pulso económico, escuchar a mis mayores, ignorar todos los consejos.

Papá

Lo veo yo antes que él a mí, apareciendo por las escaleras mecánicas y buscando en su cartera con el ceño ligeramente fruncido. Zarandeado por el flujo de trabajadores que regresan a casa, llama mucho la atención y provoca un pequeño atasco en la barrera al insertar el tique equivocado en la máquina.

—¡Papá! —lo llamo, saludando con la mano cuando por fin sale libre. Mira en todas direcciones excepto hacia mí, de modo que finalmente me acerco y le cojo del codo.

—¡Aquí estás! —dice, algo enfadado. Le envuelvo el cuello con el brazo y me da unas palmaditas en el hombro en lo que podría ser un gesto recíproco de afecto o una señal de que se acabó el abrazo.

—Guíame —dice, empujándome suavemente, de un modo fastidioso, a la lluvia de la tarde.

En el restaurante —una franquicia de precio razonable bajo la apariencia de una *trattoria* auténtica— estudiamos nuestros menús-salvamanteles de papel en silencio. Le lanzo miradas de vez en cuando y me fijo con un ligero sobresalto en que ya tiene todo el pelo canoso. Me pregunto si es un progreso reciente, o si se debe a que mi memoria seguía acostumbrada al anterior tono de pelo. Lee con la misma expresión absorta pero escéptica que pone con los periódicos del domingo.

—¿Qué vas a tomar? —pregunto.

—Alcachofas. Espera, ¿esas son las cosas alargadas y verdes? —dice.

—Eso son los espárragos. Las alcachofas son más bien de color beige y con forma de bulbo.

Hace un gesto rápido y enérgico de aquiescencia, dando a entender que he superado su prueba:

—¡Muy bien! Y el *zucchini* es... ¿berenjena?

Me río.

—Calabacín.

—¿Qué tiene de divertido?

—No, solo intento entender el porqué de tu confusión. En Estados Unidos llaman a la berenjena *eggplant,* y al calabacín, *zucchini*. Igual de ahí viene tu lío.

—Entonces, ¿por qué no ponen «calabacín» en el menú? No estamos en América.

—*Zucchini* viene del italiano y significa «calabacín». Se supone que esto es un restaurante italiano —explico, y papá menea la cabeza y chasca la lengua, como si esto confirmara una vieja sospecha sobre el estado del mundo. Aparece un camarero, un jovencito escuchimizado, con un grueso bigote y aire brioso.

—¿Estamos listos para pedir?

—*Tú* no sé —dice papá al camarero—, pero nosotros creo que sí. Claire, tú primero.

Pido una ensalada y *risotto* y, aunque me había propuesto firmemente no beber esta noche, una botella de tinto de la casa, mirando a mi padre para confirmar que se apunta.

—Entonces, ¿ya lo has mirado? ¿Lo de esa cosa que te ha salido? —pregunta papá en cuanto el camarero se va, y siento un golpe en el pecho. ¿Tendré alguna especie de lunar o tumor del que me olvidado? ¿No solo me estoy muriendo, también estoy perdiendo la cabeza?

—¿La...?

—La hierba esa, la que te salió en la fachada.

—¡Ah, la buddleia! No, no, está todo bien —digo, y evito que haga más preguntas señalando hacia la botella de Merlot que nos traen.

—Entonces, ¿lo pasasteis bien en el crucero? —pregunto mientras nos sirven.

—Pues sí —dice papá—. Tenían un cantante buenísimo que actuaba todas las noches. Muy corpulento, como el tipo ese que se murió.

—¿John Candy? —aventuro—. ¿Richard Griffiths?

—No, no, un cantante italiano, con barba.

—¡Ah! ¿Pavarotti?

—Eso es. Este tipo —menea la cabeza— era increíblemente bueno. Tendría que actuar en un teatro de Londres —dice con la autoridad de un experimentado productor del West End.

—Bueno, no será para tanto —comento— si ha terminado cantando en un barco.

Papá frunce los labios. Me siento un poco mal y cambio rápido de tema.

—Se me hizo raro no pasar la Navidad con vosotros. Ha sido la primera vez. —Repaso con la punta del cuchillo el eslogan del restaurante en mi dos en uno de salvamanteles y menú. «*Mangia bene, vivi felice!*»

Papá asiente.

—Bueno, está bien probar algo distinto.

El vino es flojo y dulce, y me lo tomo como zumo: a sorbos sedientos y frecuentes.

—Creo que lo aguan —digo, en parte porque me parece que es cierto, y en parte para mitigar la cruel realidad de que mi copa ya está medio vacía mientras que él no ha tocado la suya—. Bueno, ¿cómo ha ido tu reunión?

—Bien —dice.

—¿Qué era?

—¡Oh! —Hace una pausa para dar un trago largo y ruidoso al vino—. Era, esto..., algo que ver con cambios potenciales en la forma de dirigir las cosas. Reestructurar.

—En serio —comento, por decir algo.

—Pues sí —confirma, a su vez.

—¿Qué... clase de cambios?

Se enfrasca en una larga explicación y, aunque me esfuerzo por escucharle, me pierdo en cuanto suelta algunos acrónimos. Asiento y frunzo el ceño, mirando mi copa fijamente, intentando calcular cuánto conviene esperar antes de rellenarla.

—... un posible paquete de despidos.

—Claro —digo, asintiendo esta vez con más energía para ocultar el hecho de que estoy cogiendo la botella—. Espera..., ¿despidos? ¿Un paquete de despidos de quién?

—No hay nada definitivo —dice—. He dicho «posible».

—¿En el caso de qué?

—De que se aprueben estas nuevas medidas.

—En el caso de que se aprueben estas nuevas medidas, ¿qué?

—¡Vamos allá! —dice el camarero—. ¿Para quién es la deliciosa ensalada?

—Papá —digo, echándome hacia atrás mientras posa el plato—. ¿Podrías repetir eso de qué va a pasar si aceptan las nuevas medidas?

Sin probar la sopa, papá coge el salero y la sazona con vigor.

—Podría haber despidos. Me podría afectar, pero todavía es pronto.

—¡Oh, no! Quiero decir..., bueno. Esto..., ¿y cómo te sientes?

Con la voz atragantada y quejumbrosa que reserva para momentos de gran hilaridad o gran tensión, dice:

—No importa mucho cómo yo me sienta.

—¡Eh! —poso mi tenedor, un gesto exagerado que resulta forzado y falso—. A mí sí me importa.

Se encoge de hombros, tragando una cucharada humeante. Recupero mi tenedor y me pongo a untar una rodaja de tomate en la vinagreta.

—Deberían tener cuidado con las ratas —dice papá, señalando hacia los sacos de harina amontonados casualmente por las esquinas, parte del ambiente informal y rústico.

—Seguramente estén rellenos de paja —digo.

Comemos durante un rato sin hablar.

—No le digas a tu madre lo que te acabo de contar.

—No podría aunque quisiera. —Lo observo mientras rebaña hasta la última gota del plato con pan—. ¿Por qué no se lo cuentas? ¿No crees que deberías hacerlo?

—Ella no lo entendería. Y no me dejaría ni respirar.

Aunque probablemente tenga razón, siento una necesidad kármica de salir en defensa de mamá.

—Igual te sorprende.

Sacude la cabeza y nos quedamos mirando nuestros platos vacíos.

—¿Qué tal estaba la sopa? —pregunto.

—No estaba mal. Un poco salada.

—¿Alguna señal de deshielo, ya sabes, en lo mío? —pregunto, tras otro silencio.

—¿Qué tal estaban los primeros? —dice el camarero, recogiendo nuestros platos.

—Bien, gracias —decimos al unísono fortuitamente, mientras el muchacho desaparece.

—¿A quién le apetece algo dulce? —Nuestro amigo está de vuelta con unas tarjetitas de menú más pequeñas.

Papá me mira antes de responder, lo cual me pone, por un instante, tremendamente triste. Miro el reloj: parece increíble, pero llevamos aquí menos de una hora, así que, aunque no me apetece tomar postre, digo:

—Vale, le echamos un vistazo.

—Uf —dice papá, frotándose la barriga, que está algo más llena de lo que parece saludable pasados los sesenta y cinco—. No creo que pueda tomarme un postre entero. ¿Y si compartimos uno?

Tras un oneroso proceso de eliminación (¿Qué quieres? / ¿Qué quieres tú? / Cualquier cosa / Yo también. / ¿Descartamos la *panna cotta*? / Vale. La *panna cotta* no. / La tarta de limón..., ¿has puesto mala cara? / No me importa pedirla. / Ah, iba a decir que la descartábamos también. Pero si te apetece, podemos... / No me importa no pedirla. / Entonces nos quedan tres. Venga, elige tú. / Sinceramente, los tres me suenan igual de bien. No puedo decidirme. Elige tú. Cualquiera. Pero el tiramisú, no. / Y el crujiente de manzana es aburrido, ¿nos decidimos por el pudin de tofe? / Bien. / ¿Seguro que no quieres la tarta de limón? Me pareció que querías, y cuando yo dije que no, igual solo aceptaste por cortesía. / Me da igual, cualquiera. La tarta de limón está bien, el pudin de tofe está bien. / ¿Pudin de tofe, entonces? / Pudin de tofe. / ¿Seguro? / Seguro. De todos modos, solo voy a tomar una cucharadita.) pedimos el pudin de tofe. Mientras esperamos, intento de nuevo sacar el tema de mi madre.

—No sé cómo arreglarlo —digo—. No parece que haya un modo de solucionar las cosas.

—Tu madre es una mujer contumaz, Claire —dice—. Todavía está de luto. Creo que tendrás que dejar pasar tiempo.

—¿Podrías intentar hablar con ella por mí? —le pido.

—Lo he hecho, lo sigo haciendo y lo haré —dice.

Llega el postre. En menos de un minuto de ahondar y escarbar con frenesí, el plato queda prácticamente inmaculado, y nuestras cucharillas brillan más que cuando nos las trajeron.

—¿Piensas que es homosexual? —dice papá en un susurro, inclinándose ansioso sobre la mesa, las manos unidas bajo la barbilla. Sus ojos dicen «Ya sé que no está bien, pero...». Tiene los labios agrietados y oscuros del vino. Me raspo los míos con la uña.

—¿Qué? —digo, aunque le he oído perfectamente y sé que se refiere al camarero.

—Nada —dice papá, desinflándose.

Cuando llega la cuenta, rebusco mi monedero y pronuncio un «¿Me dejas?» apenas perceptible, tranquila al saber que me dirá que no.

De camino hacia la estación de metro, practico repitiendo en mi interior, una y otra vez, la frase: «Te quiero, papá. No te preocupes por lo del trabajo. Aquí estoy para lo que haga falta, pase lo que pase».

—¿Decías algo? —pregunta papá.

—¿Qué? —digo, y luego añado rápidamente—: muchas gracias por la cena.

—Cuídate, Claire. Dale recuerdos a Luke.

Le ofrezco un beso como si fuera una pregunta; él baja la cabeza para aceptarlo y, cuando se retira, siento el repentino escozor que produce el roce de su áspera mejilla afeitada en la mía.

Aprobación

Cuando le conté que iba a presentar la renuncia sin tener un trabajo nuevo ya buscado, mi padre no perdió la ocasión.

«Aquí podrían hacerte un sitio. Una de las chicas de administración, Karen, va a dejarnos pronto para ponerse a estudiar estética.»

Me imaginé yendo a trabajar todos los días de la ciudad a los suburbios, departiendo con mi padre sobre políticas de la empresa mientras tomamos sándwiches y bebemos café del malo. Resultaba, de un modo extraño, tentador.

«Es una oferta muy amable...»

«Espera: no es una oferta. Tendrás que pasar por los canales oficiales. No puedo asegurarte nada.»

«... pero tengo dinero ahorrado. Mi plan es ir tirando sin ingresos durante unos meses. Un curro temporal podría ser una distracción.»

«Para Hilary no es un curro temporal», dijo, refiriéndose a su asistente personal y sonando ligeramente indignado.

«Lo sé. Pero creo que quizá soy más una Karen.»

Hubo un silencio mientras lo asimilaba.

«¿Quieres dedicarte a la estética?»

«Una Karen que todavía no ha encontrado su campo.»

«Mandaré un correo a los de recursos humanos por si cambias de opinión.»

«Sinceramente, no hace falta que lo hagas, papá...»

«No pasa nada. Pero recuerda: no te garantizo nada.»

Mi madre, por el contrario, me animó mucho más.

«Oh, qué bien —dijo—. Siempre pensé que ese sitio no era para ti.»

Tras pasarme los dos últimos años quejándome de mi trabajo, salté de pronto en defensa de mi empresa.

«Pues están muy valorados en el sector. ¿Sabes que han recibido más de cien solicitudes para mi puesto a las veinticuatro horas de anunciarlo?»

Cuando empecé a trabajar allí, en un esfuerzo por ayudar a mis padres a comprender lo que hacía, les enviaba por email artículos de la prensa especializada en los que hablaban muy positivamente de mi empresa. «Fantástico, bien hecho, Claire», me contestaba mamá. «Sí, muy bien», añadía papá. Dejé de hacerlo cuando, en una fiesta familiar, oí a mi madre explicando con paciencia y repetidas veces a un tío abuelo sordo que yo trabajaba en el «COMERCIO».

«Estaba bien como primer empleo —me dijo—, pero no era lo tuyo.»

«¿Qué quieres decir?»

«No sé por qué te pones tan a la defensiva. Dijiste que has presentado la renuncia porque no estaba bien.»

«Vale —con aquello me había pillado—, pero si no era lo mío, entonces, ¿qué es lo mío para ti? Cuando era pequeña, ¿qué creías que iba a ser de mayor?»

«Bueno, para empezar, madre. Siempre te encantó cuidar de tus muñecas.»

Me imagino mi útero, oscuro y vacío.

«Me refiero de trabajo.»

«Claire, sabes que siempre he dicho que tú podrías dedicarte a lo que quisieras.» Sonaba como si todavía se lo creyera, también.

«¿Y si no sé lo que es? ¿No tienes ninguna idea?»

«Ooh. A ver. Me estás poniendo en un aprieto. Déjame que lo piense y te contesto.»

Pero no lo hizo. Y luego dejó de hablarme.

Metro

Un hombre con vaqueros manchados de pintura y unas Reebok, que lleva un periódico abierto de par en par, mueve los labios mientras lee, como un actor aprendiéndose sus líneas de memoria: líneas sobre catástrofes en las Filipinas, ejecuciones públicas en Oriente Medio y una crítica del último restaurante de pollo frito que acaba de abrir en un rincón remoto de la capital.

Comida

—¿Qué has comido?

—Pavo al curry.

—¿De la cafetería?

—Sí.

—¿De postre?

—Manzana.

—¿Alguna galleta o aperitivo?

—No. Bueno, un yogur. ¿Has salido a correr?

—¿De qué sabor? No, estoy dando un paseo. ¿Por qué?

—De frutas del bosque. Hablas con la respiración acelerada.

—Es que ando muy rápido. —Alejo la base del teléfono de mi cara para disimular la molesta respiración—. ¿Sabes una cosa? Nunca me preguntas qué he comido.

—¿Qué has comido? —pregunta Luke con desinterés.

—No te estoy diciendo que tengas que preguntármelo. Solo comento que me cuentas muy feliz lo que has comido, pero cuando hablamos de mí, no te interesa tanto.

—¿Quieres la verdad? En este caso, es cierto.

—Muy bien. —Guardo silencio por un momento—. Pero es de buena educación devolver la pregunta.

—¿Has comido algo muy emocionante? ¿Por eso me lo preguntas? Ahora siento curiosidad, de verdad —dice Luke.

—No, te lo preguntaba porque me ayuda a hacerme una idea de cómo ha sido tu día. Me gusta imaginar lo que andas haciendo.

—Esta mañana he hecho un agujero en un cráneo humano —me complace.

—Sí, pero, ¿eso no es algo que haces casi todos los días?

—También como *todos* los días.

—¡Eh, y yo también!

Suelta un suspiro, seguramente cariñoso.

—Venga, entonces, ¿qué has comido?

—Adivínalo.

—No, no quiero adivinar. Está bien: ganso.

—No te lo pienso decir si te dedicas a burlarte de mí.

—¡Ay, Dios!

—Vale, te doy una pista: piensa en pescado.

—Te he dicho que no quería adivinar. Atún —dice.

—¡Bingo! Ensalada de atún. No era tan difícil, ¿a que no?

—¿Qué ha pasado con eso de reducir el pescado?

Anoche, mientras cenábamos filetes de bacalao, propuse que deberíamos comprometernos a comprar pescado solo una vez cada quince días, y siempre asegurarnos de que proviene de una fuente sostenible. «¡Pero si fuiste tú la que me obligó a empezar a comer pescado en un principio! —dijo Luke, perplejo—. ¿Y ahora quieres quitarlo?»

—Era atún de lata. Ya lo teníamos en la despensa. Ese pescado llevaba muerto un año o más. Además, he estado dándole vueltas a nuestro plan de reducir el consumo y, pensándolo mejor, creo que deberíamos aprovechar hasta que se agoten las existencias.

—No va con segundas —dice Luke.

—No: *va* con segundas —digo.

Correo

En el felpudo, un sobre cuya dirección está escrita con la letra retorcida y entrelazada de la abuela. Hace años me enviaba chucherías por correo, paquetitos de gominolas o caramelos. Envueltos en plástico de burbujas y papel de estraza, poseían un ligero y emocionante aire de contrabando, y los saboreaba con un extraño autocontrol, racionándolos para que me duraran una semana o más. Por desgracia, todo aquello terminó cuando me gradué, y esta misiva en particular parece sosa y poco prometedora. La abro y, al extraer la carta, caen al suelo unos recortes de periódico. Los recojo y echo un vistazo a los titulares:

MÁS DE 300 SOLICITUDES PARA UN EMPLEO EN STARBUCKS
EL EMBARAZO TARDÍO AUMENTA EL RIESGO DE CÁNCER DE PECHO
LLAMAN A CONTENER LA EXPANSIÓN DE ESPECIES INVASORAS

(Esto último no se refiere, como temía, al control de la inmigración, sino al tratamiento propuesto por su ayuntamiento contra las buddleias. Viniendo de la abuela, no se puede estar segura.)

He pensado que te podría interesar el contenido adjunto.
Como dicen, más vale prevenir que curar.
Te quiere,
La abuela

La carta está escrita con el papel personalizado que el abuelo y ella siempre han usado; ahora, sin embargo, ha tachado el nombre de Gum con un grueso trazo negro.

Cena y televisión

El frigorífico no tiene más que ofrecer que este viejo paquete de verduras para saltear, marinándose en sus propias filtraciones

119

marrones. El bloque mezclado se desliza en el *wok* y lo empapo con una salsa dulce y brillante, para ocultar sus verdaderos colores y sabor. De fondo, un cocinero de la tele, que antes era adorable, está cocinando para un hombre llamado Gary, lanzándole preguntas capciosas por encima de su hombro cubierto por el trapo de cocina.

—Amigo Gary, ¿cuántas veces te despiertas, ves una pila de grasientos envases de comida para llevar y deseas haber cenado algo más sano?

—Si te soy sincero —dice Gary, dócil y miserable como si acabaran de hacer público el historial de su navegador de Internet para que lo vea todo el mundo, su mujer incluida—, si tengo que serte sincero, casi siempre.

El cocinero sonríe con complicidad, menea la sartén y lanza al aire dados de carne.

Ropa

Ahora son las tres en punto, bien entrado el Tiempo Muerto: ese espacio de horas vacías entre comidas que se extienden por la tarde. Cada minuto que he dedicado hoy a mi estrategia de búsqueda de empleo —una serie de apasionadas cartas especulativas en las que explico por qué yo sería, según el caso, una perfecta directora literaria de un teatro, coordinadora de proyectos de un museo, documentalista en una revista de moda y (una rareza entre mis comodines) funcionaria de reinserción en una cárcel— ha venido acompañado por otro minuto malgastado en ojear y leer por encima artículos y blogs en directo sobre una serie de televisión completa que nunca he visto, incluyendo los 391 comentarios de abajo (que al llegar a un determinado punto se convirtieron en una acalorada discusión sobre otra serie de televisión distinta e igualmente desconocida para mí).

Para cambiar de ambiente, me dirijo al dormitorio. Mientras Luke dobla y guarda su ropa todas las noches, con la meticulosidad y la previsión que lo ayudaron a sacarse la carrera de medicina, la mía, por el contrario, se acumula en un montículo a los pies de la cama.

«¿Te encargarás de eso pronto?», me preguntó Luke anoche, viendo un calcetín que se deslizaba espontáneamente cuesta abajo por un costado. «Claro», respondí, con toda mi buena intención.

Recojo una camiseta al azar, olisqueo la tela, decido que aguantará otro uso y la deposito con cuidado sobre la cama. Luego, un top que tengo desde hace años pero que nunca me he puesto. De vez en cuando, me lo pruebo, con la esperanza de haberme quitado el miedo a llevarlo; pero siempre, tras un paso frente al espejo, tuerzo el gesto y termino quitándomelo y volviéndolo a echar al montón. Lo cojo por las hombreras, meditando si colgarlo, guardarlo doblado en un cajón o deshacerme de él, de una vez por todas; incapaz de decidirme, me derrumbo desesperada al pensar dónde deberían ir todas estas cosas y cómo llegarán allí.

Insultante

Digo:

—Entonces, ¿yo sería Clarence?

Todo el mundo está removiendo la lasaña en los platos, pinchando los granitos de carne picada uno a uno y pasando por completo de la pasta.

—No. No se trata de la versión masculina de tu nombre; se trata del equivalente masculino, de cómo suena. Por ejemplo —explica Rachel, señalando—, si Lauren hubiera sido un chico, sus padres no le habrían llamado Lawrence, sino que podrían haberle llamado algo así como Joshua.

—Claro, le pega —digo, con la boca llena de ensalada que he cogido del bol.

—Y Francesca sería Raphael.

—Vale, ya lo pillo. Entonces, ¿yo sería algo así como James? Lauren sopesa esta opción, y sacude la cabeza.

—James suena muy majestuoso. Es un nombre de reyes.

—¿John? —pruebo, y todos dicen a coro: «No».

—John es atemporal. Claire es muy, sin ánimo de ofender, ochentero.

—¡Sí! O... un nombre de azafata de avión —dice Rachel.

Todas expresan su acuerdo con murmullos, de un modo tan rápido y silencioso que estoy segura de que han hablado de esto antes, a mis espaldas, probablemente en el pub junto al piso de Fran, un día que yo tuviera otros planes o no estuviese invitada, interrumpiéndose a gritos en su ansia por enumerar mis muchos defectos: «¡Un pelo de mierda!». «¡Se muerde las uñas!» «¡Una postura horrible!» «¡Un nombre ochentero!» «¡Eso!» «¡No, espera, un nombre de azafata de avión!» «¡Sí! ¡Eso!» «¡Una ropa de mierda!» «¡No tiene curro!» «¡Le falta ambición!» «¡Simplemente... insoportable!»

Fran interviene:

—Yo creo que serías algo como... Rod. O Ken.

—¡Sí! —dice Rachel—. ¡Exacto!

—¡Por supuesto que no! No vas a quedarte tú con Raphael y cargarme a mí con Rodney o Kenneth. Ni hablar.

—Solo es para divertirse un poco, Claire —dice Rachel.

—¡Ya lo sé! ¡Y me estoy divirtiendo! ¿Quién quiere los segundos?

Mascullan expresiones como «estoy llena» y «estaba riquísimo» mientras apartan sus platos.

—¿Qué tal ha estado la cena de chicas? —pregunta Luke, sentándose frente a la bandeja de lasaña.

—Un desastre. No han comido casi nada. Eso ya está sazonado —comento rápidamente al verlo coger el molinillo de pimienta. Lo posa de mala gana y le hinca el diente.

—Pues son unas tontas. Esto está riquísimo.

—A mí no hace falta que me lo cuentes. Escucha esto: Fran me ha dicho: «Claire, tu comida es siempre tan copiosa...».
—Espero, pero no veo reacción en Luke—. ¡Copiosa!
—¿Y qué problema hay? Es un cumplido. Suculenta. Nutritiva. A mí me gusta la comida copiosa.
—No: es una forma velada de decir pesada e indigesta. Insinuaba que estoy gorda.

Luke pone los ojos en blanco y pincha un buen pedazo con el tenedor.

—No creo que quisiera decir eso.

Sus dedos regresan con disimulo al molinillo de pimienta y se pone a moverlo con una falsa cautela, apretando los dientes, como preparado para recibir un golpe.

—Las conozco bien. Quería decir que soy una gorda que come fatal y que intento que las demás engorden también. Debes de tener el paladar insensible: le puse el punto justo de sazonado.

—¡Eh, se me ha ocurrido una idea! —dice Luke con urgencia, todavía dándole vueltas al molinillo—. En vez de tomarte todo lo que dice o hace la gente que te rodea como un ataque personal, ¿por qué no... dejas de hacerlo?

Se limpia el brillo anaranjado de los labios con un par de rápidas relamidas.

—¡Pues a mí se me ha ocurrido una idea mejor! ¿Por qué no saltas el muro e intentas ponerte unos minutos de mi lado, por una vez?

—Desearía hacerlo, pero —sacude la cabeza— no es posible. Hay una tipa loca al otro lado que se pone a gritar chifladuras cada vez que intento acercarme. —Abre mucho los ojos—. Está totalmente engañada y tarada. Es bastante trágico, porque la verdad es que es muy mona, y me han dicho que cocina una comida realmente copiosa...

Chilla, se retuerce y da paraditas cuando me abalanzo sobre él y me pongo a hacerle cosquillas.

24/7

Intentar ocultar el monstruo que llevo dentro ya es en sí mismo un arduo trabajo a tiempo completo.

¿?

Llamo a la abuela para darle las gracias por los TITULARES DEL DESTINO.

—No sabía si te habían llegado, porque como no dabas señales —dice—. Le pregunté el otro día a tu madre, y me dijo que no se acordaba de la última vez que la llamaste.

Me quedo boquiabierta.

—¿De verdad te dijo eso?

—Claire, no tengo mucho tiempo. La vecinita de al lado va a venir a hacerme el pelo.

—¿Te refieres a Sharon?

—Pues claro.

Sharon tiene treinta y muchos y tres hijos.

—Vale —digo—. ¿Te..., mi madre te contó algo más? ¿Sobre mí?

—Sinceramente, Claire, creo que deberías llamarla más. Ahora mismo bastante tiene ya con toda esta historia del colon. Dime, ¿tú cómo lo ves? Tu amiguito, el médico, ¿qué opina? ¿Deberíamos preocuparnos?

El pánico, con un pellizquito, se despierta.

—¿Qué? —digo.

—Bueno, me han dicho que es de los buenos..., pero tu madre no para de decir que no merece la pena adelantar acontecimientos hasta que sepamos seguro que es eso, y que por ahora solo es un interrogante.

—Un...

—Pero, de todos modos, una se preocupa. Nunca me lo cuentan todo: sé que tu madre piensa que lo hace para protegerme, pero no soy idiota. ¿Te he contado lo de la pobre

124

Wynn? Le encontraron uno, con metástasis, y solo le han dado un par de meses.

—Espera, pero estamos hablando del colon de...

—Wynn, mi amiga de Canadá. La conoces. También es verdad que pasa de los noventa, así que...

—No, quiero decir, antes de eso, lo primero que...

De fondo se escucha la vibración melosa de su timbre.

—¡Oh! Mira, tengo que dejarte. Esa debe de ser Sharon.

—¡Abuela! —digo.

—No te preocupes, Claire. Estoy segura de que tu madre tiene razón y no es nada. ¡Adiós!

¿¿¿¿¿¿¿¿¿¿¿¿¿??????????????

Llamo a «MAMÁ», luego a «CASA», y al no obtener respuesta, pruebo con «PAPÁ», pero nadie me contesta.

—¡Por esto la gente debería tener más de un solo hijo! —grito mientras el teléfono suena y suena.

Consuelo

—¿Cómo de malo es el cáncer de colon? —pregunto cuando Luke por fin me contesta dos horas después.

—Depende —dice Luke—. ¿Por qué? ¿Quién lo tiene?

—¡No lo sé! Mi madre, quizá, pero no contesta a mis llamadas.

Le cuento, o lo intento, lo que me dijo la abuela, pero era tan ambiguo que no tiene mucho sentido; además, en mi estado histérico, me ha entrado hipo.

—¡Ni siquiera me he atrevido a preguntarle a quién se refería! Porque no quiero que la abuela piense que no lo sabía. ¡Soy una hija horrible!

—Tranquila. No pasa nada. Cálmate.

—Sí que pasa. —Intento controlar mi respiración—. ¿Cómo de malo es? ¿Es de los malignos? Me he pasado las dos últimas horas buscándolo en Google como una loca y hasta el momento por cada consuelo racional y médicamente serio me salen tres espeluznantes historias de terror relatadas en primera persona.

—Depende de cuándo lo encuentren, pero, sinceramente, hasta que no sepas más no sirve de nada ponerse así.

—¿Puedes intentar llamarla? Por favor, a ti te contestará.

—Pues claro —dice Luke, mi príncipe azul.

Me vuelve a llamar cinco minutos después, tiempo que he pasado contorsionándome ante el lavabo, intentando beber agua por el borde contrario del vaso, mientras mantenía un ojo fijo en el teléfono. Tengo el pecho de la camiseta empapado, pero el hipo parece haber disminuido.

—Está bien —dice, muy profesional—. Para empezar, no es el colon de tu madre, es el de tu abuela. —Alzo la vista al cielo, musitando vagas palabras de gratitud—. Y parece que, seguramente, no sea nada. Había comido remolacha, se olvidó y al día siguiente se asustó al creer que había sangre en el retrete. Así que llamó a una ambulancia y le hicieron unas pruebas.

—Pero me dijo que todavía había un interrogante —digo, sintiéndome mal por estar menos preocupada ahora que sé que se trata de la abuela.

—En el escáner se veían algunas sombras —dice—, y el médico cree que no son más que quistes benignos, pero están esperando los resultados para confirmarlo. No se la veía muy preocupada.

—Bien. ¡Uf! Vale. ¿Y cómo la has visto?

—Como siempre. Normal.

—¿En serio? Bien, eso es bueno. ¿Te preguntó por mí?

No contesta directamente.

—¿Luke?

—Me preguntó cómo estabas.

Me da un vuelco el corazón.

—¿Y? ¿Qué le dijiste?

—Le dije que estabas bien, que te gustaría arreglar las cosas.

—¿Y? ¡Luke! ¿Qué respondió a eso?

Titubea.

—Me... dijo que prefería... Dijo que llamaría.

—¿Cuándo?

—Cuando esté preparada, se puede deducir.

—¿Que no la llame, que ya lo hará ella?

—Algo así.

—Bueno. Gracias de todos modos —digo, conteniendo un hipo rezagado.

Una pena

Y aquí tenemos otra gran canción, echada a perder por el anunciante para vender un cochazo.

Dependencia

Mientras camino resoplando por el parque, me cruzo con una señora ciega que está dando un paseo con su perro lazarillo. ¿Quién pasea a quién?, me pregunto, y luego: ¿no se podría decir lo mismo de todos los perros y sus dueños?

Starbucks

—¡Bla! ¡Bla! ¿Bla? —grita la camarera, compitiendo con el violento silbido del vaporizador de leche mientras sostiene en lo alto un vaso de cartón, como una Estatua de la Libertad. Me río, divertida, de este extraño acto de rebeldía, antes de darme cuenta de que lo que sostiene es mi *macchiato* doble y lo que grita es mi nombre.

Cantinela

He encontrado la solución a la montaña creciente de ropa: todo-va-a-la-lavadora.

Cama

Hay noches en que la cama se me hace demasiado pequeña: caliente y dura, con codos y rodillas, y la empalagosa adherencia de carne contra carne, no solo la piel de Luke sobre la mía, sino mi propia piel en mí, la cara interna del muslo pegada a la cara interna del muslo, brazo con sobaco, pecho con pecho, y deseo estar sola y estirarme como un asterisco; pero luego, claro, están las noches en que el espacio entre nosotros dos parece frío y vasto, y los dedos de los pies estirados no obtienen respuesta, o a veces una simple sacudida.

Optimismo

Estas cositas marrones en el suelo del salón: cagarrutas de rata o... ¿granitos de pimienta?

Matemáticas

¿Si consigo tragarme las suficientes charlas de TED, podcast sobre superación personal, reseñas sobre el concepto aristotélico de la razón de ser y relatos de experiencias de exempleados de la City que montaron negocios de artesanía en las cocinas de sus casas, seguro que se me revela la respuesta, a su modo y a su debido tiempo?

Dejar pasar el tiempo

—Entonces, ¿qué haces para pasar el tiempo? —pregunta la presentadora del concurso al técnico de laboratorio jubilado de Worcester.

Conducir

—¿Por qué vas vestida como una adolescente enferma? —dice Luke cuando entro en la cocina.

—Necesito poder concentrarme en la carretera. No puedo dejar que me caiga el pelo sobre los ojos o que se me enganche una manga en el freno de mano.

Hemos alquilado un coche para ir a visitar a los padres de Luke; por ese motivo mi atuendo (banda en el pelo, pantalón de chándal, playeras de suela delgada y sin cordones) ha sido elegido al detalle para proporcionar una máxima comodidad y mínimo riesgo.

«Mi carné de conducir está cogiendo polvo —dije cuando se me ocurrió la idea—. Coge el volante, sé valiente. Descubre un mundo nuevo.»

«¡Pisa el acelerador, tía!», me dijo Luke, chasqueando los dedos arriba y abajo, aunque sus ojos permanecieron fieles al fútbol.

Ahora, me dice:

—¿Estás segura de que quieres hacerlo? No me importa conducir a mí.

—Gracias, pero no pasa nada. *Sí* que quiero —digo.

En el coche, inflo los carrillos unas cuantas veces y suelto lentamente el aire. Doy unas palmaditas a la palanca de cambios, agarro el volante, coloco los espejos, muevo adelante y atrás el asiento sobre sus raíles.

—¿Lista? —dice Luke, manipulando el navegador.

—No —respondo—. Dame un minuto. Necesito situarme.

—Vamos en esa dirección —dice Luke, señalando hacia atrás.

—Me refiero a situarme dentro del coche. Espera, yo pensaba que el norte quedaba por ahí. —Indico en dirección al parabrisas.

—¿Sabes que el norte no siempre está delante? —dice Luke.

Meneo la cabeza en un gesto de falsa indignación, falsa porque ha dado en el clavo con su presunción.

—Mantente a la izquierda.

Doy el intermitente.

—¡*Mantente!* He dicho que te mantengas a la izquierda, no que gires.

—¿Qué quieres decir? No puedo ir a la izquierda. Es una carretera recta. ¡Luke! ¿Qué hago?

—Déjalo. Sigue recto. Lo estás haciendo muy bien.

Alarga el brazo y apaga el intermitente.

Un poco más adelante, dice:

—Ahora puedes cambiar de carril. No hay nadie detrás.

Llevamos en el carril lento casi desde que entré, aterrada, en la autopista.

—Estoy muy bien aquí, gracias —digo, atreviéndome a tamborilear con los dedos en el volante al ritmo de R.E.M. en la radio.

El teléfono de Luke vibra. Lo mira y rápidamente lo devuelve al bolsillo.

—¿Quién era?

—Del trabajo.

—¿Quién? ¿Danny?

—No.

Un silencio.

—Entonces, ¿quién?

—¿Eh?

—¿De quién era el mensaje si no era Danny?

—De Fi.

—Fi, ¿de Fiona? Sé quién es Fiona. —Se encoge de hombros—. Sabes que la conozco. ¿Qué quería?

—Es... muy aburrido para contarlo.

130

—Vale. —Compruebo el retrovisor y los espejos laterales, decido cambiar de carril, pero me lo pienso mejor—. ¿Tiene novio?

—¿Quién?

—¿Quién va a ser? Fiona. ¿Tu colega Fi tiene novio?

En realidad, ya conozco la respuesta después de un reciente empacho de Internet, que comenzó inocentemente con repaso rápido a su página de Facebook; pero la curiosidad pronto se convirtió en una fascinación oscura y empalagosa con la que acabé, en algún punto bien pasada la medianoche —Luke debía de estar en la cama o en el trabajo—, viendo una serie de fotos en bikini de un viaje que hizo en 2010 a la India y levantándome la camiseta de dormir para comparar su vientre (terso) con el mío (decepcionante). El novio es relativamente nuevo, se llama Pete y, en mi opinión profesional, es un pelín demasiado guapo para ella.

—Pues... —dice Luke. Abre la guantera, echa un vistazo a su interior y la vuelve a cerrar—. Eso creo. El tipo parece un capullo. ¿Por qué lo preguntas?

—Adelanta, si es lo que quieres —le digo al Mondeo que tengo casi besándome el parachoques—. Me da la sensación de que está un poco colada por ti.

—¿Qué? ¿Fiona? No —dice—. Imposible. ¿De dónde te has sacado eso? Si ni siquiera la conoces.

—Lo noto —digo—. Si tiene algo de gusto, estará enamorada de ti.

—Bueno, eso es cierto —dice Luke, subiendo la música.

—Entonces —continúo, alzando la voz—, ¿por qué te parece que el tipo es un capullo?

—¡Ay, Claire, y yo qué sé! Me da la impresión de que ella está más colada por él que él por ella, eso es todo.

—Al contrario que nosotros —digo—. Es broma, Luke. Era una bromita —añado—. ¿Por qué no quedamos un día con ellos? Así podré enterarme de qué pasa.

—Sería un poco raro —dice.

—¿Por qué?

—¿No te parecería raro que ella nos pidiera una cita de parejas?

—No. —*Sí que me lo parecería*—. Me parece raro que a ti te parezca raro. Te pasas más tiempo con esta persona que conmigo y ni siquiera la he visto. ¿Cómo es?

Evidentemente, esto también lo sé: entraría en la categoría de bajita y normalita, lo cual a muchos hombres les resulta irresistible, y eso me hace desconfiar de ella más incluso que cuando solo era un lienzo en blanco.

—No sé —dice Luke—. ¿Normalita?

—Serías un testigo horrible. Vamos a analizar un poco: ¿color de pelo? ¿Más alta o más baja que yo?

—¿Seguimos con el tema?

—No *seguimos* con el tema. *Yo* sigo y tú te niegas a contestar preguntas muy directas, por motivos que se me escapan.

—¿Cuáles eran tus preguntas? Tiene el pelo así como... marrón.

Luke aprieta las palmas de las manos entre los muslos.

—¿Marrón claro o marrón oscuro? ¿Largo o corto? ¿Dirías que es más alta o más baja que yo?

—No lo sé, más baja. ¡Gira aquí! Gira aquí, es nuestra salida. ¡Vamos! ¡Sal! —Se nos pasa el cruce—. ¡Claire! Teníamos que haber salido ahí.

—¡No me avisaste con tiempo suficiente! ¡Te he dicho que necesito mucho tiempo para responder a las indicaciones! ¡Te lo he dicho desde que salimos! —Nuestros gritos llenan el habitáculo del coche, rebotando en el techo—. ¿Qué hacemos? ¡Dime cómo lo arreglo!

—¡No lo sé! —dice Luke—. Estoy esperando a que el puto cacharro recalcule.

Se le cae el navegador a los pies y lo recoge al momento para evaluar los daños.

—Eso ayudará.

—Tenemos que salir en la próxima salida —dice, de pronto con tono neutro. Es su vieja táctica: hacer que yo parezca la irracional en comparación—. Coge la siguiente salida por la izquierda, y luego sigue la carretera hasta volver a la autopista.

—Necesito más que eso. ¿Por dónde salgo en esta rotonda, por ejemplo? ¡Luke!

—Mamá, soy yo —dice Luke, y al girarme veo que está al teléfono. Se encoge de hombros y menea la cabeza como si no tuviera elección, como si no fuera él quien ha llamado a su madre—. Sí, no, va todo bien. Solo llegamos un poco tarde... No, más bien a las cinco. Lo siento. —Le veo dirigir hacia mí sus ojos—. Sí, lo lleva ella. —Damos una vuelta completa a la rotonda. Otra—. Claro, un tráfico horrible... Vale, adiós.

—Yo llevo ¿el qué? —No contesta—. Y el tráfico es normal.

—Tercera salida —dice Luke—. ¿Hubieras preferido que le dijera que te has pasado la salida?

—Es que yo no me he pasado la salida. Fuiste tú. ¿Cómo voy a pasármela si no sé cuál es? Y solo son cinco minutos más de viaje. No hacía falta que la llamaras.

—Lo siento. Está claro que no tuve en cuenta que nos ibas a traer a sesenta todo el viaje. Les dije que llegaríamos a las cuatro.

Miro el reloj; son más de y veinte.

—Si no hubieras estado tan distraído hablando de Fiona, habríamos llegado cinco minutos antes de lo que vamos a llegar —digo, casi, aunque no del todo, en broma.

Luke suelta una risa espantosa.

—Pero ¿tú oyes lo que dices?

Toqueteo la radio, intentando encontrar el botón de apagado con los ojos fijos en la carretera. Suelta un ruido insoportable, luego el zumbido de interferencias hasta que consigo encontrar el botón correcto. Luke sube el volumen del navegador y durante el resto del viaje nuestro silencio solo se ve interrumpido por sus instrucciones lacónicas y robóticas.

Presión

Los padres de Luke están plantados delante de la casa cuando llegamos.

—¿Cuánto llevan esperando ahí fuera?

Luke se suelta el cinturón y busca la manilla de la puerta.

—¿Podrías al menos esperar a que pare el coche? —pregunto, y él suspira y se apoya contra el reposacabezas—. Genial, se van a quedar ahí a ver cómo intento aparcar en este sitio tan diminuto. ¡No puedo aparcar con esta presión! —digo, calando el coche, sonriendo y saludando, las tres cosas a la vez. Bob, el padre de Luke, se acerca y comienza a darme indicaciones con amplios gestos de brazos abiertos que apenas guardan relación con el insignificante espacio que tengo a ambos costados. Tras numerosos intentos infructuosos, retrocedo, frustrada, y echo el freno de mano. Bob se acerca, da unos golpecitos en la ventanilla y mueve el puño en círculos para que la baje.

—Tiene que actualizar su repertorio de gestos —murmuro, apretando el botón—. ¡Hola, Bob! ¡Hola, Jan!

Jan se cierra la chaqueta a la altura del cuello y hace un ligero saludo con la mano que tiene libre, en la que guarda un clínex arrugado.

—¿Aparco en la acera? Creo que será más fácil.

—No, no —dice Bob—. Aquí no aparcamos en la acera. Hay mucho sitio. Deja que te guíe.

—¡Como veas! —exclamo.

—Yo me bajo, entonces. Cuando lo metas no tendré espacio para salir —dice Luke, que sale corriendo y cierra la puerta con ganas.

134

Tras quince o veinte minutos de maniobras —todas dirigidas al milímetro por Bob—, por fin consigo encajar el coche junto al viejo sedán rojo de Bob y Jan. Casi no tengo sitio para salir, y con ciertas dificultades me deslizo por el escaso hueco entre la puerta y la pared, y avanzo de lado para dar la vuelta por delante del coche.

—¡Ven aquí, bonita! —Bob me atrae hacia él y me abraza, zarandeándome de un modo juguetón que me resulta algo excesivo, como si estuviera tanteando una nueva forma de actuar conmigo.

—Ay, querida, ¿tú también estás malita? —pregunta Jan, señalando mi atuendo. Tiene la nariz roja y mocos chorreando.

—Es la ropa de conducir de Claire —explica Luke.

—Tengo que estar cómoda al volante.

—Claire no conduce mucho —añade Luke, acercándome a él. Me envuelve en un abrazo que sujeta mis brazos para que no pueda soltarme—. Pero nos ha traído *muy bien* hasta aquí.

Cuando me suelta, me acerco a Jan, pero me planta una mano advirtiéndome:

—Mejor que no te acerques mucho —dice, apretando el clínex en su nariz—. Vamos dentro, que hace frío.

—Siento haberte hecho esperar aquí fuera. Aparcar no es mi punto fuerte —digo.

—Al final lo metiste —dice Jan, cerrando la puerta.

Cena

Vamos los cuatro al restaurante chino del pueblo, del que Jan y Bob son clientes habituales. Nada más sentarnos aparece un camarero y nos retira los palillos, cambiándolos por cuchillos y tenedores.

—Oh, no me importa comer con palillos —digo en voz baja cuando el hombre se dirige a por los míos, sin saber muy bien qué pata estoy metiendo más: una flagrante falta de consideración cultural o poner en evidencia eso mismo en los padres de Luke.

—Quédese las dos cosas —dice el camarero, ayudándome a salir del aprieto con una sonrisa y una cortés reverencia de cabeza.

—¿Todos de acuerdo con el tinto de la casa? —dice Bob, dando simultáneamente al camarero el visto bueno.

—Por supuesto —digo, con un pelín más de entusiasmo del que parece apropiado. No quería beber esta noche, pero, si no lo hago, los padres de Luke pensarán que estoy embarazada, y no es cuestión de alimentar sus esperanzas.

Bob se gira hacia Luke y se pone a preguntarle por el trabajo, así que me acerco a Jan, las chicas con las chicas.

—¿Ya sabes qué vas a pedir?

Una camarera pasa llevando en alto una sartén crepitante y humeante. Varias cabezas en las otras mesas se vuelven a su paso.

—¿Qué es eso? —pregunta Jan, ojeando el menú.

Se lo indico:

—Las gambas al ajillo, debe de ser. Huele que alimenta. Creo que me las voy a pedir, la verdad. ¿Y tú?

—Oh, no —dice Jan—. No quiero llamar tanto la atención.

—Bueno, Claire —dice Bob, sin darme tiempo a pensar una respuesta—. No te vemos desde Navidades, cuando estabas en una misión para, como creo que lo describió Luke, encontrarte a ti misma.

—Es una forma de decirlo. —Miro a Luke, que tiene la vista fija en la carta.

—Entonces, mi pregunta tiene dos partes: a) ¿Has logrado encontrarte? y b) que, por supuesto, está supeditada a la primera: ¿dónde habías estado hasta ahora?

—¡Siempre tan lógico, Bob! Bueno, si la respuesta a a) es «No, por desgracia todavía no», la respuesta a b) debe de ser «sigo buscándome».

—Pero ¿qué piensas que te gustaría hacer? —pregunta Jan—. Debes de tener una idea.

—Sinceramente —digo—, eso es lo complicado. Sé que esto va a sonar muy confuso, pero me gustaría hacer algo con significado. No quedarme en un simple puesto administrativo, como parece que son la mayoría de los empleos hoy en día.

Asienten, esperando más, con los rostros en tensión por el deseo educado de comprender, pero no me sale nada más.

Entonces Jan rompe el silencio, dando una palmada sobre la mesa.

—¡El cuerpo de policía! Eso es. Buen sueldo, un trabajo para toda la vida y haciendo algo por la sociedad.

Estoy a punto de echarme a reír, pero me contengo al ver que no lo dice de broma. Miro a Luke en busca de ayuda, pero se lo está pasando muy bien. Mueve la cabeza lentamente arriba y abajo, manifestando divertido su conformidad.

—Es perfecto, mamá. A Claire le encanta hacer interrogatorios, llegar al fondo de las cosas y sacarle punta a todo. —Sus ojos se cruzan con los míos por un brevísimo instante, y aunque el tono es ligero, hay una cierta complicidad—. No sé cómo no se me había ocurrido antes.

Bob interviene:

—Pues te veo de uniforme. Sí, estarías muy elegante. Parecerías muy... responsable.

Quiere decir gorda, pienso con pena, imaginándome embutida en esos pantalones y con la barbilla apretada por la cinta del casco.

—Gracias —digo—. Mucha información que voy a tener que rumiar detenidamente. Hablando de lo cual, ¿qué vais a comer?

—¡Ya entiendo a qué se refería Luke con lo de que te gusta hacer interrogatorios! —dice Bob, comprobando con la mirada que todos nos reímos.

El camarero se acerca para tomarnos nota. Como una gallina, me corto de pedir las estridentes gambas llamativas, decantándome por el *chow mein*, y paso el resto de la comida intentando mantener la conversación lo más alejada posible del tema policía.

—¿Cómo vas con la pintura, Bob? —pregunto.

Bob es acuarelista aficionado, y obsequiador en serie de su producción a Luke y a mí.

—¡Bien! Gracias por preguntar, Claire. Estoy a punto de empezar con una serie sobre edificios locales, con vistas a montar una exposición en la Historical Society.

—¡Fantástico! —digo—. ¡Eso suena genial! ¿Tienes... algún criterio a la hora de elegir los edificios o simplemente... los más atractivos?

A veces, mi propio ingenio me sorprende.

Mientras Bob responde, lanzo miradas a Luke, pues sospecho, a pesar de la apariencia externa de cortesía, que está haciéndome el vacío por completo. Para confirmarlo, poso una mano en su rodilla: sin respuesta.

—Claire está muy interesada en el patrimonio —comenta Luke con repentino entusiasmo—. ¿Te presentaste a ese trabajo, verdad?

—¿Qué trabajo? —dice Jan, dando un respingo en la silla.

—¡Bah! —Pellizco con fuerza en la pierna de Luke—. No es nada. Era una cosa que solicité en el último momento por si acaso... ¿Conocéis las placas azules que hay en Londres?

—Pues claro —dice Bob—. Aquí también tenemos. Una idea maravillosa. Bueno, eso suena genial. ¡Bien por ti! ¿Cuándo te responderán?

—No, si ya lo han hecho. No me han cogido —digo, sentándome sobre las manos para intentar parar de retorcerme—. Fue hace un montón, antes de Navidad. No fue más que una estúpida solicitud que eché en el calor del momento. No sé por qué Luke ha sacado el tema.

—Bueno, seguro que hay otros muchos pitos que puedes tocar —dice Jan.

—Espero que no... —dice Bob, cubriéndose la boca con la mano y susurrando de costado como si Jan no pudiera oírlo.

—*Palos*, perdón —dice Jan, molesta por haberse equivocado—. Muchos palos que tocar.

Pero ahora que Bob ha encontrado su gracieta, no iba a dejarla.

—¡Muchos pitos que tocar! ¡Eso sí que sería fuerte!

—¿Estás esperando respuesta de muchos otros sitios o...? —pregunta Jan.

—Bueno —digo, separando los palillos de madera—. Las solicitudes requieren mucho tiempo, y si no estoy segura de lo que quiero, me parece una pérdida de tiempo pasar por todas las fases para algo que de todos modos podría no ser lo que busco. Por ahora, estoy básicamente leyendo mucho y estudiando las distintas vías que puedo seguir.

—Muy bien —dice Jan, con frialdad.

—¡Eh! Al final, ¿qué marco habéis elegido para el paisaje del lago, chicos? —pregunta Bob, sin duda notando mi incomodidad.

Se refiere a nuestro regalo de Navidad, un paisaje cenagoso suyo que fue a parar directamente encima del armario. Miro a Luke, dispuesta a seguirle el juego, contenta ante la oportunidad de volver a unirnos, aunque sea brevemente, mediante una mentira piadosa, pero no cede ni un ápice.

—Lo siento, papá, pero todavía no nos hemos puesto con ello. Este año, entre exámenes y trabajo, está siendo un poco de locura. La semana que viene lo llevaré a que lo enmarquen —dice Luke, y luego añade—: Claire lo haría, si tuviera un momento.

De vuelta en casa, tomamos té en la mesa de la cocina.

—¿Me echas una mano para montar el nuevo reproductor de DVD en el salón? —pregunta Bob a Luke—. Me temo que por ahora me supera.

Luke se levanta, asintiendo y acabando su taza.

—¿Cómo están tus padres, Claire? —pregunta Jan cuando se han marchado.

—Esto, están... bien los dos, gracias. Nada especial que contar. Mi madre... —me detengo, sin saber adónde voy con esto. *Mi madre no me habla, y mi padre puede que vaya a perder el trabajo*—. Os manda recuerdos. Y papá también. Los dos, para ti y para Bob.

—Bueno, dáselos también de nuestra parte —dice Jan, que saca un pañuelo nuevo de la caja que tiene en la mesa, se suena estruendosamente y luego lo mira desde media distancia.

Carraspeo y miro a mi alrededor, buscando algo que decir.

—A mí siempre se me mueren las plantas de perejil —comento—, indicando la floreciente maceta en la repisa de la ventana.

Jan no parece sorprendida por la noticia.

—Que no te dé miedo podar —dice—. Arranca las flores al momento. Suena brutal, pero así es como se consigue que crezca.

—Me lo apunto —digo.

A través de la puerta de cristal puedo ver a Luke y a Bob en el salón. Bob está en pie y recita como un cura el manual, que sostiene sobre las palmas de las manos. Luke está de rodillas junto a la televisión; su cara y sus brazos resplandecen con el brillo azulado de la pantalla.

—A veces se lo hago pasar mal, pero se le ve bien, ¿verdad?

—¿A quién? ¿A Luke? ¡Claro! —dice Jan—. Somos todos unos afortunados por tenerlo.

Vómito

Por la noche, me despierto y hay dos cosas que no van bien: estoy sola en la cama y tengo muchas ganas de vomitar. Busco el interruptor de la luz y, cuando lo encuentro —segura de que no llegaré a tiempo al baño—, me arrodillo y devuelvo en la papelera junto a la puerta, entre lágrimas del esfuerzo y de autocompasión. Cuando termino, hago un desagradable repaso de lo expulsado: una reluciente ración de *chow mein* de pollo. La visión provoca unas cuantas arcadas infructuosas más, hasta que, débil por el alivio y húmeda de sudor, me enrosco sobre la alfombra para recuperarme.

La papelera, compruebo ahora, es en realidad un cubo de latón de decoración, con una ilustración de gatos vestidos como si fueran humanos victorianos. Uno con chistera lee un periódico, subido a un sillón frente a la chimenea. Otro —¿la esposa?—, con un vestido rosa, sostiene unos impertinentes con la garra (la palabra «impertinentes» me sale con sorprendente facilidad entre la bruma de lecturas de la infancia pobladas por severas institutrices e internados en los Alpes) y me mira con ellos con tal altanería que casi me alegro de haber vomitado, aunque solo sea por haber respondido a este engendro con el desprecio que se merece.

En el cuarto de baño, limpio la papelera con lejía y, al salir, intercambio una mirada desconsolada con mi reflejo en el espejo, impresionada por lo pálida y horrible que estoy. En el cuarto de invitados, entre gemidos, me deslizo bajo las mantas y, al dormirme, se me aparece mi madre, apartándome el pelo de la cara y masajeándome la espalda, mientras me dice: «Pobre bichito mío, mi pobre corazón».

Desagradable

—¿Dónde has dormido? Te he echado en falta.

—En mi viejo cuarto —dice Luke, mientras coloca cuchillos y tenedores.

—A mí también me hubiera gustado dormir ahí.

Lo sigo alrededor de la mesa del comedor, colocando cucharas tras él.

—No quería molestarte. Papá y yo nos quedamos despiertos hasta tarde.

Se pone a dar otra vuelta a la mesa para corregir la posición de mis cucharas.

—Seguramente hiciste bien, la verdad. Me puse mala.

—¿En serio? —dice Luke, volviéndose para mirarme. Me doy cuenta de que todavía estoy siguiéndolo—. ¿Ya estás bien?

—Mejor —digo—. Un poco floja, pero estoy bien. Fue el *chow mein* de pollo: no nos llevamos bien. Ni tampoco con esa papelera de gatitos del cuarto de invitados.

—¿Qué? —dice, en un tono que implica que prefiere no saberlo—. Mira, si necesitas subir a tumbarte un poco, estoy seguro de que mis padres lo entenderán.

—Luke, ¿algo va mal?

—¿Qué quieres decir?

—Me tratas raro desde que hemos llegado aquí.

Se da una palmada en el pecho.

—¿Que yo te trato raro? Pero ¿qué dices? Si eres tú la que se pasó todo el viaje dándole vueltas a una idiotez de locos.

—Me trataste como a una extraña durante toda la cena de anoche. ¡Y ni siquiera has dormido en la misma cama que yo! ¿Cómo crees que me siento? Eres el único motivo por el que estoy aquí.

Se pellizca el puente de la nariz echando la cabeza hacia atrás, como si le sangrara.

—Yo solo quería venir a ver a mis padres, olvidarme un poco del trabajo y pasar un fin de semana tranquilo, pero ahora me encuentro acosado porque no te presto la suficiente atención. No soy tu niñera, Claire.

Este último comentario —como Luke bien sabe— desata en mí el temor, arraigado desde hace tiempo y típico de los hijos únicos, de ser muy exigente e hiperdependiente.

—No es justo —digo en voz baja—. No sé si es que estás descargando en mí la tensión del trabajo o se debe a otra cosa, pero, por favor, no me trates como a una de esas novias de tu adolescencia.

—¿Qué quieres decir con eso?

Anoche, en el trayecto a casa desde el chino, Bob y Jan se dedicaron a rememorar lo mujeriego que había sido Luke en la escuela.

«¿Cómo se llamaba esa rubita? ¿Bianca o algo así? ¡Lo seguía a todas partes!»

«Le llamaba *Lukie*», añadió con sequedad Jan.

«Iba a verlo a todos y cada uno de sus partidos de fútbol, nos visitaba todo el tiempo y traía pasteles y galletas que preparaba ella misma. ¡Cuidadín, Claire! —Sus ojos me buscaron en el espejo—. No, es broma. ¡Y Luke casi ni le hablaba! Nunca le devolvió las llamadas...»

Luke fingió estar cohibido, pero incluso en las sombras cambiantes del asiento trasero, pude ver que disfrutaba bastante con esta imagen de sí mismo: esquivo e irresistible.

«Ahora es abogada en Londres, me contó su madre. Gana un dineral, por lo visto», dijo Jan, girándose desde su asiento para hacerme un gesto conspirador.

—¿Sabes qué? Da igual —le digo a Luke—. No me importa.

Se lleva una mano hacia la boca.

—No puedo hablar contigo cuando estás así.

—Sí, bueno, yo no puedo hablar contigo *nunca*. —De repente, de un modo mortificante, sale todo a borbotones. Mi cara es un caos ardiente y moqueante—. ¡Es como si fueras una persona diferente! Es... es como si no pudieras soportar estar cerca de mí.

Saco una de las sillas del comedor y me derrumbo sobre ella.

—¡Argh! —bramo, intentando reírme entre los sollozos, pero se me corta la respiración y se me escapa un hipo—. ¡Es tan injusto que esto nunca te pase a ti!

Luke da la vuelta a la mesa, se pone detrás de mí y descansa su cabeza contra la mía. Envuelve mi cintura con sus brazos y entrelaza las manos por delante de mí.

—Por favor, no llores —dice. Por la puerta abierta vemos a Jan pasar apurada, con la cabeza vuelta discretamente hacia otro lado.

Reparaciones

En el viaje de vuelta, estamos amables y cautelosos.

—¿Está muy alto? —me pregunta Luke por la música, y digo que no, subiendo y bajando los hombros al ritmo. Por mi parte, pruebo cómo se vive en el carril rápido, adelantando a unos tres o cuatro coches, antes de que un Mercedes abusón me devuelva a mi sitio.

En la gasolinera, compro dulces: las gominolas preferidas de Luke, aunque a mí no me van tanto. Luke separa todas las verdes para mí y me las sostiene en la mano para que pueda irlas cogiendo sin tener que apartar la vista de la carretera.

—¿Cómo tienes esta semana? —pregunto. Los dos sabemos la respuesta, pero me sigue el juego.

—Hago noches hasta el domingo —dice—. ¿Y tú?

—Ya sabes. Más de lo mismo.

—¿Estás... haciendo algún avance? —pregunta.

Chupo con demasiada fuerza una gominola y chasqueo involuntariamente los labios.

—Sinceramente, no lo sé.

—Igual solo necesitas lanzarte y probar con algo.

—Pero si lo hago y luego lo detesto, todo esto no habrá servido para nada. Además, habré perdido otros años cruciales.

—Vale —dice Luke—. No quiero agobiarte. Solo quiero asegurarme de que no estás perdiendo la perspectiva.

—¿Qué?

—Que esto no se está convirtiendo en algo más que un trabajo.

—¿Qué quieres decir?

—Un trabajo no tiene por qué definirte.

—El tuyo, literalmente, forma parte de tu nombre.

—Bueno... es la excepción que confirma la regla —dice.

—Reverendo, profesor, sargento —digo—, y eso antes de mirar la Wikipedia.

En la radio, una frenética sucesión de anuncios: cambio de lunas, compramos oro y un servicio de asistencia legal para demandas por accidentes sufridos en el puesto de trabajo.

5

El dinero importa

Durante las últimas semanas me he dedicado con esmero a evitar mirar el saldo de mi cuenta bancaria, pero tras seis días de gastos controlados (nada de excursiones al café, comidas compuestas enteramente de latas y las existencias básicas del frigo) estoy segura de haber restaurado el orden suficiente, así que me conecto a mi cuenta online. Combinando mis ahorros, mi finiquito y una pequeña parte prestada del salario del Luke, había calculado que podría arreglármelas sin ingresos durante unos seis frugales meses, pero lo que tengo delante de mí es tan desolador que bajo la tapa del portátil.

Llamo a Geri, mi exjefa, para recordarle un email, quizá demasiado despreocupado, que le envié para preguntar si conocía a alguien que necesitara de una *freelance*.

—Pues, mira, me alegro de que hayas llamado. Nos podría venir bien alguien para ayudar a poner en marcha una nueva campaña. Jono está ahora mismo hasta arriba con sus cosas, y tú ya sabes cómo trabajamos, así que no tendré que perder tiempo en explicar cada detallito a alguien nuevo. ¿Te resulta atractivo?

—Por supuesto. ¿Por cuánto tiempo será?

—Bueno, hasta que se termine la campaña. ¿Entre seis y doce semanas? No te preocupes, no voy a engañarte y colarte un contrato a tiempo completo ni nada de eso.

—Suena genial, gracias —digo.

—Bien. ¿Empiezas el lunes? —dice, y menciona los honorarios. Proporcionalmente, es casi el doble de mi salario anterior.

—¡Vaya! ¿En serio? ¿Estás segura? —digo.

—Eh, así es el mundo de los *freelance* —dice—. Estaré encantada de reducirlo, si te sientes más cómoda.

—Creo que me las apañaré. Nos vemos el lunes.

De vuelta a la casilla de salida

—Creo que te vamos a colocar... —dice Geri, posando las yemas de los dedos ligeramente en una superficie adyacente a la mesa de la becaria— aquí, de momento.

Repasa con la mirada el resto de la oficina, quizá con la esperanza de que, siendo tan imprecisa, no me fijaré en que mi nueva mesa se parece un montonazo al miniarchivador sobre el que antes estaba la impresora. Ahora hay un viejo monitor, cubierto de polvo pero con marcas de dedos en las esquinas por donde lo cogieron para sacarlo de su retiro.

—Hay que traer algo para que te sientes —dice Geri, pasándose una mano por el pelo. La última vez que la vi, lo llevaba cortito, estilo *pixie;* ahora, casi le llega a la barbilla.

Al entrar, me fijé en otros grandes cambios: Conrad, el de Operaciones, se ha dejado una barba importante, y Seema, la gerente, está embarazadísima. Me resulta raro, como cuando en la tele usan unos postizos malos para indicar que ha pasado el tiempo.

—Ya voy yo —dice la chica de hombros descubiertos que ocupa la mesa del becario. Es muy guapa, muy joven y, cuando se levanta, descubro que lleva un vestido de fiesta negro.

—Bea, no hace falta que lo hagas —dice Geri, pero la chica ya se ha ido, moviendo sus pies descalzos en silencio sobre el suelo de madera—. Su padre es Martin Warner —dice Geri con importancia. El nombre me resulta vagamente familiar, de los comunicados de prensa de la empresa, creo—. Es importante que todos *la tratemos muy bien*.

Toquetea el ratón y me conecta al sistema. Que no hayan cambiado las contraseñas desde que me marché resulta reconfortante y deprimente a la vez. Bea regresa con un taburete en cuyo asiento han escrito con Tippex «SALA DE PRODUCCIÓN. ¡¡¡NO MOVER!!!».

—Qué vestido tan bonito —comento, cogiendo el taburete.

—Oh, gracias. —Se deja caer en su silla giratoria y se alisa la tela—. A James le dieron un premio anoche.

—James es el novio de Bea. Es productor musical —Geri interviene como una vivaracha relaciones públicas de una estrella de Hollywood adorable-pero-caprichosa.

—¿Así que salisteis para celebrarlo? —pregunto.

—Salimos hasta tan tarde que ni siquiera hemos pasado por la cama —dice Bea, y Geri suelta la risa que emplea con los clientes: trémula, musical y sumamente afectada.

—Si luego quieres echarte una siesta, tienes el sofá de mi despacho —dice con un guiño discreto—. O si necesitas salir antes, vete tranquilamente.

—No pasa nada. Beberé mogollón de café —dice Bea, y Geri suelta otro arpegio antes de marcharse a su despacho.

—Yo creo que esta se está follando a mi padre —me dice Bea.

—Oooh, no. No creo que sea cierto. Geri está felizmente casada.

Me siento a horcajadas sobre el taburete, que cojea y es un pelín demasiado alto para mi mesa-archivador.

—Bueno, pues si no se lo tira, le gustaría —dice Bea, reposando la cabeza en el respaldo y dándose impulso con los dedos de los pies para dar vueltas en su silla ergonómica.

De pasada

Llego a casa justo cuando Luke sale para ir a trabajar.

—Hola.

—Hola.

—¿Cómo te ha ido?

—Bien. Es raro estar ahí otra vez. Quiero decir, es raro que no me resulte raro.

Luke asiente y se dirige a la puerta.

—Bueno, pues adiós.

—¿Un beso?

—¿Qué? Ah, sí, claro.

Con la mano en el marco de la puerta, se inclina hacia mí pero no llega por poco.

—¿Volvemos a intentarlo? —digo, y esta vez sí que conectamos—. Te veo mañana, supongo. ¿A la misma hora, en el mismo sitio?

—Trato hecho —dice Luke—. Buenas noches.

Soledad

Si estuviera soltera, sería todo mucho más simple: solo me defraudaría a mí.

Yoga

—Levantad los dedos hacia las estrellas —dice el monitor, y crece un bosque silencioso de brazos, apuntando hacia las molduras de polietileno del techo.

Compañero de trabajo

En la cocina del trabajo, coincido con mi sustituto, Jonathan, que se estira para abrir un armario justo encima de mi cabeza.

—Eres Jonathan, ¿verdad? —le digo a su sobaco—. Yo soy Claire, ¿te acuerdas?

—Te sentabas en mi mesa, lo sé. ¿Qué haces por aquí otra vez?

—Geri me pidió que viniera a ayudar un poco. Es una especie de favor. Pagado.

Jonathan echa una cucharada demasiado pequeña de café. El calentador de agua empieza a hervir renqueante.

—Y, exactamente, ¿qué es lo que haces?

—No sé hasta dónde puedo contar. Es una campaña para un nuevo cliente, ¿una marca de ropa? Todavía es confidencial, incluso a nivel interno. Creo.

—Ah, sí, eso. Claro —Asiente como si estuviera al corriente, aunque dudo que tenga ni idea—. Entonces, ¿todavía no has encontrado un trabajo de verdad?

Suspiro.

—No. Nada me convence. Quizá estoy destinada a quedarme aquí para siempre. Las señales parecen indicar en esa dirección.

—Pero solo estás en plan provisional. Aquí ya no hay un puesto permanente para ti... —Decide asegurarse en el último segundo—, ¿no?

—No te preocupes, no he venido a recuperar mi antiguo puesto.

Suelta una risita, pero no consigo distinguir el tono: defensivo o burlón, no está claro.

—¿Qué tal te vas adaptando? —pregunto.

—Bueno, ya llevo un tiempo aquí. Estoy bastante adaptado. He llevado yo solo unos cuantos proyectos.

—Claro —digo—. Pillándole el tranquillo.

—Arreglando algunos descosidos, si te refieres a eso. Las cosas estaban un poco caóticas cuando llegué. —Levanta las manos, exculpándose de la ofensa implícita en sus palabras—. Es un comentario, no una crítica.

El calentador silba y Jonathan llena la cafetera; los granos flotan en el agua.

—¿Quieres café? —dice, sorprendiéndome con una pregunta que no es una provocación. Aunque, me doy cuenta, quizá sea un reto para ver si acepto con gracia su ofrecimiento imbebible.

—¡Encantada! —Me agacho deportivamente junto al frigorífico, agarrando la botella de leche por el cuello—. ¿Leche?

—Sí, por favor —dice.

—Dime cuándo paro.

No lo dice hasta que está a punto de rebosar. El contenido de su taza es casi blanco: una leche aguada y caliente con un toque mínimo de café. Revuelve tres cucharadas llenas hasta arriba de azúcar, dando unos golpecitos ceremoniosos en el borde cuando termina.

—Vaya, no te hacía un tipo dado a los excesos —comento—. Ya sabes, más austero. Más de café solo sin azúcar. Básico, seco.

Jonathan se sube las gafas, que han resbalado nariz abajo.

—Tengo que volver a mi mesa —dice.

—¡Es un comentario, no una crítica! —digo cuando se va, tirando mi café aguado por el fregadero antes de ponerme a preparar uno de verdad.

Metro

Un chavalito con el pelo engominado lleva una pegatina de un concurso de talentos en su camisa abotonada. Alguien —su madre o su abuela, o quizá su bisabuela— le ofrece una bolsa de patatas, pero la rechaza llevándose una mano regordeta al pecho y meneando la cabeza mientras parpadea. Le sonrío y él encorva la espalda, hundida bajo el peso del talento, suelta un suspiro y balancea en el aire sus Nike recién estrenadas, que oscilan a varios centímetros del suelo.

La supervivencia de los mejor adaptados

No me siento orgullosa de, al cruzar la calle, usar a otros humanos como protección ante el tráfico que se acerca, pero así es: esa es la clase de persona que soy.

Crisis

Mientras desayunamos, Luke suelta un bombazo como quien no quiere la cosa, dice que los espejos de los vestuarios del gimnasio están trucados de modo que quien se mire en ellos se vea mejor.

—Pero ¿por qué iban a querer que parezcas más delgado? —pregunto, dejando caer aterrada mi cuchara, ante la idea de que el reflejo rechoncho al que justo ayer no presté atención por considerarlo grotescamente deformado, estuviera en verdad *adelgazado*, y por lo tanto fuera bastante más indulgente que la realidad.

—Para que parezca que tu ejercicio es inmediatamente efectivo —dice—. Ves los resultados y sigues acudiendo.

—No, no, eso no tiene sentido. Si pareces más gordo, seguirás yendo, para perder peso. Si pareces más delgado, lo dejarás, misión cumplida.

—¿Por qué no les preguntas? —dice Luke, levantando las manos—. Yo solo soy un humilde neurocirujano. ¿Qué voy a saber yo?

—Residente —digo—, y no tengo claro que la extirpación de aneurismas o lo que sea que hagas te convierta en un experto en psicología de consumo.

—Se llama clipaje —me corrige—. ¡Mierda! —Sus ojos recorren de un lado a otro la pantalla de su portátil—. Ha habido un terremoto enorme en Chile. Trescientos muertos y subiendo.

—Ay, Dios. Es terrible. —Dejo pasar unos cuantos segundos, revolviendo mis copos de avena—. Quizá... quizá es

152

diferente en el de hombres y en el de mujeres. En el vestuario de hombres los hacen para que parezcáis más delgados, y en el de mujeres, más gordas.

—Deberíamos donar —dice Luke, tecleando con rapidez, así que pospongo el tema, pendiente de más investigación.

De copas después del trabajo

Voy a un bar cercano con algunas de las otras «jóvenes»: Bea, la becaria, y dos recién graduadas, chicas de extremidades largas y ojos grandes, como gacelas, con un montón de pelo y ropa bonita que no creo que puedan permitirse con su sueldo. Como soy la mayor, con unos cuantos años de diferencia, me siento obligada a invitar.

—Ya sabes cómo va —dice Bea, con su tercer Martini de nueve libras, y yo asiento, aunque, la verdad, no lo sé. Ha estado la última media hora hablando de su exnovio Fox (no es un apodo), que se ha pasado un montón de horas frente a la casa de su nuevo chico, en taxis que, aunque soy la única persona preocupada por este detalle, deben de haberle costado una fortuna de tamaño considerable. El novio actual no está muy contento—. Creo que está más preocupado por la seguridad de su hija que por la mía —dice Bea, indignada.

—Espera —digo—, ¿el productor musical tiene una hija?

—Dos. Marlie tiene tres años, y Rhys, dieciséis.

—¡Dieciséis! ¿Cuántos años tienes tú?

—Cumplo diecinueve —dice Bea, chupando una aceituna— el mes que viene. A Rhys no le caigo muy bien. Soy algo así como la madrastra mala.

Sonrío en mi copa de vino de la casa.

—¿Y cuántos años tiene James? —pregunta Jemima, una de las graduadas.

—¿Cuarenta y dos? No me acuerdo bien.

—¿Y qué piensan tus padres? —pregunta la otra, Lara.

—¿De qué?

—Del hecho de que tu novio tenga más del doble de tu edad.

—Mamá flirtea con él. Lo hace con todos mis novios. Papá y él van juntos a tiro. —Bea se encoge de hombros—. Les cae bien.

—¿Y de qué habláis? —pregunto.

—De música, obviamente. De la psicótica de su ex, del psicótico de mi ex. De las terapias, de ser padres, de nuestras familias de locos. —Frunce el ceño, de repente a la defensiva—. ¿Por qué? ¿De qué habláis tu médico y tú?

—Bueno, de todo un poco —digo, para ganar tiempo. Se me ha quedado la mente en blanco, excepto la discusión de esta mañana sobre los espejos del gimnasio—. Ya sabes, de cosas normales.

—¿Como qué? —insiste Bea.

—¡No sé! Salud, ciencia, deporte. La situación mundial —cuanto más digo, más lo empeoro, así que paro. Mientras tanto, Bea y las graduadas intercambian miradas con ojos desorbitados de pura compasión.

Más copas después del trabajo

Cuando las luces son más brillantes, por fin me veo obligada a aceptar la negativa de todas a tomar *una más* y recojo mis muchas pertenencias: demasiadas capas y bolsas con las que envolver mi cuerpo.

—Mándame un mensaje para saber que has llegado bien a casa, ¿vale? —digo, primero a Bea, abrazándola, y luego a las otras dos, Jemima-y-Lara, a las que también abrazo en lo que espero se entienda como un gesto de hermana mayor, apretando sus espaldas finas y elegantes, repitiendo: «Prometedme que me mandaréis un mensaje cuando hayáis llegado a casa», y dicen que lo harán.

En mi parada de metro, espero a que el ascensor llegue a la calle entre una multitud con la misma intención, y no sé cómo lo hago para perderme dos viajes distintos antes de conseguir entrar. A la entrada de la estación, al pasar entre un silencioso grupo de hombres con chalecos refractantes listos para comenzar su turno de noche bajo tierra, me siento breve y apasionadamente consternada por que tengan que esperar a que la morralla de rezagados de los pubs se marche antes de comenzar con la tarea vital de mantener Londres en movimiento.

Aprieto el paso en la oscuridad, con las bolsas (siempre llevo demasiadas bolsas) balanceándose a mis costados, mientras en mis auriculares suena una canción, un auténtico himno de hace unos años, cuando, recién salida de la universidad y nueva en la ciudad, todas mis florecientes esperanzas y ambiciones parecían completamente razonables y totalmente alcanzables.

Mesa para una

En la cocina, corto torpemente gruesos trozos del bloque de Cheddar que encuentro en el frigo y luego, movida por un ansia de más sal y grasas, unto cada trozo desmigajado con montones de mantequilla de cacahuete. Mientras me meto esta cena improvisada, fijo una mirada solemne en mi teléfono y espero recibir noticias de mis jóvenes colegas, hasta que me doy cuenta de que ninguna tiene mi número.

Grietas

—¿Esa grieta siempre ha estado ahí? —recorro con la mirada la rajita que secciona el techo de nuestro dormitorio como un rayo. Apenas se ve, y el esfuerzo de seguir su camino produce el incómodo efecto de verla crecer en tiempo real.

—¿En eso has estado pensando? —dice Luke, encima de mí, a mi cuello.

—Acabo de fijarme en ella, justo ahora —digo, abrazándolo fuerte.

Se tumba de espaldas a mi lado.

—Enséñamela. —Se la señalo—. Sí, seguro. O no, espera. Igual estoy pensando en la del rellano.

—¿Te refieres a la de las escaleras?

—¿Hay una en las escaleras?

—¿Hay una en el rellano? —Tengo un pensamiento terrible—. Espera..., ¿piensas que será la buddleia? Las raíces... ¿Por eso deberíamos haberla quitado?

—¿No la habíamos arrancado? —pregunta Luke, apoyado en un codo, frunciendo el ceño y con tono serio y reprobador.

Me siento como una niña, un fracaso, un desperdicio absoluto de espacio.

—Espera. Tomé la decisión meditada de no hacerlo. —Vuelvo a mirar al techo—. No, estoy casi segura de que lleva ahí desde que nos mudamos —añado, con más convicción de la que realmente siento—. Vamos a vigilarlo y que venga alguien a echar un vistazo si empeora, ¿de acuerdo?

Luke mira la grieta, y luego a mí.

—Si tú lo dices... —contesta.

Déjalo correr

Donar sangre podría acabar siendo lo mejor que puedo hacer con mi vida. En cuyo caso, ha llegado el momento de dejar de hablar de ello y ponerme manos a la obra.

Consulta

—Me preguntaba si vas a estar en casa el sábado...

—Para otra de tus visitas, supongo —dice mi cariñosa abuela.

Díselo con flores

Sopesando los pros y los contras de esta plantita polvorienta frente al ramillete de dalias rosas, avanzo unos días en el tiempo y veo las flores marchitas y marrones, así que cojo la maceta de plástico y la llevo al mostrador.

—¡Huy, qué detalle!

En el oscuro recibidor, la abuela da la vuelta a la planta de un lado y del otro con ambas manos para estudiar el achaparrado matojo desde todos los ángulos.

—La chica de la tienda me dijo que no necesitaba muchos cuidados: solo dejarla junto a una ventana y regarla cuando parezca seca.

—Como yo —dice, y me pregunto si al final no habrían sido mejor las flores.

Bolsa de rafia

—Cuéntame —dice la abuela, ya en la cocina, empujando una taza en mi dirección—, ¿qué ha pasado con ese doctor tan simpático con el que salías?

—¿Luke? Seguimos juntos. ¿Por qué lo preguntas?

—Oh, es que hace mucho que no lo veo; supongo que he dado por hecho que se había esfumado. No vino al entierro de tu abuelo, claro. —Se sorbe la nariz, pellizcando algo en su falda—. Aquello nos pareció desconsiderado.

Decido no azuzar el nido de avispas de ese «nos».

—Tenía trabajo. Te envió una tarjeta, ¿lo recuerdas? Diciendo cuánto lo sentía...

—Entonces, ¿qué me dices de casaros? —me interrumpe, como volviendo al asunto principal del que yo me empeño en apartarla.

—¿Luke y yo? No está en nuestros planes. No nos va: todo ese jaleo y los gastos.

—¡Ajá! —La abuela ladea la cabeza—. Supongo que, mientras no tengáis hijos, no hay mucha prisa. Además, así estáis espabilados.

—Bueno, je, je, sí, pero no, y además, ya sabes, aunque tuviéramos niños, casarse no... —empiezo otra vez—. Es muy normal, para mi generación. —Sus ojos se dirigen a mi tripa, pero veo cómo se alejan de brazos cruzados—. No quiero decir que vayamos a tener hijos, todavía. Estamos esperando a que Luke termine sus estudios. —Sostengo el té bajo mi barbilla, bañando mi cara con su aliento cálido y húmedo—. Es lo que hemos acordado, *creo* —digo, más para mí que para la abuela.

De su garganta brota un sonido parecido al gorjeo de una paloma.

—Ten cuidado, Claire.

—¿Con qué?

—Estoy segura de que parece muy libre y moderno vivir juntos así, pero estas instituciones existen por un motivo. Ya no eres tan joven, tienes que ser lista y pensar en ello: dentro de dos años, sin hijos ni certificado matrimonial ni nada concreto que os una, ¿qué le impide cambiarte por una novia polaca más joven?

—No sé, ¿el amor? —La abuela alza una ceja escéptica—. Hemos comprado un piso juntos: eso es bastante concreto. Además, no creo que Luke sepa dónde ponerse a buscar una «novia polaca más joven».

Suelta una risa sarcástica.

—No necesita salir a buscarla. Esto se está llenando de esa gente. Los hospitales son lo peor. Polacas rubias y atractivas por todas partes. —Me apunta con un dedo nudoso—. Escucha esto: he leído un artículo en el periódico que dice que ahora los empresarios británicos están teniendo que aprender polaco porque sus empleados no les entienden. ¡Imagínate!

—¿No te parece maravilloso que hagan ese esfuerzo para comunicarse con sus trabajadores?

Aparta el rostro con el único objetivo de mirarme de soslayo.

—¿Y qué hay de tu trabajo? ¿Ya has arreglado eso, al menos?

—Pues, por extraño que parezca, vuelvo a estar donde antes. En mi anterior trabajo.

Los ojos de la abuela se salen de sus órbitas mientras da un trago de su té.

—¡No me digas! ¿Te han vuelto a coger? Qué buenos son.

—Me pidieron que volviera, con un contrato temporal, y acepté. En realidad, estoy como autónoma.

—Vaya —reclina la espalda en la silla—. Bueno, supongo que es mejor que nada.

—No está mal. Tengo lo mejor de los dos mundos: gano algo de dinero, bastante, la verdad, mientras sigo decidiendo qué hacer.

La abuela menea la cabeza.

—Verás, Claire..., no sé. Me cuesta seguirte. De repente te morías de ganas por dejarlo y al minuto siguiente estás otra vez ahí y encantada. Aunque no debería sorprenderme. Siempre has sido así, incluso de pequeñita.

Déjalo estar, me digo para mis adentros.

—Siempre fui ¿cómo? —digo.

—No es rara exactamente —Cierra los ojos y tamborilea con los dedos—. Espera que lo piense. Ex, ex, ex, ex. Empieza por «ex», creo.

—¿Extraña? —acabo diciendo—. ¿Extravagante? ¿Exclusiva? ¿Excepcional?

—No, no, ninguna de esas. ¿Cómo es la palabra? La tengo en la punta de la lengua. Ya sabes lo que quiero decir.

—¿Exacerbada? ¿Exuberante?

—¡No! —Se la ve terriblemente molesta—. Ex, ex, ex..., no es exagerada, ni exaltada..., supongo que se podría decir exasperante, pero no del todo...

159

—¿Excelente?—digo, en el caso improbable de que no haya interpretado correctamente las señales y esté intentando decirme un cumplido.

—No, eso es algo completamente distinto.

—¿Excéntrica?

—¡Sí! ¡No! Casi. Me está viniendo —Abre los ojos de golpe—. ¡Estrafalaria!

—¿Estrafalaria?

—Sí, estrafalaria.

—Mmm. —Me muerdo la mejilla por dentro—. ¿No querrás decir extravagante?

—No.

—Estrambótica también podría valer —intento—. Aunque es un poco, ya sabes, desdeñoso. Estrambótica y un poco exótica. —Sonrío, contenta con la rima, pero no hace gracia al otro lado de la mesa.

—Estrafalaria. La palabra es estrafalaria. —Su barbilla choca con su pecho satisfecha—. Eras una cosita divertida y estrafalaria. ¡Y no has cambiado nada! —dice casi con orgullo—. Menos en que has engordado, claro. —Coge la caja de galletas y gira la tapa, perdida en sus pensamientos—. Muchas mujeres pierden atractivo con el peso, pero en cualquier caso, tú has mejorado. Te hace más mayor, quizá, pero en general, merece la pena. —Levanta la tapa y se coloca una galletita de chocolate entre los dientes—. Supongo que no querrás de estas —dice, masticando y lanzando migas al aire.

Otra taza de té y la abuela ya está a tope: brazos en jarra y ojos brillantes. No la veía así desde mucho antes de la muerte de Gum. Parece diez años más joven.

—¡... y me apartó de un empujón como si fuera de la realeza! La verdad, yo diría que se lo creía, fíjate. Tienen tendencia a llamarse de esa forma tan grandilocuente: rey, o príncipe de tal o cual... ¿tribu? Lo mismo le pasó a Pauline, ¿sabes?

—¿También se le coló alguien en la caja del Lidl?

—Ay, estás siendo difícil a propósito. Era en el Aldi, y un tipo se puso a bailar y cantar por una cosa u otra, y la cajera tuvo que llamar a seguridad. Ya sabes lo agresiva que se pone esa gente.

—No, no lo sé, ni me gusta adónde creo que lleva esto.

—Bueno, a mí tampoco, Claire. Es una desgracia. El Gobierno tiene que empezar a tomar medidas drásticas. Mucho hablar, pero están entrando a mares. Tu madre está de acuerdo conmigo, eso lo sé. ¿Y tú? ¿A ti qué te pasa?

—Por dónde empiezo —digo con voz ronca a las palmas de mis manos.

Mientras me preparo para irme, la abuela desaparece un momento y regresa con una bolsa de rafia de aspecto pesado. Lleva una pegatina con mi nombre, escrito a bolígrafo con mayúsculas temblorosas.

—Toma.

El contenido hace un tintineo metálico al pasármela. Miro su interior, y luego a ella.

—¿Quieres que... te la limpie?

—Haz lo que te parezca. He preparado una para cada nieto.

—¿Una...?

—Bolsa con cubertería de boda. Stuart se quedó el juego de té, por ser el mayor, pero —coge mi mano libre y la sacude arriba y abajo— tú te llevas los candelabros; pensé que te haría ilusión.

—Me gustan, mucho, pero ¿no los vas a echar de menos?

—Yo ya soy muy vieja para tener invitados; los jóvenes le sacaréis más provecho. Iba a dártela cuando te casaras, pero todos mis nietos son demasiado modernos para molestarse con una tradición tan aburrida, así que pensé en dárosla mientras todavía estoy aquí, para evitar que os peleéis durante mi entierro.

—Vale, bien. No sé muy bien qué decir.

—¿«Gracias, abuela, por esta preciosa cubertería»? —sugiere.

—Gracias, abuela —digo, sin más.

—¡La próxima vez, las copas de cristal! —me grita cuando ya estoy en la calle, agitando ambas manos sobre la cabeza para despedirse.

Aclaración

Ya en casa, limpio la cubertería, la primera vez que hago esto desde que era pequeña, cuando mi madre descubrió el trabajo infantil como una forma de tenerme entretenida los días que no había colegio. Me encantaba el ritual: colocarlo todo sobre una toalla y pulirlo bien con el grasiento abrillantador y paños suaves, para transformar en un tesoro reluciente las piezas sucias y con marcas de dedos. Mamá me dejaba limpiar también sus anillos de boda, que, de vuelta a su mano, parecían otros, brillantes. Yo me proponía controlar su regresión a un estado deslustrado (una vigilancia que nunca iba más allá de ese mismo día).

—¿Qué tal en casa de la abuela? —me pregunta Luke cuando vuelve del trabajo—. ¿Le has robado?

—Está desprendiéndose de la herencia por adelantado —digo—. Empezando por los metales preciosos.

—¿Y qué —dice Luke, cogiendo un rectangulito ahuecado con patas en forma de garra— podría ser esta cosita?

—Ese objeto es, como resulta evidente, un delicado ejemplo de la clásica... ¿bañera de mostaza? Y esta es la cucharita que acompaña a la bañera de mostaza. —Coloco en la palma de su mano una diminuta cuchara de plata y me pongo a frotar una jarrita—. Técnicamente es una «cubertería de boda», pero ya ha abandonado la esperanza de que nos casemos algún día. Te tiene calado, amigo.

162

Luke se ríe.

—¡Esta sí que es buena!

—Sabe lo de tu plan de esperar a que termines de estudiar para luego dejarme por una enfermera polaca de veintidós años.

—Me ha pillado —dice Luke—. ¿Qué respondiste a eso?

—¿Qué voy a responder? Que estamos contentos con las cosas tal y como están. No necesitamos casarnos.

—¡Oh! Vale.

—¿Es que no es así?

Luke se encoge de hombros.

—Es lo que tú piensas, ¿no?

—Pensaba que era lo que pensábamos los dos. Si no es así, deberíamos hablar del tema.

—Tu plan me parece bien.

—No es *mi plan*. Es como yo veo nuestra situación. Pero si tú lo ves de otra manera...

—No hace falta que grites.

—No estoy gritando. —Es verdad—. Solo intento saber qué opinas tú.

Froto con fuerza el mango de la jarra sobre un punto oscuro que no se quiere rendir.

—Deja que lo plantee de este modo —dice Luke—. No tengo ninguna prisa, pero no lo descartaría.

—¡Ni yo! No creo que debamos hacer eso.

—Pero suena a o lo tomas o lo dejas.

—Solo porque pensaba que a ti te daba igual una cosa o la otra —digo. Se coloca detrás de mí, pero sigo viéndolo: muchos Lukes chiquitines se reflejan en mi imperio de plata—. No estoy de brazos cruzados esperando a que me pidas que nos casemos, si eso es lo que quieres saber.

—Podrías pedirlo tú también, ¿sabes? —dice.

—Un momento, vamos a rebobinar un poco: tú eres el que siempre ha dicho que no es más que un trozo de papel, que lo que cuenta es nuestro compromiso el uno con el otro.

Ya sabes que para mí es así, una cuestión de amor. Por ti, me refiero.

—Entonces, ¿me estás diciendo que tú nunca me lo pedirás? —pregunta.

—¿Por qué tiene que hacerlo uno de los dos? Podemos tomar la decisión juntos. Como iguales.

—Está bien, sí —dice, para luego añadir rápidamente—: Volvamos sobre este tema en algún momento del futuro. ¿De aquí a dos años? No, ¿tres?

Doy una palmada.

—¡Ay, Luke! ¡Nos hemos comprometido para comprometernos! ¡La abuela se va a poner tan contenta cuando se entere! Es broma, es broma, es broma —digo, al ver cómo su espalda en miniatura se pone visiblemente tensa en múltiples reflejos, para luego relajarse.

Piel

—¿Necesita ayuda? —pregunta una mujer con bata blanca, de generosos pechos, coronada por un recogido de pelo enorme e impecable. Su maquillaje es espeso y meticuloso; su aroma, poderosamente dulce. Pongo cara de no, y me concentro en el reluciente expositor de productos, frunciendo el ceño como he visto hacer a los consumidores avezados—. ¿Estaba buscando algo en particular? —comenta en voz alta la mujer.

—No, de verdad, gracias —digo, pero ahora es como si toda esa amabilidad censurada burbujeara en mi interior como un residuo radioactivo e, incapaz de soportarlo, me rindo y confieso—: Bueno, estaba pensando en que tal vez quisiera comprarme una crema antienvejecimiento.

—Claro —dice—. ¿Qué tenía en mente?

—Esto... ¿crema antienvejecimiento? No conozco... otra forma de llamarlo.

Con un suspiro agradable, se pone a recitar las opciones, moviendo sus pestañas de grueso rímel a una velocidad impresionante:

—¿Crema de día, de noche, sérum, doble sérum, multiregenerante, con color?

—Vale, ya veo. Sí. Quería, bueno, en realidad, me preguntaba, ¿cuál me recomendarías *tú*? —Alzo la barbilla y desfrunzo el ceño, dándole una buena oportunidad para que elogie mi piel, su juventud y sedosa tersura. En vez de ello, con una eficiencia de Mary Poppins, alinea un montón de frascos y tubos en el mostrador.

—¿Seis cosas distintas? —estirándome los párpados, abro la boca mientras estudio mi piel en el espejo de aumento: una copia basta y vulgar de *El grito*—. ¿Tan mal están mis ojos? ¿Necesitan una especial?

Sonríe.

—En realidad es una fórmula en gel. Hará maravillas con lo que tienes ahí. —Mueve un meñique ilustrador—. Y ahí. —Aparece el otro meñique; y juntos se mueven formando amplios círculos—. También te recomendaría pensar seriamente en una hidratante diaria rejuvenecedora. Te garantizo que te quitarás años de encima.

Los milagros suceden

¡Funcionó! ¡Vuelvo a tener catorce años! La crema ha despertado una glándula que llevaba tiempo adormecida, devolviendo la adolescencia a mi barbilla, frente, nariz y mejillas, en todo su esplendor de grasa y espinillas.

Estrategia

Geri me ha invitado a participar en el desayuno-reunión de estrategia de hoy. Quise rechazar su ofrecimiento, pero me pareció un poco desconsiderado. Además, hay fruta y pasteles gratis.

Jonathan, sentado a la derecha de Geri, parece triunfal y resentido, como si mi presencia fuera la prueba definitiva que necesitaba para confirmar que estoy aquí para arrebatarle mi antiguo puesto de sus eficientes y sudorosas manos. Pero no debería preocuparse por mí, a no ser que quiera un panecillo de pasas: solo queda uno, y pienso hacerlo mío.

Incómodo

Ya estamos en el grueso de la reunión general, y me veo sumida en mi vieja pesadilla: que la reunión nunca acabará y me quedaré aquí atrapada para siempre.

Bea no para de ponerme caras, y me cuesta encontrar una mueca que sirva para seguirle el rollo sin molestar a los demás. También se ha traído el móvil —algo que no está permitido, pero nadie le dice nada— y cada cierto tiempo deja de mandar mensajes para soltar de sopetón alguna idea fuera de lugar.

—Mi colega Angus es distribuidor de café alternativo. Deberíamos cogerlo para la oficina. Esta cosa es, sin ánimo de ofender, una mierda —comenta, cuando alguien le pide que le pase la cafetera—. Solo trabaja con una mezcla, pero es perfecta. Es un prodigio del café.

—¡Ooh! —dice una de las graduadas—, creo que he leído sobre él en el *Metro*. ¡Está bueno!

—Pásale el contacto a Claire —dice Geri, intentando reconducir las cosas. Además de mis tareas como *freelance*, parece que me he convertido en la secretaria de la becaria. Escribo «café» en mi agenda.

Bea se inclina sobre la mesa.

—¿Y qué os parece que nos traigan una caja de fruta? Mi hermana espiritual tiene un huerto orgánico en Somerset. Les da manzanas y... otras frutas. Lo que haya de temporada. ¿Ciruelas?

—¿Qué es una «hermana espiritual»? —pregunta Jonathan.

—Claire, apúntalo —dice Geri, señalando mi agenda.

«Caja de fruta», escribo. «Hermana espiritual. ¿Ciruelas?»

—¡Venga, pues! ¡Contabilidad! Pasamos a Justin, por favor, con las cifras del segundo trimestre.

Geri reparte un taco de hojas de cálculo. No me molesto en coger una: nunca le he pillado el tranquillo a las cuentas y no pienso empezar a hacerlo ahora.

—Creo que deberíamos pedir la «Cesta del Asaltahuertos».

—Bea pasa su teléfono a Geri, que pone una rápida sonrisa de aceptación y lo vuelve dejar inmediatamente sobre la mesa.

—¿La pido ya? —insiste Bea—. ¿Ahora que tengo toda la información? —Se vuelve hacia Justin, el contable, con una palma extendida—. Jasper, ¿me pasas la tarjeta de crédito, por favor?

Justin la mira, en estado de *shock*.

—¿Asaltahuertos? ¡Qué nombre más gracioso! —digo, en un intento de relajar la creciente tensión.

—Bea, cariño —dice Geri—, Claire se ocupará de eso *después* de la reunión. Lo hablamos y ya te diremos más adelante, ¿vale?

El teléfono llega zumbando sobre la mesa hasta mí.

Escribo «Asaltahuertos», y anoto el precio, que explica lo de «asalto»: veinte libras por «una media de quince manzanas» es un atraco a mano armada.

—¡Mirad! La granja se llama B. Organic —dice Bea.

—¡Empieza, Justin, por favor! —dice Geri.

Justin carraspea.

—Es un juego de palabras, quiere decir «*be organic*». Pero, además, adivina qué otra cosa significa esa B., Claire —insiste Bea con un largo susurro.

Meneo la cabeza, queriendo decir «cierra el pico», pero Bea se lo toma por un «me rindo».

Se señala a sí misma y dice sonriente:

—B-E-A.

—Columna uno: notaréis que las ganancias brutas han disminuido el último trimestre —comienza a decir Justin, mirándome a mí, lo cual es tremendamente injusto.

—¿A que es guay? —dice Bea, y le levanto desesperada el pulgar.

—Claire, *por favor* —dice Geri—. *Perdona*, Justin, sigue.

A su lado, Jonathan alza sus papeles demasiado tarde para ocultar la risita de su boca.

Experiencia

Esta multitud de jóvenes varones trajeados saliendo a la hora del almuerzo por la puerta de la sede de mi banco podrían pasar por niños en una excursión escolar. Ya sé que no poseo una inmensa fortuna, pero creo que es justo esperar que las personas a quienes confío todos mis ahorros de este mundo tengan, cuando menos, edad para afeitarse.

Amor en la ciudad

Hoy parece como si todas las personas con las que me cruzo buscasen con la mirada a todas las personas con las que se cruzan, con la esperanza de encontrar a esa Media Naranja entre la multitud; y, también, que esa Media Naranja a su vez los reconozca.

Hablando de niños

En un bar nuevo de decoración sosa y confusa (bolas del mundo iluminadas, antiguas raquetas de tenis de madera, llaves gigantescas) va cayendo una botella tras otra de vino blanco, que al principio entraba amargo y fuerte, pero que ha adquirido un sabor dulzón a piña a medida que avanzamos en la bebida.

La conversación ha girado de aquí para allá, ganando en confidencias a medida que se desvanecía la sobriedad.

—Te lo digo, si me dices tú el tuyo —dice Rachel.

—¡No puedo! —dice Lauren—. Bueno, vale, qué hostias. Cincuenta.

—¿Cincuenta... *mil?* —Poso mi copa con más fuerza de lo previsto, salpicando de vino las manos y los puños de la blusa. Para ahorrar, no he cenado y las inevitables consecuencias están pasando factura—. Entonces eso es lo que ganas tú solita: cincuenta mil libras. Para ti, cada año. ¡Guau!

Lauren me aclara:

—Sueldo bruto. ¿Qué? ¿Te parece mucho?

—¿Estás de broma? ¿Por qué? ¿Cuánto ganas tú? —pregunto a Rachel.

Gira su copa por el tallo.

—No tanto. Cuarenta y siete.

Me retuerzo las manos para secármelas.

—¡Cuarenta y siete! —mi voz, estridente de la conmoción, no puede subir más.

—Gano mucho menos que mis compañeros de promoción —añade—. Están todos en los sesenta, setenta y más. Fran, por ejemplo, gana setenta, ¿verdad?

Fran asiente y se sonroja, avergonzada.

—No me apetece decir cuánto ganaba yo —digo—. ¿Qué hice mal? —Me vuelvo a Lauren—. Pensaba que cobrabas una miseria como yo. ¿Cuándo empezaste a ganar esa pasta?

—Supongo que es porque he aguantado lo bastante sin dejarlo. No me malinterpretes, no me gusta el curro, pero está bien saber que no he malgastado todos estos años, que al final se me recompensa por lo que valgo. ¿No es lógico?

Más tarde (una botella, o dos, o las que sea: llevar la cuenta es absurdo y *aburrido*) la conversación gira, inevitablemente, hacia los niños.

—Rob y yo lo estamos intentando —dice Lauren, y se lleva una mano a la boca—. No debería haberlo dicho. ¡Se supone que no se lo vamos a contar a nadie! —chilla entre los dedos.

Me uno sumisa al coro de felicitaciones, y luego Fran se lanza:

—¡Nosotros también! Yo tampoco debería contárselo a nadie, pero... —Nos coge los dedos a Rachel y a mí—, ¡mis chicas tienen que saberlo!

A continuación se produce el asalto: ¿desde cuándo? ¿Con cuánta frecuencia? ¿Fue raro la primera vez? ¿Cómo supisteis que estabais listos? Etcétera. Es como lo de la virginidad otra vez; ahora, igual que entonces, no tengo mucho que aportar a la conversación. Ni siquiera sé las preguntas adecuadas que hacer.

—Estás muy callada, Claire —dice Rachel—. De no ser porque sigues dándole al vino, pensaría que ya te habías ido. ¿Cuándo os pondréis Luke y tú a ello? Ahora podría ser el momento perfecto, sin un trabajo del que preocuparte, ¿no?

—Si no fuera porque el trabajo es *justamente* lo que me preocupa.

—Vale, pues esto es lo que deberías hacer: búscate un trabajo en una consultoría de gestión, curra un año o dos como máximo, y luego quédate embarazada justo a tiempo para disfrutar del pack de maternidad de la empresa. ¡Problema resuelto! —dice Fran.

—¿Cómo va a resolver eso mi problema? Toda esta historia va de que quiero encontrar un trabajo que signifique algo, y, por favor, antes de que nadie lo diga, ya sé que ser madre significa algo y ya sé que es un trabajo. Pero ¿de verdad lo mejor a lo que puedo dedicar mis capacidades y mi tiempo es a producir a otro humano para que crezca y me defraude igual que he hecho yo con mis padres? ¿Es que no hay ya demasiada gente en el mundo? —Suspiro y me tapo un ojo con una mano, miro fijamente la mesa y toqueteo unos granos de sal desperdigados por la mesa con la otra mano—. Ay, Dios, ya he desviado del todo la conversación. Perdón, perdón, me parece precioso que estéis listos para formar familias, de verdad. Y no es que no quiera tener hijos. Es solo... —Respiro unas cuantas veces—. ¿Cómo voy a traer otra vida al mundo si no sé qué hago con la mía?

—¡Ay, mi pequeña! —susurra Lauren.

—De todos modos, soy estéril.

—¿Qué? —dice Fran—. ¡Mierda, lo siento! No lo sabíamos.

—Bueno, no es oficial, pero lo sé. ¿Sabéis? ¿Verdad que me merezco algo así?

Alguien me coge la mano y acaricia el dorso con su pulgar.

—Te queremos, Claire. Estamos aquí para lo que sea, lo sabes —dice Fran, mientras se van apilando más manos.

Me siento ridícula, como una princesa de Disney triste, consolada por un corrillo de alegre fauna de los bosques.

—Así que, resumiendo: ¡vais a tener hijos! ¡Bien! —Sacudo los puños a la altura de los hombros y alzo la mirada a un trío de sonrisas torcidas, todas muy estiradas para ocultar su preocupación—. ¡Eh! ¿Pero qué hacéis todavía aquí? ¡Venga, id a casa y poneros a procrear!

Solidaridad entre féminas

Quizá estas dos hermosas mujeres italianas que charlan de espaldas a los espejos de los servicios serían tan amables de apartarse para que las menos agraciadas por la naturaleza tengamos la ocasión de ocultar nuestros muchos defectos.

Chico

Todas mis amigas se han marchado ya, pero yo sigo aquí y, no sé cómo, voy a rebufo de una conversación con un joven,

171

poeta y dramaturgo. (Da clases a niños ricos por dinero.) Tiene veintitrés años y unos ojos tan grandes e intensos que me cuesta mirarlos, y un nombre que no se me queda, por mucho que me lo repita —Calum o Caleb o Conrad—; resulta que es una broma recurrente, se dedica a cambiarlo para confundirme. Es sincero, idealista y tiene unos rizos perfectos, como si fuera solo para mí, y escucha todo lo que digo con algo que me parece cercano a la admiración, como si nunca hubiera conocido a alguien como yo; y se ríe de todos mis chistes echando la cabeza hacia atrás, dejándome ver la curva rosada como un bebé de su paladar, y me toca el hombro, el codo y (una vez) la parte baja de la espalda, con la suavidad de una pluma en las yemas de los dedos, como si no me estuviera tocando, sino más bien queriendo mostrar que el impulso está ahí, que yo lo podía comprender porque también lo había sentido; no romántico, por supuesto, porque tengo a Luke, a quien amo y a quien no he mencionado solo porque, sencillamente, sinceramente, no ha salido el tema, no por nada oscuro, y sin embargo, siendo igualmente sincera, hay no obstante una atracción en el sentido puramente científico de dos entidades distintas que se juntan; pero cuando menciona una película de un director de Hong Kong, una película que me hizo ver Luke y que iba del deseo y el amor prohibido, suelto: «¡Eh! Esa es la película favorita de», y estoy a punto de confesar, a punto de decir «de mi novio», pero no quiero cortar la atención de este chico, porque ¿cuándo me voy a sentir así de bien, así de carismática y así de no monstruosa? Así que digo, como una traidora: «Es mi película favorita». Aunque en realidad me parece un poco lenta, pero no, a decir verdad, es bonita; y ahora mismo me encanta que a él le encante. Me encanta que a él le encante más de lo que me importa que a Luke le encante, porque este chico es nuevo y está lleno de posibilidades, es un poeta al que le parezco «rara» (reluce como una brasa en el fondo de mi estómago), y le parece que sé cosas, como QUIÉN SOY y QUÉ QUIERO, mientras que Luke, el bueno y fiel Luke, sabe que no sé nada, y no solo eso, también conoce todos mis defectos y mis malos hábitos, me ha visto en el retrete, me ha visto quitándome los puntos negros en el espejo, me ha besado a pesar del aliento putrefacto de la mañana, me ha hecho el amor a pesar de todos los horrores de mi cuerpo, me ha oído decir cosas malas y amargas sobre la gente, sobre él, en su cara, por nada, menos que nada, por ser comprensivo, paciente, constante, muy cariñoso, muy tolerante; por simplemente seguir conmigo aunque sabe la persona tan vacía que soy, y «Esto...», le digo al chico, atreviéndome a mirar en esos enormes ojos de vaca, manteniendo el equilibrio con una mano sobre su hombro. «Esto, solo... voy a..., dame un minuto», y entonces salgo de allí, abriéndome paso entre cuerpos, y me lanzo sobre el primer taxi que encuentro, con un zumbido en mi interior, decepcionada pero agradecida, en última instancia, por no haber conseguido hacerme con su nombre, para no pasarme el día de mañana, o la próxima semana, o el mes entero, buscándolo en Google y atormentada por lo que hubiera podido ser.

Aprovechándose

—¡Buenos días! Parece que anoche lo pasaste bien.

—Pues sí —digo, buscando algo más específico, más allá del dónde y con quién (bar ruidoso, amigas)—. Lo siento por volver más tarde de lo que dije.

—La verdad es que la espera mereció la pena —dice Luke, con una sonrisita.

—Mierda. —Me tapo los ojos con el brazo—. Lo siento mucho, de verdad.

—Espero que no —dice Luke—. Yo estaba *on fire*. «El mejor de mi vida»: palabras textuales. Te acuerdas de que tuvimos buen sexo, ¿no?

No sé si me está vacilando, así que miro la papelera en busca de un envoltorio de condones. La papelera no está en el rincón de siempre, sino al lado de la cama, sin envoltorios y, gracias a Dios, sin vómitos.

—No me lo trago —digo.

—¿Qué parte? ¿Lo de «el mejor de mi vida», o lo de que lo hiciéramos?

Señalo la papelera.

—Entonces, ¿dónde está el envoltorio del condón?

Se queda helado.

—Claire, ¿me estás vacilando? Dijiste que estábamos preparados para dejar de usar protección... De hecho, tú insististe en que no la usáramos. Por favor, dime que no estabas tan borracha como para no acordarte de haber tomado esa decisión vital tan importante.

Me estremezco, y no por nada bueno.

—Claro, no, por supuesto que te vacilo. Era una broma. Pues claro que me acuerdo. —Pero ahora Luke se ríe abiertamente, así que le sacudo con la almohada—. ¡Eres un cabrón! ¡No vuelvas a hacerlo!

—Perdón, perdón, he sido malo —reconoce.

—Buf. Debía de estar buena yo anoche.

Se ríe.

—¿Me cuentas ahora la gran revelación?

—La gran revelación... ¿es otra broma?

—Dijiste que habías comprendido algo fundamental sobre la vida, pero cuando te pedí que me lo contaras, no querías.

—*No podía*, sería más acertado —digo. Ahora que lo menciona, esto me suena a algo. Recuerdo un estado de viva revelación, una sensación de que el tejido del mundo se había abierto, mostrándome una verdad fundamental sobre la existencia humana. De eso sí que me acuerdo—. ¡Qué tragedia! —digo, con valor—, llegar tan cerca del sentido de la vida pero no poder demostrarlo.

174

—Pues sí, somos unos pobrecitos —confirma Luke, acariciándome el hombro con la nariz.

Moderación

Me gustaría quererme un poco más a mí misma, y un poco menos al vino.

Spinning

Al bajar de la bicicleta estática después de la clase, jadeante y mareada, me juro que esta es la última a la que vengo. Tanta energía malgastada en ir a ninguna parte está empezando a pasar factura.

6

Rápido

Me llega un email de Sarah en el trabajo: «¿Podemos quedar esta noche?».

«¿¿¿Todo bien???», le pregunto, pero solo me confirma el lugar y la hora, y me paso el resto de la tarde especulando sobre qué ha podido pasar: Paddy se ha ido de casa; está con otra; Sarah está embarazada; su padre o su madre tienen una enfermedad grave...

Sarah ya está en el bar cuando llego yo, tomando Prosecco. Me ofrece una copa mientras me siento, y tacho «embarazada» de mi lista mental.

—¿Cómo estás? —me pregunta.

—¿Cómo estás *tú*? ¿Tenemos algo que celebrar? ¿Te ha salido un nuevo trabajo?

Alza la mano izquierda, en la que ahora hay un anillo de diamantes.

Sonrío, negando con la cabeza.

—¿Qué?

—¿Tú qué crees?

—¿Te casas?

—¡Me caso!

—¿Con Paddy?

—¡Pues claro!

—¡Ay, Dios!

—¡Ya, tía!

—¡Ay, Dios!

—¡Sí!

—¡Ay, Dios! —esta vez lo digo más bajo, con la copa en mis labios. Sarah frunce un poco el ceño—. Y, por supuesto, ¡felicidades!

Las dos miramos el anillo y el brillo que desprende cuando se mueve.

—¿Qué piensas? —dice, mordiéndose el labio.

—Es bonito —digo, cogiendo su mano.

Sonríe.

—Qué piensas de toda esta historia. Suponía que... no te iba a entusiasmar demasiado.

—¿Qué? ¡No! ¡Si Paddy me cae *genial*! —digo, quizá con excesivo entusiasmo.

—Lo sé —dice Sarah—. Me preocupaba que pensaras mal de mí o algo así. Como tú eres antimatrimonio.

—No soy antimatrimonio. ¿Por qué todo el mundo piensa eso?

—Bueno, no anti, pero que te da bastante igual.

—A ver, me parece algo *rápido* —comento.

Se la ve confundida.

—Ya llevamos un par de meses viviendo juntos, y casi un año saliendo.

—Siete meses —le corrijo—. No es tanto.

—Mis padres se prometieron a las dos semanas de conocerse. Siete meses no es rápido. Vale, no son siete años, pero no quiero esperar siete años para casarme. —Raspa una gotita de cera en la mesa, concentrando sus ojos en la tarea. Me pregunto si se estará refiriendo al hecho de que Luke y yo llevamos siete años juntos.

—No sé. —Doy un trago largo al Prosecco—. Es solo que ha sido un poco antes de lo que yo esperaba, nada más. Me parece genial, si es lo que tú quieres.

—¡Lo es! —Parece como si fuera a echarse a llorar—. Eres la primera persona a la que se lo cuento. Ni siquiera mi madre lo sabe todavía.

La cojo del brazo.

—Estoy muy feliz por ti, Sarah, de verdad. Lo siento, necesitaba un momento para asimilarlo. Solo porque *yo* no esté preparada mentalmente para esto no significa que *tú* no lo estés. Por favor, cuéntamelo todo. ¿Cómo te lo pidió?

Se seca la nariz con elegancia, usando el dorso de la mano del anillo, mientras me narra los detalles. El diamante se agita con frenesí a la luz de las velas.

—... entonces me soltó ese discurso increíble y emotivo, sobre mí, sobre que por fin había encontrado al amor de su vida... Sinceramente, no le estoy haciendo justicia, pero te aseguro que al final acabamos los dos en un mar de lágrimas.

—Suena maravilloso —murmuro, y estoy maravillada de verdad, no solo porque Paddy sea capaz de una retórica tan conmovedora, sino también porque se sienta cómodo derramando tanto sentimiento, desatado. Siento una recién descubierta admiración por él.

—Y sí, me sorprendió un poco que me lo pidiera, pero me parece... Es tan... Sienta bien.

—Quizá no debería decir esto. —Me acabo de un trago el resto del Prosecco y hago una señal a la camarera para que nos ponga otra ronda—. O quizá debería esperar a que llevemos unas cuantas copas más, pero qué demonios.

—Cuenta...

—Antes, tenía mis reservas respecto a Paddy. —Como prueba de mis dotes como actriz, a Sarah esto le parece nuevo—. Al principio.

—¿Por qué? ¿Qué tiene de malo?

—A eso iba: ¡que ya ni me acuerdo! —Intento acallar la vocecita en mi cabeza que recita de un tirón y sin dificultad: *monosilábico, serio, aburrido...*—. Eres mi mejor amiga.

Cualquier tío con el que acabaras iba a tenerlo difícil para impresionarme. Pero en cuanto vi lo importante que Paddy era para ti, ahí estuve: contigo, al cien por cien. Así que, a lo que quiero llegar es a que si algún día Paddy necesita algo, lo que sea, un riñón, por ejemplo — doy paso a una voz ronca de mafioso mientras me apunto al pecho con un pulgar—, me lo envías para acá, ¿has oído lo que te digo?

—Lo he oído —dice Sarah, con aspecto aliviado—. Gracias, de verdad, significa mucho para mí.

Dios, espero que Paddy cuide bien sus riñones.

Contacto

Es sábado, Luke está en el trabajo y yo estoy sola en casa intentando progresar con mis planes de búsqueda de empleo. He diseñado una nueva hoja de cálculo con colores definiendo las empresas a las que dirigirme, fechas límite de solicitud y programas formativos que podrían ser de interés. Mis habilidades para dar formato, sin embargo, no son muy finas y me he pasado gran parte de la mañana cambiando el tamaño de las columnas y recortando texto para que encajara en unas casillas que se negaban a expandirse, por muchas soluciones del asistente que intentara.

Repaso mi teléfono y me doy cuenta de que hace tiempo que no sé nada de mis padres. Llamarles me resulta demasiado, mucha implicación, teniendo en cuenta que hoy todavía no he hablado en voz alta, así que decido mandarles un mensaje.

Hola, papá. ¿Cómo estáis? ¿Alguna novedad del trabajo? Espero que vaya todo bien. Besos. C

No.

No = ¿No hay novedad? ¿Todo bien? Besos
Bien claire estoy en el centro tomando una torta de avena con MAMA. BSO

Genial. Pasadlo bien. Saludos a mamá. Besos.
OK SE LO DIGO CUÍDATE PAPA

Explotar/implosionar

—¿Qué estás viendo? —pregunta Luke, quitándose el abrigo.

—Es fascinante —digo—. Has llegado justo a tiempo. Mira. —En la pantalla, un hombre con un mono blanco realiza cuidadosas incisiones en la tripa del cadáver de un cachalote varado—. Espera, que ahora llega lo bueno.

—¿Dónde es? —pregunta Luke.

—¡Qué más da! Las Islas Feroe, creo. Vale, mira esto. ¿Estás mirando?

—¡Estoy mirando!

La ballena explota, tripas y sangre saltan por los aires, volando varios metros por el muelle hasta estamparse contra un muro. El tipo del mono, al que la fuerza del chorro casi tira al suelo, sale corriendo y desaparece del plano con un movimiento cómico.

—¿Has oído el ruido? —digo—. ¡Cómo revienta! ¡A chorro! Vamos a verlo otra vez.

Le doy al «replay». El vídeo viene precedido del anuncio de un paquete de luna de miel con crucero —¿una broma algorítmica?— y recito la voz en *off* en perfecta sincronía: «Embárcate en tu nueva vida de felicidad con Sunset Voyages».

—¿Cuántas veces has visto esto? —me interrumpe Luke, que se mueve por la cocina abriendo puertas de armarios.

—No las suficientes. Aquí va. ¿Estás listo?

Coge la leche del frigorífico y se llena un vaso junto al fregadero.

Le doy a «pause».

—¿No quieres verlo otra vez?

Levanta las cejas al beber, y el vaso golpea suavemente sus dientes. Cuando ha terminado, agacha la cabeza, casi jadeando.

—Llevo todo el día rodeado de sangre. ¿Qué tal tú? ¿Ni siquiera te has quitado el pijama? —Un hilillo de leche recorre su labio superior.

Vuelvo a la pantalla y le doy a «play»: pum, chorro, correr.

—¡Imagínate la presión ahí dentro!

—Bueno, ¿qué te apetece hacer esta noche? ¿DVD? Si es que no has saciado ya tu apetito por el cine de calidad... —Luke señala hacia la pantalla con la cabeza.

—¿Por qué me haces sentir mal?

—¿Cómo te hago sentir mal?

—Déjalo —me apresuro a decir, pero ya ha sacado las garras.

—No, venga. ¿Qué he hecho?

—No te pongas tan a la defensiva, ¡Dios! —digo. Se dirige al frigorífico con pasos enfadados y devuelve la leche a su interior—. Quizá deberías refrescarte un poco ahí. Has tenido un día largo, ¿no?

Cierra de un portazo y el frigorífico se sacude.

—Vas a tener que ayudarme con esto.

Enumero, señalándole con un pulgar.

—Prueba: haces comentarios sarcásticos y poco amables sobre que todavía estoy en pijama un *sábado*, cuando llevo toda la semana trabajando. —Paso al índice—. Y te metes conmigo por hacer un descanso de dos minutos en mi búsqueda de empleo, muy estresante, por cierto, para ver un espectáculo de la naturaleza, que extrañamente estás empeñado en fingir que no te interesa aunque catorce millones... —Compruebo el contador de vistas—. Bueno, uno coma cuatro millones de visitas lamentan pensar lo contrario.

—Dos minutos, *claro* —mascula.

—¿Qué ha sido eso? ¿Otro comentario irónico? Diez minutos, entonces. Vale, quince. ¿Contento?

Luke se coloca detrás de mí y me masajea la espalda.

—Estoy muy contento contigo —dice con la voz falsa y empalagosa que utilizamos a veces cuando las cosas se ponen demasiado calientes; en esta ocasión, no podría haber elegido peor.

—¡Ay! —digo, sacudiéndomelo de encima.

Durante un largo rato ninguno de los dos abre la boca.

—No tienes ni idea —digo finalmente—. Tú te levantas cada día y te vas a hacer algo que te encanta y que además, convenientemente, resulta ser una de las cosas más valiosas que podrías hacer en este mundo. ¿Cómo voy a competir con eso?

—¡No hay que competir! Esto es una relación. —Acerca una silla a mi lado, se sienta y me coge la mano como el médico que ya casi es—. Somos un equipo.

—Es verdad, y yo soy el lastre que te impide volar.

—No me gusta oírte hablar así. —Roza mis nudillos con los labios.

—Lo siento —digo—. Lo siento si no te gusta. Lo siento si te molesto.

Luke suelta mi mano y se da una palmada en las rótulas.

—¡En fin! Me voy a dar una ducha. No sé por qué estás siendo tan... —Se calla.

—Tan... ¿qué? —pregunto—. Dilo. Tan ¿qué?

—No vale la pena. Te dejo que sigas con tu precioso cachalote. —Se levanta. En la puerta, posa las manos a ambos lados del marco de la puerta—. Hasta ahora he sido muy comprensivo con lo que sea esto por lo que estás pasando.

—¡Sí, y me resulta muy incómodo! ¡Deja de ser tan agradable todo el rato! ¡Ni siquiera eres capaz de llamarme zorra cuando estoy portándome contigo como una zorra horrible! ¡Es muy aburrido, joder!

—Me voy a duchar.

—Eso ya lo has dicho. —Da un portazo—. ¡Y tienes un bigote de leche!

Se abre el grifo de la ducha.

—¿Qué miras? —le digo a mi cara infeliz, cuyo reflejo brilla en la pantalla en suspensión del portátil.

Estandarización

Me doy una vuelta para tomar un poco el aire y ver las cosas con algo de perspectiva (y, quizá, siendo realmente sincera, para que Luke se preocupe y así disipar un poco la tormenta de animadversión que he desatado en el piso). Pero lo único en lo que puedo pensar es: «¿Por qué no hacen estos adoquines del tamaño de un paso? ¿Tan complicado será?».

Vacío

Paso unas cuantas veces por delante de casa, con la esperanza de ver a Luke vigilando ansioso, pero las ventanas del salón están vacías y oscuras: desoladas como cuando nos mudamos hace ya cuatro años. Comprar este piso fue algo impulsivo y emocionante, la primera cosa auténticamente de adultos que hacíamos juntos; pero el proceso pronto fue decayendo en un amargo engorro, con el vendedor volviéndose cada vez más beligerante por razones que nunca llegamos a comprender bien.

El día que nos dieron las llaves llovía a raudales, y tras cargar dos pisos con todas las cajas, por fin entramos y cerramos la puerta. Di al interruptor de la luz y descubrimos que, en un acto final de maldad, el vendedor se había llevado hasta el último elemento y accesorio que no aparecía inventariado en el contrato: pomos de las puertas, tiradores de armarios y cajones, alcayatas de cuadros, toalleros, el portarrollos del baño y —crucial en aquel momento— las bombillas. Peor aún fueron los deprimentes restos que dejó: un osito de cerámica que sostenía un corazón blasonado con un «I LUV U», alfombrillas asquerosas y sábanas arrugadas, campanillas de viento rotas y una zapatilla deportiva pestilente y solitaria.

—¡Mierda! —Luke se desplomó sobre una caja—. ¿Qué hemos hecho?

—No está tan mal —dije—. Solo tenemos que limpiar y desembalar. Cuando pongamos nuestras cosas, empezará a parecer nuestro.

—Pensé que parecería más grande al estar vacío. ¿En qué estaríamos pensando? —Echó un vistazo a la cocina—. Nos hemos gastado los ahorros de nuestra vida en esto. Me he gastado los ahorros de mis abuelos en esto.

Salió, sacudiendo la cabeza, y se dirigió al cuarto de baño y al dormitorio, contestando a una llamada de sus padres:

—Sí, ya estamos... No, está... bien... Es genial... —El eco de su voz resonaba en las habitaciones desnudas, sin nada que absorbiera su decepción.

Me entraron ganas de llorar: no porque fuera un cuchitril de mierda, sino porque Luke parecía no entender que era *nuestro* cuchitril de mierda. Pero en vez de llorar abrí una caja en la que ponía «ENSERES» y, decidiendo pasar de la botella caliente de cava barato que el de la inmobiliaria me había puesto esa mañana sin gracia en la mano junto con las llaves, saqué tazas, tetera, bolsas de té, galletas y unas cápsulas de leche que me había metido en el bolsillo en el McDonald's del principio de la calle. Cuando fui a buscar a Luke, estaba mirando la calle negra por la que pasaron a toda velocidad una serie de coches de policía con las sirenas encendidas.

—Te prometo, te prometo, te prometo que lo dejaremos bonito —dije, ofreciéndole una taza caliente y una galleta de chocolate.

Sostuvo el té con una mano y me pasó el otro brazo por encima, mojando la galleta de modo que parecía que me estaba haciendo una llave de cuello.

—*Supongo* —dijo—. ¡Tú sí que eres bonita!

Enfrentamiento

Cuando empieza a oscurecer, me dirijo a casa.

—Hola —digo por lo bajo desde la puerta, tan por lo bajo que creo que Luke no me ha oído—. ¿Hola? —pruebo de nuevo, un poco más alto.

—¿Qué quieres? —me llega la voz de Luke desde la penumbra del salón, donde se encuentra sentada su silueta, zapeando con el volumen apagado.

—Decirte que lo siento.

Hay un largo silencio. En la pantalla hay unos dibujos animados, uno de esos antiguos de la Warner Bros, con el cerdito Porky. Al verlo trotar en la tele, me entra el mismo ataque de aburrimiento plomizo que me daba de niña, en ese espacio tremendamente vasto y monótono que se extendía entre la tarde del sábado y la noche del domingo, cuando mis padres se iban a la cama a «descansar», lo cual, evidentemente, comprendo ahora de repente con la claridad de una bofetada, era un obvio eufemismo de «sexo», dejándome huérfana en el piso de abajo con esos bichos histéricos como guardianes.

La silueta de Luke rompe su silencio.

—Pareces no darte cuenta de que el aguante de toda persona tiene un límite. A veces da la sensación de que estás en mi vida con el único objetivo de encontrar ese límite y mearte en él.

Resisto el impulso apabullante de señalarle la incongruencia de no darme cuenta de que hay un límite y, al mismo tiempo, que ese límite sea mi único objetivo.

—Aunque no necesariamente suscriba esa afirmación o... metáfora —digo, eligiendo con tremendo cuidado mis palabras—, admitiré que antes fui bastante desagradable. —La silueta de Luke no se mueve—. Por lo cual, una vez más, le presento mis más sentidas disculpas, caballero.

—El pequeño Pip no te va a ayudar a salir de esta —dice, y comprendo que estoy metida en un lío: en momentos más felices, a Luke le encanta mi personaje de pilluelo victoriano, un intrépido mozalbete limpiabotas sin más posesiones que una lata de betún y un montón de sueños.

Bajo la voz:

—En serio, me he portado fatal y te pido perdón. Aunque me gustaría decir, para que conste y en mi defensa, que tú has sido bastante malo.

—Bueno, admito que es una pena que te haya hecho sentir eso, pero que no he sido nada malo, de ningún modo.

—Vale, pero... lo que te estoy diciendo es que lo fuiste.

—No entiendo cómo puedes decir eso cuando simplemente no es cierto.

—Bueno —explico con mi voz más paciente y atenta—, porque es posible ser malo sin querer ser malo.

—¿De verdad estás arrepentida? Porque me suena a que podrías estar intentando ganar puntos retorciendo las cosas.

—No quiero ganar puntos. Solo quería que conocieras mi experiencia.

—Bueno, pues ya lo has hecho.

—Luke, lo siento de veras. No sé qué me pasa. No he tenido un buen día. Me he pasado horas y horas delante del ordenador, y ha sido igual que todos estos meses en miniatura, haciendo cientos de búsquedas infructuosas basadas en ideas confusas y estúpidas que tengo sobre lo que podría ser un modo de ganarme la vida con sentido, o incluso solo agradable. He perdido una mañana entera rellenando una solicitud para ser editora de guiones de televisión. ¡Si nunca he visto un guión de televisión! Solo me gusta ver la tele. Pero rellené todos los criterios de admisión, engañándome con la idea de que podría hacer que mi experiencia sonara relevante, y en cuanto leí lo que había escrito, comprendí lo ilusa que había sido. Luego mandé un mensaje a mis padres para decir «Hola. ¿Cómo os va?», y mi padre básicamente respondió diciendo: «Por favor, déjanos disfrutar tranquilos de nuestra torta de avena».

—¿Torta de avena? —pregunta Luke.

Envalentonada, avanzo un paso hacia él.

—Estaban en el Starbucks. ¿Sabes que van todos los sábados por la tarde a darse el capricho de un *caffè latte* y compartir una torta de avena?

—No lo sabía. Es muy tierno.

—Se me hace raro oírte hablar sin verte la cara. Pareces uno de esos testigos protegidos de las noticias. Uno que se esconde de su malvada novia. —La cabeza de la silueta de Luke se mueve un poco y creo (espero) que sonríe—. Entonces, ¿cuál es el veredicto? ¿Todavía me odias?

—No, supongo que no te odio del todo —dice, y la silueta de su brazo se levanta, y la silueta de sus dedos me hace un gesto para que me acerque.

Estamos tumbados, comprimidos como sardinas, en el sofá, viendo la televisión que sigue sin volumen y jugando a adivinar de qué es el anuncio.

—¡Coche! ¡Honda! ¡Ford! ¡Mazda! ¡Nissan! ¡Peugeot! ¡Sí! —grita Luke.

—¡Así no vale! —protesto—. No puedes recitar una lista de todas las marcas para abarcarlo todo. ¡No me dejas pensar!

—Eh, el juego consiste en que gana el que primero dice la respuesta. No te he oído decir la respuesta, así que voy ganando uno a cero.

—Solo tendría que valer decir una respuesta —digo, y a continuación grito ante la pantalla—: ¡Stella Artois! No, ¡Nastro Azzurro! ¡Quería decir Nastro Azzurro!

—Nastro Azzurro —dice Luke, rápido como un rayo justo después de mí—. Vaya, qué mala suerte. ¡Ya vamos dos a cero a favor de Luuuuuuke! —Levanta los brazos, como una cornamenta victoriosa.

—¡Lo he dicho yo antes!

—No, dijiste Stella Artois primero. Ahora no vengas llorando: ha sido idea tuya lo de que solo vale decir una.

—¡Todavía no hemos empezado con esa regla nueva! —digo—. Pensaba que ni me habías oído. No has aceptado formalmente el cambio. Tiene que haber reglas sobre los cambios de reglas. Necesitamos votarlo. De lo contrario, todo esto no sería más que una farsa.

Si me hundo, me hundiré luchando.

Luke cambia de canal a un programa donde un hombre y una mujer están viendo la tele, un documental de animales. Una cebra está siendo atacada salvajemente por una manada de leones.

—¿Sabías —digo— que la razón por la que en la tele salen tantos personajes viendo documentales de animales en sus teles es porque son imágenes de archivo sin derechos de *copyright*?

—Vaya, qué decepción —comenta Luke—. Siempre pensé que esas imágenes daban una pista sobre lo que les iba a pasar a los personajes. Yo me creía muy listo por haberlo pillado.

Estiro el brazo y cojo su barbilla con la palma de mi mano.

—Eres demasiado listo para esa gente. No son más que una panda de tacaños.

—¿De dónde sacas toda esta información? —murmura, intrigado.

—La verdad, creo que es ella la que da conmigo.

Con las ganas

Lo primero que hago por la mañana es encender la radio.

—... y, por último, este aparato es perfecto —concluye un tipo muy jovial— para que escuches una canción, por ejemplo, o para servirte de navegador, o para decirte el tiempo que va a hacer. Tiene, me gustaría añadir, forma de huevo y es muy asequible.

—¿Qué es? —pregunto en voz alta, pero ya es demasiado tarde, y ahora nunca lo sabré.

Inconsistencia

Este caballero americano que hace apenas unos instantes manifestó tantas disculpas por haberse colado sin darse cuenta en la fila del café no hace lo mismo al salir disparado para hacerse con la última mesa libre.

Luke

Cómo se enrosca todo en él cuando duerme: puños, columna, pestañas.

El bar de las últimas oportunidades

En una vinoteca, esperando a Rachel, cuya impuntualidad acaba de pasar de aceptable a desconsiderada, me concentro para entretenerme en una pareja que tengo al lado. Con una mirada furtiva, le echo unos treinta y tantos a la mujer, mientras que la espalda de su compañero, además de ser excesivamente ancha, no dice mucho, igual que sus respuestas, casi todas monosilábicas.

—¿Te gusta la música clásica? —pregunta ella.

—...

—¿Te gusta la *música*?

—...

—Muy bien. ¿Qué... películas te van?

—...

—¿En serio? Bueno, ¿te gusta leer?

—...

La mujer ojea el techo buscando inspiración.

—¿Qué te gusta, entonces?

—...

—Ah. ¿Y de qué equipo eres?

—...

La mujer sacude la cabeza.

—No los conozco.

Ya no veo sus labios. Se marchan, intercambiando unas muecas que pretenden ser sonrisas de resignación, justo cuando por fin llega Rachel.

—Perdón por llegar tarde —dice Rachel. Tiene una profunda marca de estrés entre los ojos.

—¿Qué pasa? —pregunto, y rompe a llorar.

El abogado de derechos humanos con el que se ha estado mensajeando esporádicamente (y acostándose más esporádicamente aún) ha puesto punto final a las cosas.

—Me dijo: «No creo que esto me convenga ya. Necesito algo de tiempo para mí». Como si verme una vez cada tres semanas fuera tan agobiante.

Me balanceo de forma peligrosa sobre mi taburete para darle un abrazo.

—Sé que ahora estarás hecha una mierda, pero creo que a la larga va a ser algo bueno. Es mucho mejor cortar por lo sano que seguir enredada otros seis meses o un año. Ahora puedes concentrarte en conocer a alguien que merezca tu tiempo y tu energía emocional.

—Pensaba que este lo merecía, la verdad.

Viniendo de una persona tan inteligente, esto me resulta muy ridículo, pero actúo con cautela.

—Pero si acabas de decir que solo lo veías una vez cada tres semanas.

—Ya sé que siempre me he quejado de él, pero podía ser muy dulce: me preparó *cottage pie* cuando le dije que era mi plato preferido. Y la última vez que lo vi, me dijo que pensaba que yo me iba a llevar muy bien con su hermana.

Intento parecer impresionada por estas muestras de galantería.

—Sinceramente, pensaba que íbamos a alguna parte. ¿Y si él era mi media naranja y ahora lo he espantado y voy a estar sola para siempre?

Le digo que no existen las medias naranjas, que es una conspiración, un mito difundido por los Tres Grandes: Hollywood, el Gobierno y el libre mercado.

—Entonces, ¿cómo explicas lo de Luke y tú?

—Mira, deja que te lo ponga así —digo—: eso no fue más que pura suerte y estar en el momento adecuado. Luke es genial, obviamente, pero, créeme, está lejos de ser perfecto. Y no hace falta que te diga que yo tampoco soy una joya. Hay un millón de pequeñas concesiones que hacemos cada día. ¿No te parece muy improbable que solo haya una persona entre siete mil millones que sea la adecuada para ti? Y, si eso fuera cierto, ¿qué posibilidades hay de que yo, precisamente, haya encontrado a la mía?

—Vale —dice Rachel—, pero sabes que podría decirte lo mismo sobre el trabajo.

—Bueno, eso es un poco diferente...

—¿En qué? Siempre estás hablando de encontrar el trabajo adecuado. Pero ¿quién te dice que no haya cinco, veinte o cincuenta trabajos que te podrían gustar si fueras un poco más abierta de miras? ¿No te parece igual de improbable que solo haya una cosa adecuada para ti y que todos los demás hayamos encontrado la nuestra?

—Pero... No. No es... Vale. Quizá. Bien. ¿Por qué no aceptamos que las dos tenemos razón?

Me ofrece una mano, y la estrecho, con fuerza.

—Trato hecho.

Nos vamos cuando ya van a cerrar, y en la parada del autobús, a solo unos metros, me encuentro nada más y nada menos que a la misma pareja de la cita fallida, besándose con la pasión de un soldado despidiéndose de su amor para marchar al frente, mientras los autobuses nocturnos circulan arriba y abajo por las calles mojadas.

Obsesión, compulsión

«¿Dónde?» Mis dedos revuelven y raspan las ásperas profundidades de mi bolso.

«En el mismo sitio —responde mi teléfono, frío y oblongo—, que las últimas veinticinco veces que lo miraste.»

La caída de los más grandes

Un insignificante error de cálculo (el número de pañuelos que crees que vas a necesitar) es lo único que hace falta para convertirte en lo que nunca pensaste que llegarías a ser (la persona que se traga las flemas en el autobús).

Supermercado/prioridades

Siete variedades distintas de *hummus*; cero variedades de manzanas, limones, zanahorias.

Mensajes contradictorios

Luke, incorporado sobre un codo, me despierta cantando *Cumpleaños feliz* con un falsete horripilante.

—Ven a buscarme cuando acabes —digo, escondiéndome bajo el edredón.

Alarga la última nota, buscando mi mano, y deja en ella un cubito envuelto en papel de regalo.

—¡Oooh! —Rasgo el papel del envoltorio—. ¿Unos pendientes? —adivino.

—No, pero casi... —dice, levantando la tapa de la caja—. ¡Un anillo!

—¡Oh! —le miro a él, y luego al anillo, hasta que se me enturbia la vista.

—¿Qué? —me pregunta—. ¿Todo bien?

Asiento.

—¿Estás segura?

Continúo asintiendo con rapidez mientras lo extraigo de su pequeño lecho de terciopelo y lo deposito en la palma de mi mano.

—Es de la misma tienda que el de Sarah. Me acordé de que te había gustado mucho el suyo. Pero, evidentemente, este anillo es distinto. Póntelo.

—Evidentemente, porque el de Sarah era de compromiso.

Me lo pruebo. Hay una bonita rosa de oro donde debería ir la piedra, si fuera un anillo de compromiso.

—Exacto. La mujer lo llamó... ¿«anillo de cóctel»? Pero creo que eso significa «anillo normal y corriente».

Intento sonreír, pero mi labio superior no colabora.

—Entonces, para asegurarme: te gusta —insiste Luke.

—Me gusta, de verdad.

Tengo los hombros a la altura de las orejas; cuando intento bajarlos, vuelven a subirse.

Luke gatea por encima del edredón para arrodillarse delante de mí.

—Y estás segura... de que... no... quieres... que sea un anillo de compromiso.

—¡No! No. No, no, no —Muevo lentamente la cabeza de izquierda a derecha, izquierda a derecha—. De ningún modo. Todavía no. Ya hemos hablado de esto. Sabes que no quiero.

—¿Y yo? —Luke toma mi cabeza entre sus manos—. Claire, mírame. —Abro los ojos—. ¿Estás llorando?

—Siempre lloro el día de mi cumpleaños. Es una tradición. Nací llorando. Pregunta a mi madre.

Mensajes contradictorios II

Suena el timbre y al abrir la puerta veo al cartero, ya retirándose.

—¡Eh! ¿Hola? —le llamo, y se gira, con gesto sorprendido y molesto porque la consecuencia de su llamada sea que alguien abra la puerta.

En su vida privada, podría ser un motero: sus orejas, cejas y poblada barba están perforadas con *piercings*, y ha añadido al uniforme un pañuelo estampado que no se ve muy reglamentario. Me entrega un enorme sobre rosa, demasiado grande para entrar en el buzón.

—¿Sabes? Hay personas con problemas de movilidad —le digo—. Deberías esperar un poco más antes de decidir que no hay nadie.

—¿Perdón? —suelta tras un suspiro.

—Hay gente a la que le cuesta llegar rápido a la puerta —digo lentamente, pronunciando con detenimiento cada palabra—. Los ancianos, por ejemplo. Yo he bajado corriendo las escaleras y casi no te alcanzo.

—Ya le había oído —dice—. Estaba pidiendo perdón.

—Sus modales no podrían estar más alejados de una disculpa.

—Ah, vale. Bueno, bien. Gracias. Lo agradezco. Y perdón por haberme puesto así, pero... verás. Estoy un poco... Es mi cumpleaños.

Asiente, ajustándose mejor la mochila de correo en la espalda.

—Feliz cumpleaños. Disfrute de su felicitación gigante.

En el recibidor, miro el sobre, que está dirigido a CLAIRE FLANNERY con la letra clara y en mayúsculas que mi padre tiene en común con los psicópatas. Probablemente sea, exceptuando los extractos bancarios que me remite, lo primero que me envía en su vida.

Lo abro rasgándolo por varios puntos y saco con dificultad una tarjeta enorme decorada con cinta, purpurina, botones de satén con forma de rosa y el texto «Para nuestra niñita especial» con diversas fuentes, bordes festoneados y un poema ocupando un montón de páginas rosas —en realidad, es más un cuadernillo que una tarjeta—, toda una elegía a la cursilería, con una marcada tendencia a hacer las rimas en «-oso» («hermoso», «precioso», «gracioso», «fabuloso», «delicioso», «maravilloso», «fabuloso»), precedidas por lo general del sustantivo «día»; en otras palabras, una horterada que, gracias a su tamaño y rimbombancia, solo sirve para recalcar la ausencia de amor maternal que sin duda intentaba disimular. Lo repaso en busca de un mensaje personal, y cuando estoy a punto de rendirme, le doy la vuelta y veo por detrás, «CLAIRE» en el encabezado, y «DE PAPÁ Y MAMÁ» bajo las palabras «Momento para celebrar»; no es un mensaje, como parece que ha creído mi padre, sino el logo del fabricante de la tarjeta.

Siempre conviene recordarlo

No estudié con ahínco en el colegio ni fui a la universidad para poder pasarme la vida enviando emails.

Esta gente no son tus amigos

Encuentro a Geri semirecostada en el sofá de su despacho. Su perro —un chucho pequeño y dócil llamado *Capitán Popkin*— descansa en su regazo, apoyando pensativo el hocico sobre las patas delanteras.

—Hmmm.

Tiene los ojos cerrados cuando entro y, cuando por fin dirige su atención hacia mí, soltando un suspiro largo y lánguido, siento como si hubiera interrumpido un momento íntimo, aunque de entrada ha sido ella la que me ha mandado llamar.

—Claire, toma asiento. —Posa los pies en el suelo y da unas palmaditas sobre el cojín del sofá a su lado—. ¿Cómo van las cosas?

—Todo va genial —digo—. Este podría ser un buen momento para poner en común lo que tenemos. Creo que todo está cogiendo forma...

—Eso está muy bien —me interrumpe—, pero la verdad es que te pedí que vinieras porque quería decirte «hip, hip, hurra» y darte las gracias por el gran trabajo que has hecho. Y para decirte lo bien que lo hemos pasado contigo por aquí de nuevo.

—Eres muy amable —digo, preguntándome si sabe que es mi cumpleaños. ¿Quizá estos elogios sean su regalo?—. Bueno, yo también me lo estoy pasando bien. Es agradable volver a sentirme útil. Me preocupaba que pudiera resultar un poco extraño, un paso atrás, ¿sabes? Pero realmente me ha hecho comprender cuánto echaba esto de menos: los compañeros, la oficina, por no mencionar el trabajo en sí...

Sus ojos recorren los míos antes de volver a hablar:

—Me alegro de que tú también lo *hayas* aprovechado. —Deja pasar un instante—. Es genial que te lo *hayas* pasado bien.

—¿Me estás... despidiendo? —digo.

Geri levanta al impávido *Capitán Popkin* para que la cabeza del chucho eclipse la suya, y dice con voz de cachorrito triste «Te vamos a echar de menos», mientras menea una de las patas del animal diciéndome: «Adiós, Claire».

Como no soy capaz de seguir la corriente a este tipo de comportamientos, me dedico a contemplar fijamente el suelo.

—¡Ah! Vale. Puedo... ¿preguntar por qué?

Geri baja la voz y suelta al perro.

196

—Reunión de contabilidad con Justin esta mañana. No voy a aburrirte con los detalles, pero se resume en que estamos gastando de más. ¡Lo reconozco, fallo mío! Puedes echarme la culpa.

—No, claro que no es culpa tuya —digo, llevándome la uña del pulgar entre los dientes—. Pero si es una cuestión de dinero, podemos hablar del tema. Solo quedan un par de semanas de trabajo, creo, y podría intentar acabarlo antes si eso ayuda...

Geri da la vuelta a *Capitán Popkin* y lo acuna entre sus brazos como a un bebé, arrullando su tripa peluda.

—Me *encantagía podeg haceg* algo. *Pego* no está en mi mano, me temo. Así son las cosas. —Alza la vista, su cara en una pantomima de preocupación—. Desde un principio dijimos que esto era algo temporal, ¿no? No te estoy dejando tirada, espero.

—No, no. Para nada. De hecho, seguramente sea lo mejor. Debería ponerme en serio con mi búsqueda de empleo. Que fue el motivo por el que dejé esto, para empezar, si lo piensas. En realidad, me estás haciendo un favor, en cierto modo.

Me ofrece una de sus sonrisas «sinceras», la menos convincente de su repertorio.

—Eres una tía legal —dice.

Me levanto para marcharme.

—¿No te importa que te siga poniendo como referencia?

Su atención ya ha pasado a otros asuntos, y cuando la llamo por su nombre, me mira sorprendida.

—¿Qué? Ah, sí. Que Bea redacte algo y te lo firmo.

—Vale —digo, con la mano en el pomo de la puerta—. Entonces, ¿cuándo es mi último día? ¿El viernes? ¿Empiezo a empaquetar mis cosas?

Geri hace pucheros y sacude la cabeza.

—Yo tenía pensado que fuera un poco antes.

—Ah. Por ejemplo... ¿hoy?

Asiente, empujando a *Capitán Popkin* hacia mí.

—¡Un abracito a la tía Claire! —dice y, a pesar de mis variados ruidos de rechazo, el perro ya está temblando entre mis brazos, emitiendo un gemido agudo y mirándome, con los ojos acuosos y las orejas tiesas, un gesto que resulta increíblemente parecido a la lástima.

Recogiendo

—¿Puedes sujetarme la bolsa abierta? —le pido a Bea, a la que apenas veo entre la zona catastrófica de su mesa. El caos está tan consolidado que ha formado un círculo completo y desarrollado una intrincada arquitectura interna: torres tambaleantes de archivadores (famosos por no apilarse bien) apuntaladas por cúmulos de tazas de té sucias y variados artículos de oficina pesados (grapadora, perforadora, paquetes de folios).

—Espera... un... segundito —dice Bea, concentrada en su pantalla. Se ha recogido el pelo en lo alto de la cabeza, sujeto con un lápiz. Lleva otro lápiz detrás de la oreja. La he encontrado en un raro momento de productividad: la postura de mecanógrafa que adopta cuando deja las redes sociales y se pone con la espalda recta, gesto de seriedad, las manos suspendidas a cierta altura y los dedos golpeando las teclas con un ritmo lento y en *staccato*, como si cada letra poseyera una importancia crucial.

—Olvídalo —digo, soltando con estrépito la carga de mi brazo sobre la mesa-archivador. He realizado una incursión final en el armario de material, y vaya si la he aprovechado bien. Mi compendio autoimpuesto consistía en artículos de gama media que yo no nunca me compraría, pero que estoy segura de que resultarán útiles en casa: marcadores, cinta de Tippex, tacos de notas, bolígrafos de punta fina, celo. Uno a uno, los voy metiendo en mi bolsa.

—¿Adivina qué? —dice Bea, pulsando «Intro» con una floritura de la mano que termina por encima de su cabeza.

Me llevo un dedo a los labios.

—Veamos. ¿Es «me acaban de despedir del trabajo que ya había dejado yo antes»?

—¿Qué? ¡No me digas! ¡Mierda! —dice Bea, estirándose un lóbulo—. Espero que no haya sido por mi culpa.

—Dudo mucho que tenga algo que ver contigo —digo—, pero gracias por preocuparte.

—No, en serio, creo que podría ser culpa mía. Le pedí a Geri que me dejara hacer algo más creativo. Y me dijo que podría trabajar en tu proyecto. Suponía que eso significaba que iba a trabajar *contigo*. Eso es lo que iba a decirte.

—Bueno —digo—, pues supusiste mal. —Parece un poco herida y yo me siento un poco mal—. No te preocupes. Ni siquiera sé por qué me importa.

—Estoy segura de que todo es por mi papi —sugiere Bea, con una capacidad de discernimiento poco habitual en ella—. Voy a hablar con Geri. Le diré que deje las cosas como estaban.

—Por favor, por favor, te lo *suplico*, no te molestes. Lo hecho hecho está... —Me callo porque nos quedamos a oscuras. Por la puerta de la cocina, aparece la cara de la directora de oficina, titilante y deforme a la luz de las velas de una tarta de cumpleaños—. Maravilloso —digo, mientras mis casi ex (otra vez) compañeros unen sus voces en un canto fúnebre y desentonado.

Unas veces se gana...

Intento dilucidar qué habrá perdido exactamente esta mujer, ataviada de pies a cabeza en un único tono de verde chillón, desde las botas de plataforma de gamuza al sombrero de fieltro con pluma. ¿La vergüenza? ¿La cabeza? ¿Una apuesta?

Evaluación

Es mi quinto día en el —ahora involuntario— paro. Cada tarde me he vestido de deportista pero no he conseguido salir a correr, abandonando la casa solo para ir al supermercado. Mi cajero habitual hoy parece impresionado.

—Estás preparándote para alguna cosa —dice.

—Una maratón —digo, añadiendo una chocolatina de los expositores de caja a mi compra, a modo de celebración. Nunca antes una conjetura sobre mí había sido tan errada y a la vez tan generosa.

Subcontración

Compartiría encantada todo el dinero que he ganado, a medias, con alguien que me dijera qué hacer con mi pelo, qué comer, cómo vestirme, cuándo purgar los radiadores, limpiar las ventanas y pintar las paredes, qué artículos leer en qué revistas, los aspectos principales del lío de Siria y cómo sacar el mejor partido del mundo a mis habilidades y mi tiempo.

Correo basura

¡Conserve su ADN para la eternidad!

4 de la madrugada

Me preocupa que Londres siga expandiéndose hasta tragarse todo lo demás.

Me preocupa que las bibliotecas depositarias hagan lo mismo (aunque a un ritmo mucho más lento).

Me preocupa que todo lo demás se reduzca: el saldo en la cuenta bancaria, potencial, fertilidad. La tierra habitable para los niños que no tendré porque claramente soy estéril.

Me preocupan la integridad y el futuro del fabricante de *smoothies* orgánicos corto de miras que vendió la empresa a una gran corporación multinacional.

Me preocupa que levantarme a las cuatro de la madrugada signifique que padezco una depresión clínica.

Me preocupa que vivir preocupado cause cáncer.

Sueño

Una pastilla grande, pero nada de agua para pasarla.

Reunión

He quedado con Andrea, la genio de las redes sociales, en un café nuevo llamado Atelier. En el reverso de los menús hay impresa una «Declaración de Objetivos» informando a los clientes de que todo el mobiliario es reutilizado y procede de pruebas de talleres de carpintería, y, como era de esperar, las mesas comunales tienen las cicatrices de mordazas, sierras y taladros, herramientas empleadas sin duda para fabricar mesas de verdad que ahora son rechazadas en favor de las mesas descartadas a las que pretendían sustituir. Hay un silencio siniestro: todos los clientes están sometidos en silencio a un MacBook con auriculares en las orejas, como estetoscopios, y los logos de Apple brillan como corazones sintéticos.

—Hola —digo a Andrea, aupándome al banco con cautela para hacer el menor ruido posible. Hablar en voz alta aquí resulta ligeramente transgresor, algo así como no decir «salud» cuando alguien estornuda. Andrea cierra su portátil a regañadientes pero con cortesía, coge su teléfono y se pone a desplazarse por la pantalla.

—No dispongo de mucho tiempo. Tengo que dirigir un *hub chat* a las tres en punto. Espero que no te importe.

—Para nada. ¿Dónde es?

—¿El *hub chat*? Online, ¿dónde va a ser?

—Ya, claro —digo—. Me refería a dónde, en qué *página*.

—¿Cómo? ¿Quieres la URL? Pues, la verdad, estaría bien que te unieras. Necesitamos números. Cuerpos... virtuales... en el... —Flexiona los pulgares unas cuantas veces sobre el teléfono—, ya sabes..., en esta cosa. Vale, te he enviado el link. Empieza a las tres.

En mi bolso, mi teléfono vibra.

—Entonces, ¿qué tengo que hacer exactamente?

—¿Pensar unas preguntas? Es sobre cómo aprovechar el tirón generado por las campañas caseras.

—¿Me podrías dar un ejemplo?

—Vale: no es esto, es un ejemplo muy malo, pero imaginemos... imaginemos que una mujer fallece corriendo un triatlón. Se pasó de rosca, se fundió. En las redes sociales, alguien acuña una frase del tipo, no sé, «Ponte al día por Sofía»... Pongamos que se llamaba Sofía.

—Conveniente.

—Ya, te he dicho que es un mal ejemplo. De todos modos, alguna iniciativa sobre planificar con antelación las carreras, buscar consejo médico antes de correr, blablablá, y todos usando este eslogan: «Ponte al día por Sofía». Así que la pregunta es: ¿cómo entramos a formar parte de la conversación, para ayudar a dirigir el tráfico hacia nuestro sitio?

—Aprovecharse de una tragedia, en otras palabras.

Menea la cabeza, irritada.

—¡Ya he dicho que era un mal ejemplo! Hablo de cualquier campaña o movimiento, podría ser político, o de actualidad, cualquier cosa que cale en la imaginación del consumidor.

—¿Consumidor?

—Vale, del público, si prefieres.

Chasquea impaciente la lengua y suelta una diatriba que suena a ensayada sobre la «basura holística Montessori» de los medios liberales, como, por ejemplo, su insistencia en extender la idea de que todos somos «preciosísimos y maravillosísimos».

—Lo siento —concluye, rematando sus palabras con un gesto teatrero—, pero no soy la *mamaíta* del público.

—Es verdad —admito, y añado en mi interior: más bien eres su temible tía solterona.

—Mira, cuando usas la mayoría de páginas web, eres un consumidor potencial: ese es el trato que aceptas cuando te conectas a la red. Así es como funciona Internet. No hago lo que hago por amor al arte.

Me contengo para no preguntarle qué hace, pues ya lo he hecho muchas veces, pero tengo la firme convicción de que maneja las redes sociales de empresas de redes sociales. Sigue hablando, golpeando su teléfono contra la mesa mientras los pobres Macbookers nos miran perplejos, intentando procesar en sus mentes la novedad de un diálogo cara a cara entre humanos.

—Si no *exprimimos* esto, *otro* lo hará. Es una cuestión de economía.

—No sé..., me parece un poco cínico. Un poco... rastrero.

Me mira de arriba abajo.

—Igual es mejor que no participes en el *hub chat*. Nos irá mejor sin tanta energía negativa.

—De todos modos, no puedo —digo, enseñándole mis palmas como si estuviera escrito ahí—. Acabo de acordarme de que tengo una cita con el dentista. ¿Te puedes creer que hace cinco años que no voy?

Andrea aprieta los dientes horrorizada. No me había fijado en lo blancos y perfectos que los tiene, y decido que sí que iré de verdad al dentista.

—¿Es que te da miedo? —pregunta.

—¿Por quién me tomas? Tener miedo al dentista es como odiar a los agentes de tráfico. Muy típico. Me gusta pensar que soy algo más especial con mis fobias: tiroteos repentinos en trenes atestados, arañas venenosas poniendo huevos en mi equipaje en las vacaciones, ese tipo de cosas. —Se me está yendo la olla y parece que Andrea, mirándome con recelo, piensa lo mismo—. Lo siento, esto es lo que sucede cuando paso demasiado tiempo sola. No sé muy bien cómo comportarme.

—Tengo que ponerme a preparar esto.

—Vale —digo—. Buena suerte.

Nos quedamos sentadas, mirándonos. Andrea levanta lentamente la tapa de su portátil.

—Ah, que te quedas aquí. Quieres que me vaya. Y, claro, yo tengo que ir al dentista. —Me bajo del banco dándome la vuelta—. Deberíamos repetir esto pronto.

—Claro —dice Andrea, pero no suena sincera.

Dientes

Toser y estornudar en el médico es una cosa; en el dentista, es un nivel completamente nuevo de asquerosidad. Me marcharía ahora mismo de este nido salivante de gérmenes si no hubiera perdido diez minutos (y subiendo) en el proceso de registro.

—Una copa de vino son dos coma cuatro unidades —dice la recepcionista, observando cómo mi bolígrafo se cierne sobre el formulario mientras intento dar con una cifra aceptable—. Una copa *pequeña* —añade, con una intención que no puedo evitar tomarme a pecho. Me muerdo el labio para ocultar cualquier mancha delatora de tinto, pero recuerdo que llevo una noche sin beber.

—A mí me preocuparía más la gente que *no* necesita contar, los que saben *exactamente* cuánto beben. Eso indica obsesión, adicción —digo, animada por la continencia de la víspera.

—O moderación, autocontrol. ¡Hermana Frances! ¡Primer piso! —anuncia la recepcionista, y una pequeña monja pasa apresurada.

Ojeo una revista de hace dos años y luego la devuelvo a la mesa junto a una planta seca. Espero que el detallismo que aquí falta se haya invertido en higiene y formación del personal. Igual que la hermana Frances que me precedió, me han ascendido al primer piso, a otra sala de espera, donde las puertas se abren y cierran con la frecuencia de una aburrida comedia muda. En la pared de enfrente hay un cartel de seguridad: «Si descubre un incendio...». El primer paso es: «Mantenga la calma».

Juicio

Mi dentista con cara de niño es del tipo jovial. Parece mucho más joven que yo, no solo por su aspecto, sino por su forma de hablar (se empeña en que le llame Rohan, aunque estoy segura de que no me hará falta) y por las zapatillas deportivas que asoman por debajo del pantalón de su uniforme. Los dentistas de mi infancia eran todos distinguidos caballeros de más edad que llevaban batas blancas, pajarita y zapatos de cuero. Rohan me hace preguntas con una afabilidad lacónica: si tengo algún problema, si uso hilo dental, a qué me dedico. Como tengo la boca abierta y llena de dedos y metal, mis respuestas (no; a veces; no estoy segura) salen como risas estranguladas.

—¿En una aseguradora? —pregunta respecto a mi última respuesta, y asiento, porque, bueno, ¿por qué no?—. ¿Ah, sí? ¿De qué tipo?

—¿Ha, ha? —digo, ahora solo sonidos. Tengo curiosidad por ver adónde lleva esto.

—¿De salud? —prueba.

Asiento. Quizá esto sea una señal. Quizá he descubierto un nuevo servicio de orientación profesional: no parece menos arbitrario que cualquier otro enfoque.

Cuando mi boca vuelve a estar vacía, digo:

—Venga, cuéntame: ¿qué daños tengo?

Se ríe. Sus dientes son buenos, pero no perfectos, lo cual indica tanto respeto por la naturaleza como tolerancia hacia la imperfección: valores a los que me puedo apuntar. Si fuéramos protagonistas de una comedia romántica, esto sería un buen augurio para nuestro futuro.

—El esmalte está un poco fino y habrá que vigilarlo —indica sobre un historial—, pero en general las cosas están bastante bien ahí dentro.

—¿Ninguna señal de las muelas del juicio? Creía que ya me tendrían que haber salido.

Sonríe.

—Ya han salido: esto está al completo.

—¡Oh! Vaya. No me había dado cuenta.

—Esas condenadas les suelen dar muchos problemas a algunas personas. Debería considerarse afortunada.

Asiento, pero a decir verdad estoy decepcionada: en la parte más remota y estúpida de mi interior, esperaba que esas muelas hicieran honor a su nombre.

Deseo

En la cama, relato mi cita con Andrea. Mi amiga no sale muy bien parada.

—Está claro que no es muy amable. No entiendo por qué eres amiga suya —dice Luke.

—No lo soy.

—Entonces, ¿por qué pierdes el tiempo con ella? Solo tienes una vida.

—Me pidió que quedáramos y me parecía mal decirle que no. Sabe que no tengo trabajo. No tenía excusa.

—No tienes que dar explicaciones. La próxima vez dile que estás ocupada.

—No creo que haya una próxima vez. Creo que no le gusto.

—Entonces, no hay problema.

—Pero *yo* quiero gustarle.

—¡Pero si no te gusta!

—¡Porque no es amable!

—Entonces, ¿cuál es el problema?

—Yo soy amable, así que debería gustarle.

—Sabes que no pasa nada si no le gustas a todo el mundo —dice Luke.

—Si eso fuera cierto, no pasaría nada, pero no lo es, así que no puede ser que no pase nada.

—Está bien, has conseguido que me pierda. Hora de dormir.

—¿No quieres hacer el amor? Hemos dicho que lo haríamos.

—¿Tú quieres? —pregunta Luke.

Sopeso mis opciones. No me apetece, pero no estoy lista para quedarme sola bajo la enfermiza luz anaranjada de las farolas más allá de las buenas noches.

—No quiero no querer.

—Me lo pones muy difícil para resistirme.

—¿Tú no quieres?

—Quiero, pero... ¿mejor mañana? Decididamente, mañana.

—Siempre decimos lo mismo.

—Pero esta vez lo digo en serio, de verdad.

7

Antiguallas

Durante los últimos meses las cosas se han ido amontonando por las esquinas y paredes de las habitaciones de nuestro piso: objetos tercos e inclasificables que no tienen un lugar asignado, pero que tampoco están para tirar a la basura. A raíz de un aluvión de resoplidos y señales por parte de Luke (quien, no sé muy bien cómo, ha logrado eximirse de cualquier responsabilidad en el asunto) lo reúno todo y me siento a repasarlo de una tirada.

Hay un cable de mi libro electrónico (que mi ordenador no reconoce); una bombilla, que podría estar fundida o podría ser nueva; tres llaves, todas incompatibles con las cerraduras de mi vida; un equipo de altavoces portátiles que se ha quedado obsoleto tras la reciente modernización de nuestros teléfonos móviles; botones sueltos en bolsitas de plástico; un jersey que alguien se olvidó después de una cena; el recordatorio del funeral de mi abuelo; un mechero que alguien se dejó en otra cena; un lazo rojo; dos comodines de una baraja de cartas; el manual de instrucciones de un ventilador y una cámara desechable de plástico usada y de contenido desconocido.

Dejo las demás cosas para luego y me llevo la cámara al primer punto de revelado que encuentro, que está en una farmacia de estilo pueblerino y polvoriento con un escaparate dedicado a la onagra, algo pintoresco y que desentona en esta mugrienta calle londinense, entre un centro de bronceado («¡Pulverízate con ganas!») y una casa de apuestas. Suena una campanilla cuando abro la puerta y me golpea el olor, una bofetada de nostalgia floral, pulverizada y acaramelada, que mi cerebro en algún momento muy lejano registraba como indicador de «feminidad», y me doy cuenta con una leve sensación de desencanto de que este fenómeno —la feminidad— no se ha manifestado en absoluto como me esperaba, en forma de tocador, pulverizador de perfume de cristal, kimono colgado de una percha forrada de seda, etcétera, sino como un amasijo de ropa interior grisácea, camisetas deportivas viejas usadas como camisones y una variedad descontrolada de cremas hidratantes a medio acabar, paquetes de toallitas para la cara y manojos de tampones dictados por las ofertas del Boots.

Elijo de entre las estanterías un tubo de crema para cutículas con un precioso envoltorio —¡el primer paso hacia el tocador de mis sueños!— y lo llevo al mostrador junto con la cámara, que entrego para un revelado–en–una–semana.

Sueño recurrente

Anoche, los lobos que se solían dar un festín con mi carne se alimentaban esta vez de una montaña de filetes. ¿Debo tomarme esto como una especie de avance?

Sorpresa

Enciendo la tele y veo noticias sobre un ataque terrorista —metraje repetido de cuerpos carbonizados, una gran conmoción en la voz del presentador— y, con el corazón encogido, pienso: ¿cómo puede seguir sorprendiéndonos? ¿Tan fácil nos olvidamos de que los aviones se caen; los bebés crecen; las células mutan; los volcanes entran en erupción; a veces llueve; los años pasan; los regímenes se refuerzan; los humanos mienten; las economías se hunden; los niños mueren; las papeleras se llenan; la ropa limpia se ensucia; siempre anochece antes en invierno? ¿Así es como vamos tirando, un día tras otro?

«M» es «Madre»

Llega un mensaje de la nada, como una pequeña explosión: «¿Podemos quedar? M.».

Rama de olivo

Cojo una mesa «al fresco», o sea, en el exterior del café, delante de la cristalera, pero dentro de la estación de tren, con vistas al pasillo principal. Tengo el absurdo temor de no reconocerla, de que, en los meses que han pasado desde la última vez que la vi, se haya vuelto gris, haya envejecido tremendamente. Entonces, aparece: arreglándose el pelo con los dedos, ajustándose el pañuelo, el cuello de la blusa, el pelo de nuevo, mirándose de reojo en cada escaparate, tan egocéntrica que, por un momento, aunque me siento inundada de amor y alivio después de los muchos meses pasados sin ella, también acabo sintiendo furia.

—Mamá —la llamo, intentando levantarme, pero hay poco espacio entre mesa, silla y cristalera, y el resultado es una postura en cuclillas con las piernas arqueadas. Pasa de largo unos cuantos pasos y se sorprende al verme cuando se gira.

—¡Oh! Claire. Había pasado sin verte. —Instintivamente, se dispone a abrazarme, pero luego se acuerda, retrocede un poco y me estrecha la mano como lo haría un anciano pariente lejano.

—Llevas tiempo pasando de mí —digo.

—¿Qué? Ah, claro. Sí, lo sé —dice, todavía estrechando mi mano.

Una vez se ha sentado y tiene su café, realiza la inspección de rigor.

—Bonita blusa —dice—. ¿Es nueva?

Tirando del dobladillo, digo:

—¿Esto? No.

—Da igual, siempre me ha gustado cómo te queda el azul. —Sus ojos siguen husmeando—. El pelo hacia atrás.

Quiere decir: descuidado. Se toca el suyo, con volumen como siempre.

—Tienes muy buen aspecto —digo, tomando ejemplo.

Mueve los hombros y endereza un poco la espalda.

—Bueno, a mi edad hay que cuidarse.

Hay un silencio. Nos sonreímos, apartamos la mirada, volvemos a sonreír, esta vez una sonrisa más amplia, un poco más desesperada.

—Bueno, ¿cómo está Luke?

—Está bien. Ocupado con el trabajo, de exámenes, pero ya conoces a Luke: siempre con la vista puesta en un objetivo.

—¿Y... las cosas entre vosotros dos van bien? —Tiene la cabeza ladeada, de un modo casual, aunque los tendones se le marcan en el cuello, y me invade la sensación paranoide y sonrojante que tengo cuando me hacen una pregunta personal directa.

—¡Nos va genial! ¡Mejor que nunca!

—Bien. Pensaba... No, eso es genial.

—¿Qué?

—¡No he dicho nada! —Alza la vista al cielo, chasqueando la lengua—. Ese siempre ha sido tu problema, Claire. Lo ves todo, hasta las cosas que no hay. —Revuelve su café y toma un delicado sorbo de espuma—. Solo iba a decir que pensaba que vosotros dos habíais decidido daros un tiempo.

—¿Qué quieres decir? ¿De dónde has sacado esa idea?

—Oh —dice suavemente—, me pareció entender algo sobre la decisión de no casarse, pero quizá me equivoco.

—¿Te lo ha contado la abuela?

Frunce los labios y el ceño en un gesto exagerado de reflexión.

—Supongo... Sí, eso debe de ser. Entonces, ¿es cierto?

—¡No! Para nada. Bueno, solo en el sentido de que siempre ha sido cierto: no estamos casados y de momento no tenemos planes de hacerlo.

—¿No tenéis planes de hacerlo o tenéis planeado no hacerlo? ¡Tengo derecho a preguntarlo! Soy tu madre. Puedes ser sincera conmigo.

—Por lo que se ve, solo cuando te conviene.

Se revuelve en el asiento, ofendida.

—Eso no ha estado bien. ¿Es que no tengo derecho a saber si puedo esperar que mi única hija se case? ¿O si seré abuela algún día?

—¿Quieres que sea sincera? No estoy segura. —Me miro las manos. Las uñas que llevo meses sin morderme tienen ahora unos bordes irregulares.

—¿Estás tomando ácido fólico? Deberías tomar ácido fólico por si alguna vez te planteas al menos *plantearte* tener hijos. Tienes suerte de contar con la ventaja de mi experiencia. Yo no supe que iba a tenerte hasta que fue demasiado tarde.

—Demasiado tarde. ¡Vaya! —Aprieto los labios y miro sin pestañear el azucarero.

—Ay, ya sabes lo que quiero decir. Deja de ser difícil. Demasiado tarde para tomar el ácido fólico.

—Mamá, ¡llevas meses sin hablarme! Casi podría haber tenido un hijo en ese tiempo y ni siquiera te habrías enterado.

Por un momento, parece optimista y culpable; intenta ocultarlo con un gesto de ofendida.

—Tu padre y tu abuela me han tenido al corriente. No soy tan inhumana: he pensado mucho en ti.

Estudio la veta de la madera; intento poner una sonrisa temblorosa.

—Para mí también ha sido duro —continúa—. He estado pensando en las cosas, intentando aceptar mi dolor, y... —Cierra los ojos, echa la cabeza hacia atrás y vuelve a empezar, posando los dedos con cuidado sobre la mesa—. Quería verte hoy porque tras reflexionarlo mucho, siento que ahora podría comprenderlo.

—Comprender, ¿el qué?

—Todos estos... disgustos. He estado leyendo sobre el tema. —Se lleva la mano al bolso y saca un taco de folios. Los enrosca y me los entrega—. He encontrado estos artículos en el ordenador. No tienes que leértelos ahora, pero creo que te resultarán muy interesantes.

Abro la mano y las páginas se desparraman sobre la mesa. La primera está sacada de una web de psicología que emplea un tipo de letra bastante cuestionable. Leo en voz alta el titular:

—Síndrome de Falso Recuerdo.

—Es un fenómeno muy bien documentado. —Se inclina sobre la mesa, señalando con el dedo un párrafo a mitad de página, flanqueado por unos asteriscos negros escritos a mano como compinches con brazos de araña—. Lee eso y dime que no encaja.

El párrafo empieza con: «Los afectados pueden obsesionarse con un recuerdo inventado para distrarerse de sus problemas en la vida real». Al margen, mi madre ha anotado «sí», y lo ha subrayado tres veces.

Levanto la vista.

—¿Y bien? ¿Qué te parece? —pregunta.

—Que hay una errata en «distraerse».

Chasca la lengua.

—Y te quedas precisamente con eso. Sin embargo, tiene sentido, ¿verdad? Si te paras a pensarlo, el momento es el propicio. Acabas de dejar tu trabajo y estarás sintiendo mucha incertidumbre respecto al futuro, y luego está lo que sea que te esté pasando con Luke. —Levanta una mano, anticipándose a cualquier objeción—. Eso es asunto tuyo, lo sé. No digo nada. Y, claro, la muerte de mi papi, Gum. El dolor hace cosas raras a las personas. —Posa su mano sobre la mía—. No he sido consciente de la presión a la que has estado sometida y —se ríe— por extraño que resulte, soy yo la que quería pedirte perdón, decirte que lo siento por no haber estado ahí. Evidentemente, esta no es la forma que yo habría elegido para expresarlo todo, pero quiero que sepas esto: *lo entiendo*. No pasa nada.

Me aprieta con más fuerza la mano, sonriendo compasiva, o ante su propia magnanimidad.

Respiro hondo.

—Mamá, estoy muy contenta de que estés dispuesta a volver a hablar conmigo, y de verdad que aprecio lo que estás intentando hacer, pero, sinceramente, esto no... —Retiro mi mano y repaso las páginas—. Mira, algunas de estas cosas son auténticas chorradas. Hay una sección entera sobre abducciones extraterrestres.

Abre mucho los ojos.

—Precisamente esa es una metáfora muy interesante. Hay un libro que compré en Amazon. Te lo voy a prestar.

—Mamá.

—¿Qué? No me digas que crees en esas cosas de ovnis, Claire. Creía que eras algo más lista que eso.

—¡Pues claro que no creo en eso! ¡Esa es la cuestión! ¿De verdad piensas que la abducción extraterrestre es una comparación adecuada?

Sus dedos buscan su collar y se enredan con el colgante.

—Entonces, ¿qué estás diciendo exactamente? Que mi papi, tu abuelo, era una especie de... —Se interrumpe, mira a un lado y al otro, y lentamente dice en voz muy baja pero perceptible—: pervertido.

—¡No! ¡No! Ya hemos hablado de esto. Solo digo lo que vengo repitiendo desde el principio: hice un comentario gracioso en un mal momento y se ha salido de madre.

—Entonces, ¿era una broma? En realidad el abuelo no...
—Se señala hacia abajo—. Ya sabes, ¿no te enseñó nada?

—No, vamos a ver... Sí que lo hizo, pero no..: «Enseñar» no es la palabra; era más bien como que se le escapaba. —La elección de la palabra es poco acertada, así que añado rápidamente—: No era algo necesariamente intencionado, y si lo era, no fue más que...

—No fue más que ¿qué? Lo siento, pero vas a tener que ayudarme a entender esto.

—¡No lo sé! —Me seco con los nudillos unas lágrimas inesperadas. La gente que pasa nos mira, y luego aparta la vista—. ¡Tendrías que preguntárselo a él!

Se le escapa una risa amarga.

—Bueno, me temo que ya es un poco tarde para eso.

—Quizá... quizá era una especie de... impulso raro que ni él mismo entendía. Algo de su propia infancia. Tal vez.

—¡Acabas de decir que no era más que un comentario gracioso! Y ahora es un trauma profundamente arraigado proveniente de su pasado. ¿En qué quedamos?

Abro la boca, pero no sale nada.

—¿Qué me dices a esto? —insiste—. Espera, escucha lo que tengo que decirte. —Tamborilea con insistencia en los papeles—. ¿No podría ser que fueras una vez al baño y te lo encontraras allí? ¿No será que ese *shock* te confundiera a tu corta edad y malinterpretaras lo que había pasado?

Trago saliva y respondo:

—Entiendo que esto no sea una conversación cómoda. Lo siento si está alterando la visión que tenías del abuelo. Pero no creo que ponerme a fingir que aquello no pasó sea útil... ni correcto. Y puede que una parte de mí se sienta un poco decepcionada de que, siendo tu hija...

—¿Por qué al menos no te lo piensas? Pensaba que querías arreglar las cosas. Eres tú la que ha estado llamándome y suplicando... ¡Muchas gracias, muy amable! —Pone con sorprendente rapidez su cara agradable a la camarera que ha aparecido para retirarle la taza de café—. Suplicando que te perdone. Y ahora aquí estoy, haciendo un esfuerzo por comprender qué mosca te picó para sacarte de la nada esas acusaciones, francamente extrañas, ¡en el funeral del pobre hombre! Solo te pido que te lleves esto y te lo leas. Después, dime si no estás de acuerdo, pero, por favor, no lo rechaces sin más...

Se lleva un puño a los labios. Se le ve todo el iris: azul, brillante y duro en contraste con el blanco. Me siento tan agotada, atrapada por su desesperación y por el incesante trasiego de pasajeros moviéndose de un lado para otro, que lo único que logro manifestar es un solitario y largo encogimiento de hombros. Mi madre recoge los folios, los nivela y me entrega el taco.

—¿Sabes, Claire? —dice con ternura, alargando el brazo sobre la mesa para apartar un pelo que cae sobre mi hombro y soltarlo con elegancia al aire—. No hay que avergonzarse de estar equivocados.

Asiento porque en eso tengo que darle la razón. En este caso, solo cabe avergonzarse de tener la razón.

Oscureciendo

Luke me recibe en la puerta como una mascota fiel.

—¿Cómo ha ido? ¿Estás bien? ¿Habéis arreglado las cosas?

Me voy directa al dormitorio y me lanzo de cabeza a la cama.

—Supongo que eso es un no —dice.

Le doy indicaciones mudas para que llegue a mi bolso y saque los folios.

—¡Aghs! —exclama, después de echar un vistazo—. Entonces, ¿esta es la nueva línea a seguir?

—Eso parece.

—¿Te preparo un té? ¿Algo más fuerte? ¿Un vino?

—¿Hay alguna droga que me pueda dejar KO por un rato? —pregunto.

—¿Cómo? ¿Una pastilla para dormir? —El colchón se hunde cuando Luke se sienta a mi lado.

—Estaba pensando en algo más a largo plazo. ¿Algo que me dure unos meses? —Me vuelvo hacia él. Parece preocupado, como si yo manifestara síntomas de algo serio, así que cambio un poco de estrategia—. Pensaba que podrías instalarme en el salón con un gotero. En realidad, ¿podrías prepararlo para que perdiera algunos kilos? Así matamos dos pájaros de un tiro. Sería genial: llegarías a casa, verías el fútbol y tus queridas películas extranjeras y yo estaría a tu lado pero no oirías ni pío. Igual que ahora, pero sin hablar. Podría ser muy bueno para nuestra relación.

Luke asiente y frunce el ceño.

—Pero ¿qué pasaría con el sexo?

—¿Qué problema hay? Te he dicho que sería como ahora. Es decir, que no importa demasiado.

—Pero ¿y qué haría yo para comer? ¿Y para fregar?

—Sí, tendrías que encargarte tú de eso —reconozco.

—Sabía que había alguna trampa.

—Tienes razón. Dios, ¿en qué estaría pensando?

—Se acabó. ¡Descartado el coma inducido! —Pega su frente a la mía—. Claire, ¿de verdad estás bien?

Me hago un ovillo y me aparto rodando de él.

—Bueno, ya sabes. Me siento como si... Me vendrían bien unos días libres.

—¿Unos días libres de tus días libres? Espera, estoy seguro de que hay una cura para eso. Es lo que en la profesión médica llamamos «conseguir un trabajo».

—¿Por qué sigues aquí? ¡Tráeme un vino! —digo.

Como el coma voluntario no va a funcionar, voy a tener que recurrir al plan B.

Sueño

No puedo hablar porque tengo el pelo todo enredado entre los dientes.

Instantánea

La cámara desechable que dejé para revelar resulta ser de unas vacaciones que hicieron mis padres en algún momento de los últimos diez años. Los resultados son casi idénticos a cualquier otro álbum de fotos de vacaciones que haya visto a lo largo de los años: se alternan entre retratos individuales de mi madre en poses de ensayada relajación (reclinada en una tumbona con gafas de sol y sombrero de paja, apuntando con un brazo extendido a un edificio o unas vistas con un gesto teatral) y de mi padre, asumiendo su turno obedientemente, con idénticos telones de fondo, pero forzando la mirada, apretando los dientes, los brazos rígidos y los puños cerrados del esfuerzo por aparentar naturalidad.

No puedo dejar de mirar la última de todas, la única en la que aparecen juntos, a finales de las vacaciones a juzgar por sus bronceados. Relegado a la esquina inferior izquierda de la imagen, papá pasa el brazo sobre el hombro de mamá, y los dos sonríen con dulzura e incertidumbre, provocada por el enorme pulgar borroso de un extraño anónimo que eclipsa todo lo demás.

Apatía

No es la primera vez que doy un respingo al ver esa pelusa del rincón, confundiéndola con una araña o algo peor; y estoy segura de que no será la última.

Empleada doméstica

—¿Contratamos a una limpiadora? —pregunta Luke, rebuscando en el fregadero para sacar algo.

—No necesitamos una limpiadora. No podemos permitirnos una limpiadora. ¿Por qué piensas que necesitamos una limpiadora?

—Las cosas están... descontrolándose un poco —dice Luke—. El negro en los baldosines del baño, telarañas por todas partes, y aquí reina, por así decirlo, una mugre general. Mira los fogones.

Miro los fogones. Están sin brillo, moteados con pegotes varios, algunos identificables (brotes de soja); otros, no tanto (manchote beige pringoso).

—Si lo que quieres es soltar órdenes, te ayudo: *limpia* los fogones —digo.

—Prefiero pagar a alguien.

—Pues yo, no.

—No lo vas a pagar tú. ¿Dónde están todos los cuchillos?

—¿Para qué los quieres?

—Claire, no empieces. Solo necesito un cuchillo.

—Si es para untar mantequilla en el pan, puedes usar una cuchara —sugiero, ofreciéndole una—. Es mejor que un cuchillo para extender, usa la parte de atrás.

Me la arranca de la mano y la tira sobre la encimera.

—No quiero usar una cuchara.

—De verdad, pruébalo. No te arrepentirás —digo. Lo aparto con la cadera para acercarme a los artículos de limpieza y me agacho junto al armario—. ¿Qué has querido decir con eso de que no lo voy a pagar yo?

—¿Tú qué crees?

Apoyo los nudillos en el suelo para no caerme.

—Dijiste que no harías eso.

—Que no haría ¿el qué?

—Chantajearme con tus ingresos. Lo dijimos.

—Estoy haciendo justo lo contrario. Liberarte un poco para que puedas dedicar más tiempo a encontrar un trabajo.

Me pongo en pie.

—Esto no va de «encontrar un trabajo». Puedo «encontrar un trabajo» cuando quiera. Lo siento si no ha quedado claro, pero siempre te he dicho cuál era el plan.

Rocío un montón de Mr. Proper sobre los fogones.

—¿Cómo hemos llegado a esto? ¡Yo solo quería un cuchillo!

—Te dedicas a socavar todo el trabajo que hago en casa. Nunca me das las gracias, nunca te ofreces a ayudar y nunca me has oído quejarme por el hecho de que tú, básicamente, no hagas nada.

Remuevo la suciedad en espirales jabonosas.

—¡Santo Dios! ¡Tienes razón! Yo no me dedico a terminar la carrera de medicina para asegurar nuestro futuro y también pagar la hipoteca y las facturas.

—¡Alto ahí! Eso no es justo. Eso solo es así desde que Geri me despidió: hasta entonces, yo pagaba mi parte. ¿Qué ha pasado con eso de lo tuyo es mío? ¡Dijiste que estabas muy contento con ese trato!

—¡Y lo estoy!

—¿Siempre que lo tenga todo inmaculado y no me queje?

—Creo que no hay ningún peligro de que eso vaya a suceder.

—¡Que te jodan! —digo. Nos quedamos los dos un poco sorprendidos—. Lo siento, no sé cómo las cosas han acabado así. Solo quería intentar llevar las riendas de mi vida y he terminado haciendo todas las tareas de la casa.

—¡Y por eso propongo contratar a una limpiadora! Por el amor de Dios, Claire, solo quiero que las cosas estén un poco más agradables.

—¡Pero yo no quiero que quieras eso! ¡Quiero que esto te parezca suficiente!

Se marcha, suspirando, sin desayunar, dejando la fiambrera del almuerzo (dos rebanadas de pan sin mantequilla) sobre la encimera y a mí contemplando una cuchara de madera flotando boca abajo entre los restos grasientos del fregadero.

Grandes esperanzas

En la vida, solo le he pedido dos cosas a Luke: una, que no tenga sexo con nadie más, y dos, que no ponga a escurrir los tazones fregados sin darles la vuelta. Pero en el escurreplatos me encuentro tres tazones boca arriba, con agua blanquecina acumulada en el fondo, y ahora me veo obligada a preguntarme qué pasará con la número uno.

Tres mensajes nuevos

Aprieto los dientes y escucho, de un tirón, los últimos mensajes de voz de mi madre:

1: Lunes, 15:35

«¡Oh! Claire, soy yo, solo llamaba para ver qué tal, cómo te va... ¿Has tenido tiempo de mirar esas cosas que te imprimí? No, no te estoy presionando, no hay prisa, solo tengo curiosidad, supongo, por saber qué piensas y... Había otra cosa... Ah, sí, era esto: estuve hablando con una chica que iba contigo al colegio. ¿Becky? De pelo rojizo, atractiva, farmacéutica. En fin, que estaba muy interesada en saber cómo te iba, a qué te dedicabas, si estabas casada, con niños... Es farmacéutica, ¿te lo he dicho ya? Dos chicos, de tres y uno. Me dijo los nombres pero no se me han quedado, eran algo exótico, pero bonito, algo diferente... Y la madre de Becky cuida de los pequeños cuando ella trabaja... Te vas a reír: ¡llaman a la abuela «Mumú»! ¿A qué es precioso? A mí me pareció precioso, y, cómo no, Mumú está que babea y Becky encantada de tener las dos cosas, trabajo e hijos. Le pega, de todos modos... Así que... Pues... Sí, me pidió que te diera recuerdos, no paraba de hablar bien de ti, de decir lo lista que eras en el colegio, que siempre pensó que llegarías lejos, que suponía que te dedicarías al *periodismo...* No es mala idea, la verdad. Le dije que ahora estabas considerando tomar un nuevo rumbo, no que estabas [susurrado] *en el paro*, sino solo resolviendo las cosas, reflexionando. ¿Qué te parece? Ah, claro, que no estás ahí, claro. Bueno, pues vale, te dejo, pero hablamos pronto. Si tienes un momento, dame un toque. Bueno, pues vale, te digo adiós ya. Adiós, adiós...»

2: Miércoles, 16:23

«Hola, Claire, sí, no, solo un segundín para decirte que he visto al doctor Patterson y se preguntaba si ya habías encontrado trabajo. Le he dicho que no y, espero que no te importe... Bueno, no es que tenga que importarte. Bueno, tú ya me entiendes. La cosa es que su sobrino, Brian se llama, creo, trabaja en una empresa de selección de personal en Londres, en un puesto muy alto, a ver si me acuerdo de cómo se llamaba... No, se me ha ido, pero es una empresa grande, seguramente habrás oído hablar de ellos, yo no los conocía. Pues eso, que al doctor Patterson se le ocurrió que podría recomendarte, así que le he dado tu correo para que se lo pase a su sobrino. Creo que merece la pena estar al tanto de esto, Claire, porque nunca se sabe las puertas que puede abrirte, y te ayudaría, ya sabes. Si quieres ir al Pe-A-Erre-O, es cosa tuya, pero tendrás que demostrar que estás buscando trabajo de forma proactiva. Estaba pensando que quizá también pudieras hacerlo, ya sabes, [susurrado] *apuntarte*. No hace falta que se lo cuentes a nadie, pero si te paras a pensar en la cantidad de gente sin tu formación y experiencia que se aprovechan y lo cobran... De todos modos, es cosa tuya, te dejo en paz, pero llámame si recibes esto, solo un toque. Ya sé que estás ocupada, así que no hay prisa. Vale, te dejo. Adiós, adiós...»

3: Jueves 12:18

«Acabo de ver un vestido en el Marks que te quedaría genial, y me pregunto, ¿te lo cojo? He pensado que si vas a una boda o a una fiesta de verano, sería perfecto. Ahora mismo lo estoy mirando, tiene un corte precioso, queda bien, alza el vuelo en la cintura y tiene mangas y cuello pequeño. A mí no me quedaría nada bien, pero para ti es perfecto, más de tu edad, de verdad, moderno, con una especie de dibujo abstracto con círculos, naranjas, ¿o rosas? No me estoy explicando bien... Es un tono rosado de naranja, con un estampado muy bonito. No sé si arriesgarme... Creo que sí, te lo compro. Puedes buscarlo, la chica con la que he hablado me ha dicho que lo tienen en la web, busca "vestido naranja" y te saldrá, o prueba con "rosa", o si no, "cereza"... ¿Será cereza?... ¿Perdón? ¿Me hace usted el favor? Ah, claro... ¡Sí! Estoy hablando con mi hija... Sí, mira, Claire, la mujer que tengo al lado me ha dicho que salmón... Gracias, sí, es justamente salmón con motas de verde... De cualquier modo, lo encontrarás, seguro. Llámame, espero hasta, ¿qué hora es ya? Y veinte. Espero hasta y media. Aunque siempre puedo devolverlo, supongo, y la verdad es que creo que es perfecto para ti. Así que, venga, sí, ya está decidido. Lo hago, voy a hacerlo, quiero hacerlo por ti. No hace falta que me llames. Vale, hablamos pronto. Me despido ya. Adiós, adiós.»

Invitación

A las seis de la tarde, mi amiga Polly llama para preguntar si Luke y yo nos apuntamos a un «ágape improvisado» en la nueva casa que se ha comprado en Wimbledon con su prometido Will, director de un fondo de alto riesgo que presume de raíces aristocráticas (de ahí lo de «ágape»). Estoy en la bañera, ataviada con unos calzoncillos viejos de Luke y una camiseta de dormir que tengo desde los ochos años —es una camiseta grande: estaba crecidita a los ocho—, mientras froto la capa ennegrecida con un cepillo de dientes y lejía. Le digo que Luke vuelve tarde de trabajar, pero que me encantaría ir.

—Pero no voy a beber, te aviso. No estoy embarazada, solo quiero darle un poco de descanso al hígado. ¿Quién más irá?

—Sobre todo amigos de Will.

—Vaya —dudo, y casi me retracto de mi promesa de no beber, pero decido que es justamente el tipo de reto al que necesito enfrentarme—. ¡Qué bien! Si ves que me rindo con lo de la abstinencia, por favor, por favor, ¿me pararás?

—Haré lo que pueda. ¿Te veo entre las siete y media y las ocho?

Invitada

Me presento a las ocho y cuarto para evitar la incomodidad de socializar estando sobria y doy unas excusas sobre autobuses, prolijas pero vagas, mientras cojo el único sitio que queda libre en la mesa, una esquina en una endeble silla plegable.

No puedo evitar sentir que la comida de delicioso aroma —presentada como «cordero marroquí con ocho horas de cocción»— contradice la afirmación de Polly sobre la improvisación de su invitación, y hace que mi presencia en el «ágape» sea más relevante. Ciertamente, parece poco probable que tanta gente en apariencia importante y exitosa estuviera libre avisándola con tan poca antelación.

—Hola. Soy Claire —digo a las chicas (mujeres, en realidad) que tengo a mi derecha, las dos vagamente familiares, y que visten ropa oscura y sin mangas que parece diseñada para exhibir sus brazos delgados y atléticos.

—Vale, hola —dice la morena.

—Perdón, ¿cómo os llamáis?

—Clem, Totty —dice la rubia, señalándose primero a sí misma, y luego, a su amiga.

—¿Lottie? —digo, creyendo que he oído mal.

—Totty. Como en Antonia —explica Clem, y con una sonrisa condescendiente gira la cabeza apoyándose sobre un codo para impedir más interacción. Me cuesta un segundo recuperarme, y luego me vuelvo, sonriente, hacia mi izquierda.

—Soy Matthew —dice mi vecino pecoso, pelirrojo y dentudo, ofreciéndome su mano. Ya lo había visto antes.

—Yo soy Claire. No te acuerdas de mí, ¿verdad? —Arruga el ceño confuso y lamento no haber seguido el juego a su ignorancia—. No te preocupes, me pasa siempre. No suelo causar una gran primera impresión.

—Pues yo creo que causas una muy buena impresión —dice con la cortesía optimista de la gente de muy buena familia.

—No, no, no causo ninguna impresión. Tú mismo me lo acabas de confirmar. Nos conocimos en el cóctel de compromiso de Polly y Will. ¿Eres productor de radio en la BBC..., de programas basados en hechos reales, y te acabas de comprar un piso en Battersea?

Menea la cabeza.

—Sorprendente. Debes de ser una espía.

—Nosotros preferimos que nos llamen «agentes de inteligencia». —Pone cierto gesto de alarma—. Estoy de broma, evidentemente. Cuando eres tan prodigiosamente insulsa como yo, ni el MI6 se fija en ti. —Me encojo de hombros—. Riesgo laboral.

—Ellos se lo pierden —dice Matthew—. Entonces, ¿a qué te dedicas?

—Hum, bueno. Supongo que por el momento soy ama de casa.

—¡Eso es fantástico! —Se ríe, encantado con la novedad—. Siempre he dicho que hay demasiada gente para pocos empleos. Está bien que hayas decidido salir del agobiante mundo laboral y centrar tus esfuerzos en algo en lo que estoy convencido de que serán más apreciados.

Levanto una mano.

—Eh, para el carro. Lo siento, Matthew, pero antes de que lleguemos a más, tengo que decir que estaba más o menos bromeando.

—Ah. Entonces, ¿no eres ama de casa?

—Bueno, no ha sido un cambio de trabajo deliberado. Digamos que estoy en un período de cambio. —Le cuento mis planes de tomarme un tiempo para descubrir mi rumbo, y que sin saber muy bien cómo acabaron volviéndome a coger en la empresa que dejé en un principio—. Lo cual ha retrasado más aún mis progresos, por desgracia. Me siento inútil gran parte del tiempo, si te soy sincera. Da miedo pensar lo rápido y en pendiente que ha sido mi descenso de humano productivo a desecho. Y esa es mi historia: cualquier consejo será bien recibido.

—¿Qué tal un poco de Shiraz? —Debe de haberse fijado en cómo miro la botella cual adolescente enamorada, y la acerca tentadoramente a mi copa—. ¿Empezamos por ahí?

—Gracias, pero me quedo con la... —Consulto uno de los dos refrescos orgánicos que me he comprado de camino aquí y que juntos cuestan más de lo que normalmente me gasto en una botella entera de vino—, frambuesa silvestre y agua de flor de saúco, con un ligero toque de gas. ¡Salud!

Doy un sorbo y pongo una mueca ante su dulzura perfumada.

Resolver, disolver

—El novio de Claire, Luke, es neurocirujano —proclama Polly desde la otra punta de la mesa, a propósito de la conversación de alguien.

Todas las caras, sorprendidas, se giran hacia mí.

—Bueno, *residente* —digo—. Todavía no ha terminado la carrera.

—Un momento —dice Totty—. O sea que eres Claire, ¿la de Luke y Claire?

—Luke y Claire, Claire y Luke. Las dos valen. ¿Conoces a Luke?

Totty me observa con un repentino interés de víbora y al instante decido que esto es mucho, mucho peor que ser ignorada.

—Una muy buena amiga nuestra, Fi, trabaja con él... ¿en el Hospital Universitario?

Fiona. ¡Claro! Tenía unas amigas horribles: debería haberlas reconocido de sus fotos de Facebook.

—El mundo es un pañuelo —digo.

—O sea, que *tú* eres Claire. Vaya —dice Totty, mientras Clem, la rubia, pone una sonrisita enigmática.

—No conozco a Fiona, pero sé que a Luke le cae genial, o sea —Sin querer, estoy imitando el tono afectado de Totty, y rezo para que nadie se dé cuenta.

—¿Verdad que es emocionante lo del Johns Hopkins? —dice Clem.

—Disculpa, ¿quién es ese John no sé qué? —pregunto, aturdida, y Totty se revuelve en la silla con una risita no disimulada.

—*Johns* Hopkins. El hospital, en Estados Unidos. Donde van a hacer esa estancia de seis meses.

Todo se nubla a mi alrededor, como si los bordes de las cosas se volvieran borrosos.

—¿Seis meses? —repito como una tonta, y luego me recobro—. Claro, perdona, ahora lo pillo. Sí, una noticia fantástica. ¡Muy emocionante!

—¿Crees que irás a visitarlo? —pregunta Clem—. No, espera. Tú no trabajas, ¿verdad? ¿Tienes pensado irte detrás de él y quedarte allí toda la estancia?

Sin palabras, doy un sorbo de mi refresco, moviendo los ojos con un gesto torpe que pretende significar ¿quién sabe?

—Bueno, de cualquier modo, dile a Luke que Tots y Clem le mandan recuerdos —dice Clem, quien, después de haberse divertido bastante, se gira otra vez para ofrecerme unas preciosas vistas de su fabuloso peinado.

A mi espalda, Matthew blande el vino.

—¿Seguro que no quieres que te tiente?

—Oh, venga, ¿por qué no? —digo con gran alivio, esquivando con un ademán de la mano los frenéticos gestos disuasorios de Polly.

Otro nivel

Cuando Polly sale de la cocina con una bandeja de boles, su prometido, Will, da unos golpecitos en su copa con un tenedor.

—Me gustaría hacer un brindis, si se me permite, por el helado de caramelo salado cubierto con migas de galleta de *amaretto* de Polly. — Alzamos nuestras copas y añade—: Las galletas son compradas, me temo, pero al menos de las buenas. Se las traje de mi último viaje a Bolonia.

—¿Por eso no tuviste tiempo para hacerlas tú mismo, Will? ¿Porque estabas en Bolonia? —Estoy tan sorprendida como los demás de oír mi propia voz cortando el agradable murmullo de las conversaciones.

Will parece confundido.

—¿Perdón?

—Te has disculpado porque las galletas no eran caseras. Me preguntaba por qué no habéis tenido tiempo de hacerlas. Quizá las podrías haber hecho tú mientras Polly preparaba todo lo demás que hemos comido esta noche.

—¿Qué? —dice Polly con una risa nerviosa—. Claire, cállate.

—Esto... Estaba trabajando —dice Will.

—Ah, claro. Entonces, ¿Polly no trabaja? ¿O ha preparado toda esta comida y también conserva su empleo? —Me encojo de hombros—. Simple curiosidad.

Todo el mundo se ha quedado callado, solo se escucha el roce de las cucharillas en los boles.

—¿Tienes... algún problema, Claire? —pregunta Will. Mira a su alrededor en la mesa, ahora en silencio, buscando aliados.

—No, ninguno. No soy yo la que tiene un problema.

Cojo mi cucharilla y la cargo de helado.

Se reanudan unas tímidas miniconversaciones: tópicos vacilantes. «De cualquier modo...», «Eh, entonces, sí...», «¿Qué decías?», cualquier cosa que llene el silencio asfixiante. Pero, por lo visto, no he terminado.

—Solo me preguntaba por qué pides perdón por el hecho de que las cosas no sean caseras, cuando tú no has hecho nada. No es lo apropiado, en mi opinión.

Me vuelvo a encoger de hombros y llevo la cuchara a mi boca.

—¡Claire! ¡Joder! —dice Polly.

—Eh, chist, Polly. No pasa nada. Yo te defiendo. Solo estoy conversando con Will.

Will carraspea.

—No creo que sea apropiado que *me* critiques en *mi* casa, delante de *mis* amigos.

—Bueno, todo el mundo tiene derecho a tener una opinión.

—Perdón, pero ¿me he perdido algo? A Polls no parece molestarle. Polls, ¿te he ofendido? —pregunta Will, aunque me mira fijamente a mí.

Hundo la cabeza entre mis brazos cruzados.

—Ella odia que la llamen así. Todo el mundo sabe que no le gusta que la llamen así. ¡Es Poll-y! ¡Se llama Polly!

El pecoso y dentón de Matthew interviene:

—Esto..., creo que en parte esto podría ser culpa mía. Le he hecho beber vino aunque ella no quería, y creo que ha tomado bastante. Muy rápido. Quizá un poco más de lo que está acostumbrada.

Will suelta una risa sarcástica.

—Oh, está acostumbrada a grandes cantidades, no te preocupes, amigo.

Levanto la cabeza de golpe.

—¡Amigo! ¡Estoy aquí! ¡Estoy aquí mismo!

Y luego vuelvo a hundirla en los brazos y la bendita oscuridad.

Torbellino

—Lo siento, normalmente no es así. No sé qué le pasa —dice la voz de Polly, muy lejos.

Lo que me pasa, les diría, si me tomara la molestia de hacerlo, y en caso de que alguno estuviera interesado, aunque no lo iban a entender, de modo que, ¿para qué? Pero... ¿qué iba a decir? Ah, sí, lo que le pasa, o sea, lo que me pasa, es que soy el humano que sobra en este mundo. Si los contase a todos, yo sería la que se queda fuera, la que no hace nada, solo recibe, siempre aprovechándose, una sanguijuela para todo el mundo, totalmente patética como la pobre, pobrecita, pobre vieja cuchara de madera flotando entre la suciedad del fregadero...

8

Mañana

No despierta exactamente, sino más bien surgiendo de la negrura, abro los ojos e intento encajar todas las piezas. La camiseta sin arrugas que huele a un detergente desconocido, las toallas sobre las que me encuentro en esta cama extraña, la casa en silencio, la cabeza totalmente abotargada, la garganta seca y pastosa, la boca como una cueva áspera y nauseabunda. Un zumbido persistente destaca entre el asalto general de luz, sed, dolor y náuseas, y hago acopio de fuerzas para localizar el origen del sonido, que resulta que proviene de mi teléfono, metido en un zapato bajo la cama. Tres llamadas perdidas de Luke. Le llamo.

—Hola —carraspeo.

—Estás despierta —su tono es enérgico.

—Pues... —Intento volver a incorporarme, pero decido que de momento es mejor no hacerlo—. Sí, no me encuentro muy bien. Todavía estoy en..., supongo que todavía estoy en casa de Polly. Lo siento por no haber vuelto a casa. Las cosas se... alargaron un poco.

—Evidentemente.

—¿Polly te llamó?

—Sí. Y tú también, cinco veces. Bueno, no ha sido una buena noche para nadie, por lo que parece.

Cierro los ojos.

—Lo siento mucho. ¿Estaba Polly enfadada conmigo?

—Yo diría más bien preocupada. ¿Vas a venir a casa?

El reloj que hay junto a la cama dice que son las 8:45 de la mañana.

—Sí. Aunque voy a necesitar un poco de tiempo para volver a ser yo.

—Bueno, me voy a trabajar, así que no estaré en casa.

—Vaya —digo con voz lastimera, y luego añado—: He limpiado la casa. —Como si esto explicara, o en cierto modo mitigara, el comportamiento de anoche y el estado en el que me encuentro ahora.

—Ya me lo dijiste. Unas cuantas veces.

—Entonces, ¿te veo luego?

—Esta noche me quedo en el hospital. Supongo que ya te veré cuando sea.

Cuelga. «Hospital.» La palabra desencadena una nueva sensación mareante que no tiene nada que ver con el alcohol. Me había olvidado de ello: Johns Hopkins, seis meses.

Metro

El trayecto a casa es un infierno que pone a prueba todas mis facultades básicas: movilidad, vista, equilibrio, respiración, control de la temperatura... Todo parece completamente absurdo y totalmente inútil, en particular el anuncio de una nueva chocolatina que se repite a lo largo de toda la pared de las escaleras mecánicas.

Mientras espero en el andén, un mensaje grabado recomienda a los pasajeros que presten atención a los consejos de seguridad escritos en los carteles de la estación.

En el tren, contemplo un ganchito solitario en el suelo, hasta que una indiferente bota safari lo machaca convirtiéndolo en migas con sabor a queso. Mi vagón se llena con una fila de niños cogidos de la mano, todos con gorras rojas de colegio. Uno de ellos, una niñita de pelo castaño y revuelto me mira fijamente, formando una pequeña «o» con la boca, y retrocede cuando intento sonreír.

Paradoja

Náuseas solo comparables al hambre feroz; pero no hay nada en este mundo que me apetezca comer.

Discusión

En mi camino, me cruzo con una mujer que avanza con un traje de aspecto incómodo, gritando al teléfono: «¿Cuáles son los efectos secundarios? ¿Qué esperanza de vida tiene?».

Papá

Una vez en casa, envío flores a Polly y Will con una nota que dice: «Perdón por todo». Deambulo por la casa en *leggings* y una sudadera de Luke (vestir «estilo chico» resulta más incómodo de lo que las revistas y la industria de la moda me intentan hacer creer). Al despertar de una siesta corta y profunda en el sofá, veo que tengo un mensaje de voz de mi padre. Lo escucho y la expresión «nada urgente» surge cuatro veces. Le llamo inmediatamente.

—¿Qué pasa?

—¡Anda, pero si es Claire! ¡Mi niña favorita! Estoy en casa, sentándome a almorzar algo. —Suena exactamente como una persona a la que un perturbado le haya dicho a punta de pistola que «actúe con normalidad».

—¿En casa? ¿Te has cogido el día libre? Las once y media es pronto para almorzar. —En su lado de la línea, suena el teléfono de casa—. Puedo esperar mientras respondes.

—No, no, no te preocupes. No es nadie. Un *acusador* telefónico.

—¿Qué? Ah, un acosador, querrás decir. ¿Cómo lo sabes?

—Si es importante, ya volverán a llamar. Entonces..., ¿qué puedo hacer por ti?

—Me has dejado un mensaje, por eso te llamo.

El teléfono fijo deja de sonar.

—No era nada urgente. Solo, esto..., llamaba para ver cómo te iban las cosas.

El teléfono vuelve a sonar, de algún modo con más insistencia esta segunda vez.

—De verdad, puedes cogerlo. Te vuelvo a llamar dentro de...

—Un segundo. —Se escucha un crujido y el teléfono deja de sonar, a medio tono—. ¡Hala! ¡Se acabó! ¡Todos contentos!

—Papá, estás muy raro. ¿Va todo bien? —En medio del silencio, se escucha un nuevo sonido, una especie de jadeos de fondo—. ¿Eso es...? ¿Lo que se oye es un perro?

—Posiblemente.

—¿En casa? Si tú odias los perros. Mamá odia los perros.

—Pero *Walnut* le cae bien.

—*Walnut*... —Mi confundido cerebro intenta buscarle un sentido a esto—. ¿Te refieres a... *Hazelnut*?

Hazelnut es el perro de sus vecinos unas casas más abajo.

—Como se llame. Supongo que es él, porque, de lo contrario, no sé quién es este que anda por aquí.

—Estoy casi segura de que *Hazelnut* es hembra.

—Escucha, ¿crees que puedo darle un tomate?

—Papá, ¿qué está pasando?

—Nada, no importa. Todo completamente normal. Entonces, ¿cómo estás tú? ¿Te lo he preguntado ya?

—Estoy bien. Nada nuevo que contar. —Cierro con fuerza los ojos para espantar una terrible jaqueca, y pruebo con otro enfoque—: ¿Cómo va el trabajo?

Tras unos segundos de silencio, responde:

—Lo que quiero que recuerdes, Claire, es que la persona encargada del día a día es un pequeño capullo arrogante corto de vista.

Ahora estamos llegando a algo. Tengo mil preguntas, pero decido dejarle continuar, con la esperanza de que algo lógico surja del relato. Su narración, aún siendo animada, es un clásico circunloquio: entre los giros y las vueltas identifico a un claro villano (el capullo arrogante corto de vista. Sinceramente, no sabría decir si con esto último se refiere a que esta persona lleva gafas, a que le falta juicio, o a ambas cosas), una víctima (papá) y una campaña continuada de persecución en su contra. Papá hace más referencias a Hitler y los judíos de las que yo le permitiría si hubiera alguien más escuchando, pero está claro que no se encuentra bien, así que aparco mis objeciones y me apunto volver a ellas más adelante. Al final, llega el quid de la cuestión: un sincero intercambio de opiniones esta mañana (entre las que, ¡ay!, se encontraba la metáfora Hitler-judío) que tuvo como resultado que pidieran a mi padre que se fuera.

—¿Que te fueras de la oficina o que te fueras de la empresa?

—Claire, no lo sé.

—¿Mamá está contigo?

—No.

—¿Se lo has contado?

—Todavía no.

—Creo... —Pruebo suerte—: ¿Me paso por casa, si no te importa? De todos modos, no tengo planes para hoy, y me parece que te podría venir bien un poco de compañía.

—Bueno, tengo a *Walnut*.

—*Hazelnut*, claro. —Me había olvidado de lo del perro.

—Responde a *Walnut* —medita—. ¿Responderá a cualquier nombre si usas el tono de voz adecuado? ¡*Peanut*! —Hay un silencio—. ¡Mermelada! —Otra pausa—. ¡Andrew! Pues no, no funciona.

—Entonces, ¿me paso?

—Si quieres... —dice.

Me pongo los zapatos.

Casa

Desde la estación de tren, cojo un taxi a casa de mis padres. Papá me recibe en la puerta con la perra a su lado. Por encima de los pantalones de traje y la camisa lleva un delantal rosa con volantes, un irónico regalo con el que alguien obsequió hace años a mi madre, que odia cocinar. Sus manos parecen enormes, enfundadas en unas manoplas de horno, y los pies sorprendentemente pequeños, en calcetines. Me recuerda a uno de esos osos bailarines con un tutú ceñido.

—Hola, papá —digo. Me abraza con fuerza y las manoplas en mis orejas no me dejan oír su saludo—. ¿Este es tu atuendo especial para perros?

—Adivina qué.

Se aparta y se dirige a la cocina, con *Hazelnut* zigzagueando lentamente tras él.

El horno está abierto y un aroma delicioso y reconfortante se ha extendido por la estancia.

—Justo estaba echándole un vistazo cuando has llegado —dice, inclinando el molde del bizcocho y mordiéndose el labio superior en un gesto evaluador—. Necesita un poco más.

Lo devuelve al interior y cierra el horno de un portazo. La cocina es un caos absoluto: utensilios e ingredientes desperdigados sobre cualquier superficie. Junto al cubo de la basura, un tomate entero sobre un plato.

—La perra igual prefiere algo de carne —digo—. ¿No tienes pechuga de pollo o algo así en el frigorífico?

—Si tiene hambre de verdad, ya se lo comerá —dice papá, un horrible dicho familiar de mi juventud.

—¿Se lo corto en trozos, al menos?

Me mira.

—Ya puestos, ¿por qué no le pones una servilleta en el collar?

Chiste

Me siento cruzada de piernas junto a *Hazelnut*, despatarrada delante del horno, y le revuelvo el pelo.

—Bueno, ¿y la perra?

—¿Qué le pasa?

—Venga, papá.

Asiente, derrotado, y da el último trago a una taza de té.

—Estaba en el jardín. Salí a investigar y se coló en casa.

Miro a *Hazelnut*, tumbada de costado. No parece capaz de una acción tan rápida.

—¿Has avisado ya a esa gente, los Thompson?

Chasquea la lengua y baja la voz:

—Una gente extraña. ¿Cómo se llama eso que es peor que vegetariano?

—¿Vegano?

—¡Eso mismo! Ella es maja, pero él es un poco... rarito. Va por la vida de poeta. Vino a vender un libro que ha publicado y escribió nuestros nombres en la portada sin pedir permiso. Mamá piensa que lo hizo para que no pudiéramos llevarlo a la tienda de segunda mano.

—¿Son buenos, los poemas? —pregunto.

Arruga la nariz.

—Eché un vistazo a un par de ellos, pero no conseguí entenderlos del todo.

—Creo que deberías llamarles y decirles que tienes a su perra.

Papá desliza una mano en el bolsillo del delantal, saca un papelito, lo mira forzando la vista, busca sus gafas en el bolsillo de la camisa, pero no están allí, así que estira el brazo y sostiene el papel a cierta distancia.

—«Tiene un ataque...» —lee, frunciendo más el entrecejo—, ¿«... de insuficiencia renal»? —Me mira fijamente—. ¿Qué significa?

—Dale la vuelta a ver. Creo que es de un acertijo de Navidad.

Seguramente de la última Navidad que pasamos juntos, predistanciamiento, precrucero, solo los tres y un pavo al que llamamos, por motivos que ahora no recuerdo, *Roy*. Era tan grande que hacía que nuestro reducido número pareciera más pequeño aún en contraste. *Roy* seguía apareciendo en sopas y revueltos cuando estuve de visita bien entrado abril, gracias al ahorrador sistema de congelado de alimentos de papá.

Da la vuelta al papel y lee:

—«¿Qué le sucede a Papá Noel cuando pierde un reno?» —Menea la cabeza—. «Que tiene un ataque de insuficiencia renal.» Ya me lo sabía.

—Es muy viejo, papá —insisto.

—¿La broma?

Vuelve a hurgar en el bolsillo del delantal y saca un cuadradito doblado de papel de seda dorado.

—Ya sabes de quién hablo: *Hazelnut*. Pensarán que se ha perdido. Estarán preocupados.

Desdobla el papel, que resulta ser una corona, y la balancea ante mí, como distrayendo a una niña protestona. Se lo arrebato de la mano.

—Pues no se ha perdido —dice—. Así que no tienen por qué preocuparse. Tu abuela me ha contado uno muy bueno. —Se ríe por lo bajo—. ¿Te lo sabes?

Alzo una mano.

—La verdad es que no comparto el sentido del humor de la abuela.

—Todavía no te lo he contado.

—Lo digo por experiencia.

—¿Por qué no dejas que te lo cuente y luego lo juzgas?

—Lo haré si me lo cuentas de camino a casa de los Thompson con la perra.

—Claire, está todo controlado. —Aprieta el aire con las palmas de las manos para dar énfasis—. Por favor, deja que me encargue de esto. Estoy esperando a que tu madre vuelva a casa.

Ante la mención de mi madre, lo comprendo todo: la perra, el bizcocho, el desorden. En medio de todo este caos orquestado, mi padre espera que el asunto de su trabajo parezca otra locura más. De un modo desesperado, tiene cierto sentido.

—Lo siento —digo—. Ya lo dejo.

—Bien. Creo que voy a tomarme una cerveza. ¿Te apuntas?

Mi resaca ha disminuido hasta el punto de que beber algo parece no solo la mejor, sino la única línea de acción.

—No te diría que no a un vinito —digo, poniéndome la corona de papel en la cabeza.

Muy hecho

—¡Mecachis! —exclama papá, sacudiendo un brazo enguantado a través del humo y soltando el molde del bizcocho sobre la cocina. Le echamos un vistazo. Está de un marrón muy oscuro por arriba, las pasas hinchadas y reventadas.

—¡Oh, no!

—No te preocupes. Está bien. Solo tenemos que... —Se lleva las manoplas a la cadera— aislar y erradicar las áreas afectadas localmente.

—Cortar los trozos quemados.

—No está quemado.

Reacción tardía

Mientras papá quita la capa de arriba, yo preparo un baño de glaseado. No me acaba de quedar bien la consistencia —muy espeso, muy líquido, muy espeso, muy líquido— y termino haciendo demasiado.

—¿Te has lavado las manos?

—Llevo cocinando sola más de una década. Ya no hace falta que me hagas ese tipo de preguntas.

—No se sabe dónde ha estado ese animal.

Pone un plato con trozos de bizcocho quemado junto al tomate.

—¡Eh! ¿Te acuerdas de cuando glaseábamos galletas los domingos?

Era nuestra tradicional «repostería» de los fines de semana: galletas bañadas en un mejunje blanco pringoso y decoradas con virutas y glaseado de colores. Yo las presentaba con orgullo en una bandeja con una taza de té y se las llevaba a mi madre cuando volvía de adonde fuera en sus breves descansos de ser madre.

—¿Eso hacíamos? —dice papá.

—¡Sí! Todos los domingos.

—No creo que todos. Quizá un par de veces.

—No, era todos los domingos. —No sé por qué esto me resulta tan importante—. Mamá salía y tú y yo nos quedábamos a glasear galletas.

—Ah, sí, las galletas del domingo; ahora me acuerdo —dice, con el tono robótico que emplea cuando mi madre le corrige en algo que ha dicho.

Vacío mi copa; vuelvo a llenarla.

—¿Está... bien? —La superficie ha quedado desigual debido a las limitadas habilidades escultóricas de papá. Y como yo no tenía paciencia para esperar a que se enfriara, el glaseado se ha fundido y cae en chorretones macabros—. Teniendo en cuenta las circunstancias.

—Tengo una idea —exclama papá, cogiendo un tarro de guindas del táper de repostería. Pone una en el medio. Se la ve un poco solitaria.

—¿Y si hacemos una cara? —propongo.

Añadimos dos ojos y una boca sonriente.

—Así queda mejor —dice papá.

—Mucho mejor —corroboro. *Hazelnut* se acerca lentamente a papá. Hay migas carbonizadas enredadas en su pelo—. ¡Vaya! Le ha gustado esa corteza chamuscada.

—Te dije que no estaba quemada.

La alarma antihumo empieza a sonar.

—¡QUÉ BUENO SABER QUE FUNCIONA! —aúlla papá.

—Si a eso le llamas funcionar —digo.

Lenguaje corporal

—¿Crees que deberías hablar con un abogado laboralista para ver cuáles son tus derechos?

—No sé. —Papá entrelaza las manos detrás de la cabeza. Una vez leí en una revista que los futbolistas hacen ese gesto cuando fallan un gol porque copia el sostén de las manos de sus madres cuando los mecían de bebés.

—Puedo pedir que me recomienden uno. Tengo varios amigos abogados.

—Siempre dije que serías una buena abogada.

Hazelnut se estira a sus pies, coloca el hocico sobre sus rodillas y lo mira.

—Pues nunca te oí decírmelo.

—A tu madre sí que se lo he dicho. No me vendría mal una picapleitos —dice papá, frotando bajo las orejas del perro.

Pienso en ello.

—Ese mundo implica demasiada información para mí. Probablemente me distraería con todas las cuestiones secundarias.

—Quizá —asiente, y da otro sorbo de cerveza—. Tomaste una buena decisión, Claire.

—¿En qué?

—Dejar ese trabajo si no eras feliz. Hacen falta agallas.

—Creía que te parecía una renegada.

—Bueno. —Sacude la cabeza, comprendiendo mi punto de vista—. En mis tiempos, si conseguías un trabajo, ahí te ibas a quedar cuarenta años. ¿Que no te gustaba? Pues te aguantabas.

—Pero a ti te gustaba tu trabajo. Te gusta, quiero decir.

—Habría preferido ser arquitecto —lo dice con tanta sinceridad que me rompe un poco el corazón.

—Vaya, no lo sabía.

—Ah, sí. Pero es que, Claire, nunca me lo has preguntado.

Es cierto. Siempre supuse que era feliz donde estaba, que no tenía la imaginación para cuestionárselo, cuando en realidad, todos estos años, fui yo la que careció de la imaginación para descubrirlo. Dibujo una C en el azúcar espolvoreado sobre la mesa, y luego la borro.

—Tienes razón, nunca te lo pregunté. Lo siento. —Con un gesto de la mano, papá resta importancia a mi disculpa. Apoyo la barbilla en la palma de mi mano—. Ojalá yo quisiera ser arquitecto.

—¡Puf! No es la profesión más segura en estos tiempos.

—Quiero decir que ojalá supiera lo que quiero.

—Quizá... —dice, y levanta su lata, se lleva la abertura a un ojo y mira por ella, como si viera el futuro en el interior— no encuentres un trabajo mágico que resuelva todos tus problemas. Hay todo un mundo de posibilidades entre *cualquier* cosa y *justo lo que* buscas. ¿Qué piensa Luke de tu situación?

Se me tuerce la boca y surge la densa niebla de la auto-compasión.

—Creo que Luke ya se ha cansado de mí.

El móvil de papá vibra en su bolsillo; posa la cerveza, saca el teléfono y se queda helado.

—Es tu madre —susurra. Sus ojos se dirigen a la ventana en un movimiento que reconozco a un nivel casi genético: la paranoia salvaje de que ella esté ahí fuera observándolo—. ¿Qué hago? ¿Contesto? ¿Qué le digo?

—Cógelo —digo—. Pero yo no estoy.

—¡Eh! ¡Hola! —exclama con la misma voz demasiado alegre y cantarina que usó al contestarme antes—. ¡Estoy genial!

Me chasquea los dedos con su típico gesto apremiante y dictatorial, y luego señala a la perra. Aunque habría sido más fácil que saliera él de la habitación, cojo a *Hazelnut* por el collar y la llevo al recibidor. Cuando vuelvo a la cocina, está diciendo:

—Todo va bien. No, no, nada. No, no, nada, nada urgente. Nos vemos pronto, entonces. ¡Chao!

Deja el teléfono sobre la mesa y se masajea la frente. Le saco otra cerveza del frigorífico.

—¿Cuándo vuelve? Deja que te ayude a limpiar esto un poco antes de irme.

—¿No vas a quedarte? —dice.

—No creo que sea una buena idea.

—Pensaba que habíais arreglado las cosas entre vosotras.

—Ahora ha vuelto a hablarme, lo cual es algo, supongo, pero... —suspiro—. Se ha inventado una teoría y, aunque sé que lo más cómodo sería seguirle el juego, pues... no puedo. Me parece traicionarme a mí misma. Me sentiría como una niña. No sé. —Repaso con un dedo el borde del cuenco de mezclar, y decido que estoy lo bastante borracha como para preguntar—: ¿Tú qué piensas de todo esto? Esta historia con mamá sobre... lo que sea. Gum y las cicatrices de guerra. Lo que..., ya sabes, lo que pasó conmigo en el cuarto de baño y todo eso.

La masa está deliciosa: dulce, sedosa y rica.

Papá retuerce su alianza, con la boca muy tensa.

—¿Sabes qué? —digo—. No tienes que contestar. Estás en una posición difícil. Además, seguramente solo hayas oído su versión.

Recojo otra ronda de masa.

—Si... —Se detiene y empieza de nuevo—: Claire, si hubiera sabido en su momento lo que estaba pasando, me habría resultado muy difícil...

—¡Y por eso nunca dije nada! No quería causar problemas.

Carraspea, todavía girando su anillo.

—No he terminado. Me hubiera resultado muy difícil no hacerle a ese viejo cabrón una cicatriz de guerra de la que no habría ido presumiendo por ahí.

Me río, mirando al techo para que las lágrimas que se acumulan en mis ojos no se derramen. Papá da una palmada sobre la mesa.

—¡Ahora! Si me perdonas, será mejor que vaya a comprobar que nuestro amigo peludo no se ha cagado en el salón.

Perra

Antes de que llegue mamá, limpiamos la cocina: yo friego, papá seca, siguiendo una tradición ancestral. Después, nos tomamos una sopa y pan para que absorban algo del alcohol. Al oír que aporrean la puerta, nos miramos y nos levantamos a abrir a la vez. Ahí está Sue Thompson, con una correa en la mano, estirando el cuello para mirar a la calle.

—¡Sue! ¡Justo íbamos a llamarte! —improvisa papá. Lo contemplo admirada: ¿quién diría que sería capaz?—. Tu amiguito peludo nos ha hecho una visita. Claire, ¿por qué no vas a...?

Pero Sue ya se nos ha colado en casa.

—¿Dónde la habéis encontrado? —pregunta en la cocina, arrodillada junto a la perra pero lanzándonos a cada uno una mirada desafiante e implacable desde detrás de sus gafas.

—En el jardín —dice papá—. Íbamos a llamar, pero entonces te has presentado.

Asiento, obediente, corroborativa, desplazándome un poco a un lado para ocultar las latas de cerveza de la vista de Sue.

—He estado dando vueltas con el coche, buscándola por todas partes, y estaba a punto de abandonar, pero se me ocurrió ir llamando por las casas por si acaso... —Frunce el ceño—. ¿Decís que la acabáis de encontrar ahora mismo?

—¿*Hazelnut* es un labrador? —pregunto, antes de que Sue se ponga muy profunda con la cronología de los hechos.

Se permite una sonrisa.

—Un labrador retriever.

Hazelnut se acerca a papá y se sienta vigilante, pero muy quieta, a sus pies.

—Es adorable —digo—. Yo no soy muy de perros —La sonrisa de Sue vacila un poco—, pero esta es... muy buena.

—No sé si lo sabéis, pero le van a dar un premio el próximo lunes —dice Sue, con acento afectado.

—¿En serio? ¿En un concurso canino?

Pone gesto ofendido.

—Un Premio al Espíritu Comunitario. Se lo entrega el alcalde.

—¡Vaya! —digo, sin atreverme a mirar a papá—. Es maravilloso. No sabía que existiera algo así.

—La ceremonia será en el ayuntamiento. Sois todos bienvenidos. El lunes a las cuatro. —Su cabeza se mueve como un periscopio, de mí a papá, y vuelta atrás—. Evan va a leer un poema que ha compuesto para la ocasión.

—¡Qué familia más talentosa! —comento.

—Eso... parece una ocasión... muy... singular —consigue decir papá.

—Bueno, *Hazelnut* es alguien muy singular.

Sue nos explica que, a su avanzada edad, *Hazelnut* se ha convertido en un perro de asistencia famoso y muy querido a nivel local, que divide su tiempo (y el de Sue) entre casas de ancianos, escuelas de primaria y bibliotecas, repartiendo alegría a los miembros discapacitados, tristes y solitarios de la comunidad local.

—Espero no tener nunca que competir con *Hazelnut* por un trabajo. Su currículo le da mil vueltas al mío —digo.

—Bueno —dice Sue, sin contradecirme—, es un don que tiene, la verdad, una forma extraordinaria de encontrar a la gente más necesitada. O lo tienes, o no lo tienes. —Se encoge de hombros.

Miro a papá, que frunce el ceño cabizbajo, acariciando distraído la cabeza lustrosa de *Hazelnut*. En el talón de uno de sus calcetines, un circulito perfecto de reluciente carne blanca se asoma entre la desgastada tela gris.

Mamá

Al sonido de las llaves de mamá en la puerta, papá y yo alzamos nuestras bebidas en solidaridad.

—¿Has tenido suerte con la tapa del cubo que faltaba? ¡Oh! —Se detiene al verme a mí, las bebidas, el pastel—. Una fiesta.

—¡Sorpresa! —La abrazo.

—¿Qué haces tú aquí? —Se aparta, fijándose en mis *leggings*, la sudadera de Luke y (posando los ojos a la altura de la cabeza) en la corona navideña de la que ya me había olvidado. Sue Thompson nos ha debido de tomar por unos tarados—. Curioso atuendo. ¿Has tenido un accidente? —pregunta.

—¡Hemos preparado un bizcocho!

—Y habéis bebido, por lo que se ve —dice, acercándose a la tarta.

—Bueno, lo ha hecho papá. Yo hice el glaseado.

—Vale. ¿Qué se supone que es? ¿Un muñeco de nieve?

—Se supone que es un pastel de frutas. Pero se ha quemado.

—Disculpa —dice papá—. Solo se ha tostado un poco por arriba, de un modo exponencial con respecto al resto.

—Has vuelto pronto a casa —dice mamá a papá, con un extraño tono condescendiente que me hace sospechar que ya se espera lo peor.

—Sí —responde papá.

Mamá se sienta sin quitarse el abrigo. De niña, siempre odié esa costumbre, temerosa de que pudiera volverse a ir en cualquier momento para nunca volver.

—¿Qué ha pasado? —Cierra los ojos—. No me lo digas. McKinnon. La has tenido con él.

—En pocas palabras, sí.

—¿Cómo de fuerte ha sido? —pregunta mamá, abriendo los ojos—. Espera, creo que necesito beber algo antes. «Tiene un ataque de insuficiencia renal.» ¿Qué es esto? —Ha cogido de la mesa de la cocina el papelito, que no sé muy bien cómo ha sobrevivido a la limpieza.

—Un acertijo de Navidad —dice papá, preparándole un *gin-tonic* de aspecto bastante potente—. No es muy bueno, pero es lo que hay.

—Yo me sé uno —digo—. O eso creo. Esperad. —Me enderezo la corona mientras repaso el trabalenguas—. Ya está. «¿Qué...?» No. «¿Cómo arregla el techo de su casa un inuit?»

—No sé —dice papá.

—¿Qué es un inuit? —pregunta mamá.

—Un esquimal —explico impaciente.

—Ah, un esquimal —repite mamá, asintiendo. Los cubitos de hielo de su copa resuenan contra el cristal.

No puedo resistir la oportunidad de oro que me da para darle una leccioncita sobre sensibilidad cultural:

—Pero ¿sabes que eso no es políticamente correcto? El término adecuado es esquimal.

—¡Pero si acabas de decir que esquimal es ofensivo!

—Y lo es. ¿Qué he dicho? Me estás liando. Inuit es el término adecuado. —Estoy borracha—. ¿Queréis oír cómo acaba el chiste?

—Ya no me acuerdo de cómo empezaba —dice mamá—. ¿Me lo recuerdas?

Cierra los ojos y se inclina hacia delante, llevándose una mano a la oreja.

—¿Cómo arregla el techo de su casa un inuit?

—No lo sé —dice papá.

—A ver, espera —dice mamá—, podemos adivinarlo. Será un iglú, ¿verdad? Así que tendrá que ver con hielo... o nieve. —Abre los ojos—. ¡Creo que lo tengo! —Me señala con un dedo—. ¡Lo tapa con polos!

—No —digo—, no es eso.

Mamá mira a papá, incrédula.

—Bueno, pues no se me ocurre.

Sonrío a uno y luego al otro, a la expectativa.

—¿Os lo digo?

—Sí —dice papá.

—¡No! —protesta mamá, que se lo piensa unos segundos más, moviendo los labios, aunque creo que solo está recitando «lo tapa con polos»—. Venga, dilo.

—¡Lo pega con Super-Iglú!

—¡Ah! —dice papá, tras unos segundos.

—Lo-pega-con-Super-Iglú —mamá le da vueltas a las palabras de una forma rebuscada, destrozando totalmente la cadencia—. No. —Sacude la cabeza—. Lo siento, no tiene sentido.

—Papá lo ha pillado.

—¿De verdad? —dice mamá, volviéndose hacia él, sorprendida.

Papá asiente.

—No está mal. No es peor que la otra. Mira, ese podría ser un trabajo para ti, Claire: redactora de acertijos de Navidad. Tiene que haber alguien que los escriba.

—¡Super-Iglú! —digo, apremiante, a mamá—. Como Super-Glue. El pegamento.

—Ah —dice mamá, envolviéndose en su abrigo—. No, prefería la mía. Lo tapa con polos. —Se ríe—. Es mucho mejor. Deberías usar mi final la próxima vez que lo cuentes.

—Gracias —digo—, pero me voy a quedar con el mío.

Perder el control

—¿Dónde está la pimienta? —pregunto, abriendo y cerrando una tras otra todas las puertas de los armarios. Intento ayudar a poner la mesa para la cena, pero mis padres han reorganizado la cocina y nada está donde debería estar—. ¿Y las servilletas? Espera, ¿tampoco guardáis aquí los salvamanteles?

—¿No quieres que te deje unos pantalones de verdad, o una falda o algo antes de sentarnos a comer? —pregunta mamá, claramente molesta por mi descuidado atuendo informal—. Tengo una blusa muy bonita que te puedes poner. Y puedes probarte ese vestido de Marks del que te hablé. ¿Te llegó mi mensaje? Sube y te lo enseño. Espera..., primero deja que te pase un peine. ¿Cómo tienes el pelo debajo de esa cosa de cartón? No está en su mejor momento.

Se pone a hurgar en su bolso, metiendo el brazo hasta el codo.

—Bueno, mamá —digo, posando con violencia una jarra de agua—. Soy yo la que no está en su mejor momento, así que gracias por recordármelo.

—No tienes por qué mosquearte conmigo. Solo pensé, ya sabes...

—*Esforzarse un poco marca la diferencia.* —Tuerce el gesto ante esta imitación, que ni siquiera es una imitación, en realidad, más bien un gritito burlón diseñado para hacerla sentir lo más pequeña y ridícula posible—. No me importa el aspecto que tengo ahora mismo, ¿vale? Sé que no siempre me pongo maquillaje, ni pendientes, ni llevo el pelo como tú crees que debería llevarlo, y lo siento si eso te avergüenza o te molesta hasta el punto de tener que recordarme *que no estoy en mi mejor momento* —otra vez esa voz—, incluso en la intimidad de tu casa. Lo pillo, ¿vale? ¡Ya sé que no soy la hija que hubieras querido!

—¡Eh, Claire! —dice papá desde la cocina, alzando una espátula roja de plástico a modo de advertencia—. No hace falta ponerse así. ¿Por qué no te sientas un poco en la otra habitación mientras terminamos con esto? Descansa un poco. Venga, te llamo cuando esté todo listo.

Me vuelvo a mamá. Sus manos siguen dentro del bolso, pero han dejado de moverse. Su boca ofrece un rictus preocupado.

—¡Por favor! ¿Puedes dejar de mirarme?

Baja los párpados con una pena tan súbita que al instante me invade la vergüenza, y me derrumbo hasta el suelo, con la espalda pegada el armario y la cara hundida entre las manos.

—Ay, Dios. No quería decir eso. —Echo la cabeza hacia atrás y me golpeo con la puerta del armario, pero he tomado demasiado alcohol como para que me duela y, en cualquier caso, el golpe bueno, el de verdad, ha sido el hecho de comprender por primera vez que *yo fui su bebé*, una idea que surge como una auténtica revelación entre los vapores del vino tinto—. ¡Eres mi madre! ¡Tú me hiciste! Por supuesto que quiero que me mires. ¡No me puedo creer que nunca te haya dado las gracias!

—¿Por qué? —dice mamá.

—¡Por todo! ¡Todo lo que tú, lo que los dos, habéis hecho por mí! Darme de comer, vestirme, cambiarme los pañales llenos de caca y cuidarme cuando tuve, qué sé yo, la varicela. ¡Y ni siquiera teníais Internet para comprobar si lo estabais haciendo bien! Pero nunca os he dado las gracias. ¡Qué maldita desagradecida soy!

Me limpio unas lágrimas calientes con el puño de la sudadera de Luke, lívida y sorprendida ante mi desconsideración.

—Claire, por favor, no pasa nada. Chist. Solo... intenta calmarte, amor, chist —dice mamá, doblando los codos e inclinándose hacia mí, con intención de ayudar, pero quizá un poco temerosa de acercarse demasiado. Me puedo imaginar el aspecto espantoso que debe de presentar mi cara (ojos irritados, nariz roja y brillante, la boca torcida hacia abajo como una máscara de tragedia), pero sienta bien ceder a esta pena, tan oscura e insondable que casi resulta divertida.

—¡Sí que pasa! Sé que no tenías planeado tener hijos, y de repente vine yo y me colé en vuestras vidas, y fui tal pesadilla que no quisisteis tener más. Y ahora soy... Ni siquiera sé lo que soy, y no sé qué hacer con mi vida. Soy un..., un... fracaso tan grande, que Luke se ve obligado a irse a América, y ni siquiera me lo ha contado. Está escapando, lo he estropeado todo, por ser tan, tan, tan desastrosa.

Las lágrimas se adueñan por completo de mí, una escala descendiente de sollozos agudos, *uh-uh, uh, uh*, tan lastimeros e infantiles que suenan a falsos. Mamá, quizá movida por algún impulso neandertal, se apresura a abrazarme y lloro sobre su abrigo, empapando la tela suave pero rasposa; luego, un momento después, siento que el abrazo se intensifica cuando papá, que puede que acabe de perder el trabajo en el que llevaba cuarenta años, se acerca para completar nuestro pequeño cuadro.

Recuperación

Una vez que he recogido los restos de pañuelos del rincón en el suelo donde lloré, bebido un vaso de agua, lavado mi cara y peinado mi pelo (mamá y yo incluso logramos reírnos durante esto último), los tres nos sentamos a cenar juntos. Estoy muerta de hambre y devoro dos grandes raciones de espagueti a la boloñesa con carne picada de pavo. Mis padres tienen prohibida la ternera en casa desde la histeria de las vacas locas a mediados de los noventa.

—¡Y ahora, un delicioso pastel de frutas de postre! —anuncia papá, trayéndolo ceremoniosamente a la mesa. En lo que me tomo como un esfuerzo por levantar los ánimos, se ha puesto mi corona de papel.

—¡Eh! Pavo y pastel de frutas, como en Navidad —digo.

—Para compensar por la que no hemos pasado contigo —dice mamá, cubriendo mi mano caliente y áspera con la suya, fría e hidratada.

9

Simbolismo

Al día siguiente, ya de vuelta en el piso, me lavo en repetidas ocasiones con agua tibia la cara, todavía espantosa del hartón de llorar. Mientras me seco con la toalla, mis ojos hinchados se fijan en la taza que hay en la balda sobre el lavabo, donde mi cepillo de dientes y el de Luke miran en direcciones opuestas, dándose la espalda muy tiesos.

—¡Esto ya es demasiado! —digo al universo.

Realidad

—Así que el Johns Hopkins.

Encuadrado bajo la puerta de la cocina, la mirada dirigida al suelo, Luke dice:

—¿Qué pasa con él?

—¿Cuándo pensabas contármelo?

Cambia de posición, de modo que queda de costado, con un pie a cada lado de la puerta. Observo cómo gira el pomo hasta el tope, lo suelta y retrocede un poco cuando se dispara.

—No había necesidad de contártelo, la verdad.

—Si quieres romper conmigo, estaría bien que me lo hicieras saber —digo—. A ver, el mensaje ya me está llegando muy clarito, pero todo se acabaría mucho más rápido si me lo dijeras.

—¿Estás de broma? —dice con una sorpresa aparentemente sincera. De hecho, suena bastante enfadado—. Yo no quiero romper contigo. ¿Por qué? ¿Tú quieres?

—No, yo no quiero. —Me siento sobre las manos, para no morderme las uñas—. Suponía que tú sí. ¿Por qué si no me ibas a ocultar algo tan gordo?

—Porque no hay nada que contar.

—¿Qué? Me han dicho que estarás seis meses allí. Eso a mí me parece algo.

—¿Quién te ha dicho eso?

—Esas chicas horribles. Las amigas de Fiona que estaban en la cena de Polly.

—Sí. Fiona va a ir; yo, no.

—¿De verdad?

—Debes de tener una muy mala opinión de mí si piensas que podría irme así, sin decírtelo. Y una opinión mucho peor de ti misma.

—Bueno... ¿Por qué no vas?

—¿Sinceramente? Me pareció que no es el mejor momento para dejarte sola.

Sacando pecho, salto para protestar.

—No eres tú el que debe...

—Imagínate que estoy en los Estados Unidos y no aquí, y recibo esas llamadas de la pasada noche. Tú echando las tripas, lloriqueando al teléfono, diciendo cosas sin sentido. Luego la llamada de Polly, hecha un mar de lágrimas, preguntándome si debe pedir una ambulancia y cómo ponerte en la posición lateral de seguridad. Me acojonó bastante, Claire.

Reprimo la necesidad de defenderme.

—Vale, de acuerdo. Si lo expones de ese modo. Lo siento, se suponía que las cosas no iban a salir así. —Estiro las piernas y junto los pies—. Te prometo que nunca... Te prometo que intentaré no volver a hacerlo. Pero, aun así, deberías habérmelo dicho. —Se encoge de hombros—. Entonces, ¿qué es toda esta historia del Johns Hopkins?

Suspira y se frota con vehemencia la cabeza, de modo que se le queda el pelo de punta.

—Era una estancia de seis meses para médicos residentes, para trabajar en un departamento de neurocirugía que tienen allá.

—¡Luke! ¡Eso suena maravilloso! —Una sonrisa tensa—. Entonces, ¿qué? ¿La pediste y te cogieron?

—No viene a cuento. No voy a ir.

—Luke.

—Sí, la he pedido, pero no pensaba que fueran a...

—Así que lo hicieron. Te han ofrecido una plaza.

—Sí, pero...

—¿Has renunciado a ella porque estabas preocupado por mí?

—Sí.

—Sin ni siquiera pensar en contármelo. Bueno —digo—, tenemos que arreglar esto.

—¿Qué quieres decir?

—No funcionamos así. No puedes tomar decisiones importantes para los dos tú solo. Si pensabas que yo estaba tan mal, tendrías que habérmelo contado y lo habríamos hablado.

—Ya tenías muchas cosas de las que preocuparte. No quería que sintieras que estabas siendo un lastre para mí.

Me río tristemente.

—¿Cómo no voy a serlo? Has tenido tanta paciencia todo este tiempo que he pasado dando tumbos, intentando ordenar mi vida y encontrar mi profesión... Y de repente te surge una oportunidad que no se puede dejar pasar, ¡y no la aceptas por mí!

—Sí, bueno. Supongo que te quiero.

—No me puedo creer que hagas eso por mí. No me puedo creer que te preocupe tanto.

Pensaba que ya había llorado todo lo imaginable, pero me siento peligrosamente cerca de un nuevo aluvión.

—Claire, tú harías lo mismo por mí.

Esta fe pura y simple —en mí y en mi amor— es como una mano amiga en que apoyarse, y recobro un poco el control.

—Eres maravilloso. Sé cuánto debes de haber deseado aceptarlo, y lo preocupado que debes de estar por mí para no haberlo hecho. Sinceramente, no encuentro palabras para expresar cuánto me conmueve este sacrificio. Pero, Luke —añado, con toda la suavidad que puedo—, dime, por favor: ¿cómo puede ayudarnos el que hayas rechazado una oportunidad como esta?

—Bueno, mira, ya está hecho. Lo siento si crees que me he equivocado, pero ya les he dicho que no voy a ir, así que no hace falta que tengamos esta conversación.

—No.

Se estremece. Me doy cuenta de que estoy hablando muy alto. Mi voz retumba de determinación:

—¡Vas a llamarles para decirles que quieres ir!

—Claire. —Ahora Luke se está irritando de verdad: sus manos se han petrificado en forma de garras—. No puedo. Ya he... No es profesional. Van a pensar... Ya es demasiado tarde para dar marcha atrás y decir que he cambiado de idea.

—Apuesto a que no.

—¡Claire! En serio.

—¡Vale! ¡Vale! —Sintiendo que está al límite, cedo de momento, alzando las manos en señal de rendición y volviéndome a sentar en la silla.

Él continúa, más tranquilo ahora que piensa que ha ganado la batalla:

—No pasa nada, está todo bien. Pero no se puede decir lo mismo de ti. No te lo tomes a mal pero, ¡Dios!, tienes un aspecto horrible.

Asiento intensamente.

—Gracias por no pensar que esta es la pinta que tengo normalmente. —Me toco la mejilla—. Ayer lloré tanto que creo que estoy curada.

—¿De... tu resaca?

—No, curada como un jamón, por la sal de las lágrimas.

—Vaya, qué hambre —dice Luke, llevándose la mano al estómago—. ¿Es ya la hora de cenar?

Viejos hábitos

En el Co-op, discutimos sobre qué comer, muy pegaditos por el frío del pasillo de los frigoríficos.

—Es tu noche especial —digo—. Lo que tú quieras.

—No me decido —dice Luke—. Elige tú.

Alargo el brazo hacia un paquete de filetes de salmón.

—¿O pizza? —dice Luke.

Nos separamos para ir a coger varias cosas y acordamos reunirnos en Aceites y Vinagres. Cuando llego, lo encuentro en cuclillas, las manos en las rodillas, ojeando la estantería inferior: zapatillas desgastadas, una chaqueta fina que era de su padre y que le queda un poco grande en su cuerpecillo. Chico pequeño, hombre mayor, Luke a través del tiempo. Poso la cesta en el suelo y rodeo su cintura con mis brazos.

—¿Cuál cojo? —pregunta, señalando la selección de aceites de oliva—. Mira, hay cinco..., no, seis clases distintas.

—Da igual. Coge uno y ya está —digo, con la mejilla apretada contra su espalda.

Lo hace y lo guío, todavía abrazándolo, hacia la cola de las cajas.

257

Reality

Después de comer, vemos *No se lo cuentes a la novia*. El novio ha destinado la mitad del presupuesto de la boda a una banda tributo a Dolly Parton y a alquilar un toro mecánico.

—Oh, oh —dice Luke cuando la novia le cuenta a la dama de honor, sin dejar lugar a dudas, que lo único a lo que se niega categóricamente es a que la ambientación de la boda sea el Salvaje Oeste.

—¿Dónde queda exactamente Baltimore —pregunto— con respecto, por ejemplo, a Nueva York?

—Claire.

—Sí o no.

—No era una pregunta de sí o no —dice Luke.

—¿Está cerca?

—Más o menos. A tres horas en coche.

—Entonces si, en teoría, conociera a alguien que está haciendo una estancia como médico residente en el Johns Hopkins de Baltimore, y si, en teoría, fuera a visitarlo, ¿sería posible pasar el fin de semana con esa persona en Nueva York?

—Claire...

—He dicho en teoría.

—Déjalo.

Le doy un pequeño respiro y luego, sintiéndome generosa, otro un poco más largo. La novia se está probando el vestido que ha elegido su prometido: un diseño de camarera de *saloon* en raso y encaje blanco, rematado con un tocado de plumas.

—¡No me lo puedo creer! ¡La verdad es que me encanta! —exclama entusiasmada—. ¡Ay, Dios! Es fascinante.

No queda claro si ha captado del todo la alusión al Salvaje Oeste. Quito el volumen de la tele.

—¡Eh! —dice Luke—. ¡Quiero oír qué dice de las botas de *cowboy*!

Lanzo el mando al sillón de la otra punta, lejos de su alcance.

—Tienes que escucharme un minuto. —Mira rebelde a la pantalla—. Luke. Creo sincera, real, honesta, completa, total y apasionadamente que debes ir. Tienen una de las mejores unidades de neurocirugía del mundo entero. Sería una locura dejar pasar esto.

—Ya te lo he dicho: ya es tarde.

—Apuesto a que no. Estoy segura de que no. Siempre hay algún modo, al menos tienes que preguntar —digo—. Ya te habían aceptado. Lo más difícil ya está hecho. Explícales que te surgieron unas complicaciones familiares, pero que ya están resueltas. ¿Me estás escuchando? ¿Luke? ¿Lo harás? ¿Preguntarás?

Finalmente, aparta la mirada de la tele y me observa: receloso, pero también un poco esperanzado.

—¿De verdad no te importa que vaya?

—En absoluto. ¿Me prometes que lo preguntarás?

—Lo preguntaré.

—¿Lo prometes?

—Sí.

En la recepción de la boda, la novia está montada en el toro mecánico, girando un lazo en el aire sobre su cabeza y pasándoselo en grande.

—¿Te tumbas encima de mí? —pregunto.

Luke me complace, posando todo el peso y el calor de su cuerpo sobre el mío.

—No te mueras, ¿vale?

—¿En las peligrosas calles de Baltimore?

—Me refería a nunca, pero ahora que lo dices, el índice de criminalidad allí no es el ideal, ¿verdad? No te mezcles con ningún capo de la droga.

Lo aprieto con tanta fuerza que le crujen los huesos. Levanta la cabeza y los hombros para mirarme a la cara, como si estuviera pensándose si hablar o no.

—¿Seguro que no te importa que Fiona también vaya? Sé que tienes algo raro con ella. Totalmente infundado, por supuesto.

—¡Por favor! —digo—. He conocido a sus amigas, no me preocupa. No creo que vayas a perder cinco minutos con alguien que se junta con Totty y Clem.

—¡Ah, esas! ¡Las conozco! No están tan mal.

—Totty. Una persona que se hace llamar Totty —suspiro—. ¿De verdad he estado tan equivocada contigo todos estos años?

Apoya la cabeza sobre mi pecho y nos quedamos un rato tumbados en silencio.

—¡Ay! —digo—. Rodilla clavándose. ¡Ay! Hombro. No, tu hombro en mi brazo. Clavícula. ¡Me estás clavando la barbilla!

Nos revolvemos y cambiamos de postura, recolocando nuestras extremidades.

—¿Mejor? —pregunta Luke.

—Sí. —Hay una breve pausa—. Te voy a echar de menos si te mueres, eso es a lo que quería llegar.

Simbolismo II

—¿Por qué no vienes? —dice Luke. Nos estamos lavando los dientes, y lo que realmente le sale es: «¿Po é o ie-es?».

—No, gracias (O, «asias»). —Escupo—. Tengo unos asuntos que resolver.

—¿Como qué? —dice (¿omo e?).

—Hacer planes. Todavía tengo que ultimar los detalles, pero creo que he decidido que voy a coger algún trabajo temporal y ahorrar para hacerme un buen viaje.

—Oh —lo piensa—. Es una buena idea. ¿Cuba? ¿O Perú? No me puedo creer que no hayamos estado nunca en Sudamérica.

Vuelve a cepillarse.

—Estaba pensando más bien en Islandia. O Canadá. Ya te digo, tengo que ultimar los detalles.

—Esos destinos no suenan muy atractivos —dice, apretando los dientes, con gotitas blancas volando en todas direcciones.

—No pasa nada —digo—. Tú no vas a venir. Vas a estar en Baltimore.

Escupe.

—Pero... ¿cómo es eso?

—Bueno, en lugar de quedarme aquí mientras tú estás en el Johns Hopkins, estaré en otro sitio.

—Pensaba que habías dicho que querías visitarme en Nueva York.

—Puedo hacerlo de camino adonde sea.

—¿Y por qué no te vienes conmigo? Alojamiento gratis. Ciudad nueva. Podemos hacer excursiones de fin semana cuando libre.

—Porque tú vas allí a hacer tus cosas. Yo estaré tirada como un accesorio. Quiero hacer algo para mí. Quitando estos últimos meses, llevo más de veinte años trabajando y estudiando a tiempo completo.

—Vale... Entonces, ¿qué harás después de tu viaje?

Me siento en el borde de la bañera.

—Volver a casa y buscar un trabajo.

—Sí, es evidente. Pero ¿de qué? ¿No es solo una forma de posponer el problema de siempre?

—Creo que me estoy haciendo a la idea de que existe todo un mundo de posibilidades entre *cualquier* cosa y *justo lo que* buscas. —Luke parece bastante impresionado, así que decido no reconocer por el momento la autoría de mi padre sobre esta cita—. Ya sé cómo soy. Estar en un sitio distinto servirá para que sienta nostalgia de una rutina. Encontraré algo y probaré a ver. Si no me gusta, probaré con otra cosa.

—Yo te contrataré —dice—. De hecho, se acaba de producir una vacante en el Departamento de Abrazos y Besos. —Se abalanza sobre mí, torpe como el Hombre de Malvavisco, con espuma de dentífrico chorreando de sus labios.

—Quizá seis meses separados no sea suficiente —digo, retrocediendo hacia la bañera.

Sonríe, aclara el cepillo y lo deja en la taza, donde —caprichos de la fortuna— este gira para arrimarse al mío.

Orientación para padres

Llamo a papá para ver cómo le ha ido con lo del trabajo.

—¿Cuál es el veredicto?

—Se acabó. Estoy en la calle.

—Lo siento mucho. ¿Puedes recurrir?

—No, Claire, ¡me he ido yo! Les dije que ya estaba harto de que me trataran como a un ciudadano de segunda.

Esto, la verdad, es que no me lo esperaba.

—Oh, vaya. ¿Estás bien?

—Eso creo —dice, pero, tras el brioso anuncio, se le nota un poco afectado y cansado.

—Felicidades, papá. Has sido muy valiente.

—Seguí tu consejo. Si algo no te hace feliz, cámbialo. ¿No es eso lo que dijiste?

—¿Eso dije?

—Quizá no con esas palabras. Pero es lo que tú hiciste, dejar tu trabajo. La primera vez, por lo menos.

Sola, en mi cocina, me permito una pequeña sonrisa no disimulada de orgullo.

—Entonces, ¿esto supone una jubilación anticipada?

—No.

—¡Sí! —grita de fondo mi madre, hasta el momento en estado latente: el manos libres golpea de nuevo—. Tendremos derecho a la pensión dentro de unos meses. No pasará nada.

262

—¡Hola, mamá!

—Necesitamos sentarnos a diseñar el presupuesto —dice papá—. Creo que necesitaré trabajar un poco como consultor. Un colega me ha dicho que tiene buenos contactos.

—Aun así, tendrás más tiempo para ti. ¿Algún plan?

—Podría intentar arreglar un poco el jardín.

—¡No! —dice mamá—. La casa primero, luego, el jardín. ¡Quedamos en eso! Claire, no le hagas caso. Te está tomando el pelo.

—Creo que te lo está tomando a ti, mamá —digo—. Papá, podrías estudiar algo... ¿Arquitectura, por ejemplo? Te mandaré algunos enlaces.

—Soy muy mayor para eso —dice— Estaré babeando sobre la mesa de dibujo para cuando me licencie.

—No me refiero a estudiar una carrera de nuevo —digo, intentando apartar de mi mente la imagen de las babas—. Solo por diversión. Igual me apunto contigo, podríamos ir juntos.

—Y yo ¿qué? —dice mamá—: ¿No podemos buscar algo que nos guste a los tres? Oooh... ¿Un curso de arreglos florales?

—Esto... —digo.

—¿Salsa? Bernadette está como loca con sus clases de salsa y dice que es muy divertido.

Se escucha un repiqueteo y supongo que son sus tacones zapateando algunos pasos en el suelo de la cocina.

—*¡Cha-cha-chá!* —dice papá.

Mamá se ríe y vuelve a zapatear.

—Creo que eso es un poco distinto —digo—. Creo que eso es el chachachá.

—*¡Cha-cha-chá!* ¡Vaya, vaya, señor caderas de oro! ¡Tendrías que verlo, Claire! —se carcajea mamá, y por lo bajo doy las gracias por no poder verlo—. ¡Oh no! ¡Para! ¡Bájame!

—Creo que lo dejo para vosotros. De todos modos, la salsa es algo para parejas —digo, entre sus risas desternillantes.

Fiesta

La tía Dee da una fiesta de cumpleaños para la abuela: los primos estamos en nuestro sitio habitual, apiñados en torno a un par de mesas plegables en el vestíbulo, con asientos hurtados de toda la casa, mientras los adultos se lo pasan en grande sobre un mobiliario a juego en el comedor contiguo. Sophia, una de las gemelas (ambas aupadas sobre un arcón de guardar ropa), me da las gracias por encargarme del regalo familiar para la abuela: un iPad, además de instalarle banda ancha en casa.

—No ha sido nada —digo, sacudiendo una mano e impulsándome adelante y atrás tanto como me lo permite el reducido espacio. Me ha tocado la mecedora, y me siento como la anciana sabia de la mesa—. Me pareció que le ayudaría a sobrellevar la soledad. Imagínate no haber navegado nunca en Internet. Es una forma de exilio, si te paras a pensarlo.

Estoy controlando concienzudamente mi ingesta de vino, pero ya he tomado lo suficiente como para que brote fuego en mis mejillas y grandes teorías de mi lengua. Mis primas asienten, dispuestas a concederme esa.

—Ni borracho voy a enseñarle a usarlo —se apresura a decir Stuart.

—¡Pero si te dedicas a la informática! —Esto viene de Faye, que lleva un desafortunado corte con flequillo fino, y a quien todavía no he perdonado del todo por haber sido la primera en soltar por ahí la historia de Gum.

—La última vez que estuve en su casa, intenté enseñarle a usar Google en mi teléfono. —Stuart pone los ojos en blanco, para seguir con una certera imitación de la abuela—: «Pregúntale cómo me llamo... Cuántos años tengo, entonces... ¿Ceno sopa o salchichas?... Bueno, no entiendo cómo puedes decir que ahí están todas las respuestas... No, lo siento, no entiendo cómo puedes decir eso».

Se escucha el estallido de un corcho al abrirse una botella en el salón.

—¡Niños! ¡La tarta! —nos llama Dee, mientras sirve el champán en copas. Desfilamos obedientes alrededor de la mesa de los mayores y me coloco detrás de mamá, con las manos posadas en sus hombros. Papá se echa para atrás y me pasa un brazo por la cintura. Comenzamos una ronda emotiva y desafinada de «Cumpleaños feliz» dedicada a la abuela que, dando palmas —está rociada con confeti y lleva un abrigo de piel de imitación, con su fino cabello blanco peinado en piquitos como nata montada—, parece lista para salir volando de la mesa, impulsada por la alegría de ser el centro de atención, además de por los enormes globos de helio atados al respaldo de su silla.

EPÍLOGO

Lunes por la mañana

Me despierto temprano para salir a correr antes del trabajo y le doy un beso a Luke en la espalda antes de salir; todavía dormido, me lo devuelve frunciendo los labios.

Fuera hace fresco, pero el cielo despejado presagia un día de calor abrasador. Las calles están oscuras cuando salgo, adelanto a barrenderos y esquivo a trabajadores madrugadores. Me dirijo al este, hacia el canal, y en cada calle —brotando de edificios, jardines y barandillas— brillantes buddleias de color púrpura se mecen con la brisa: grupos de fans a ambos lados de mi camino que me animan en la carrera.

Agradecimientos

Me gustaría dar las gracias a:
Thomas Morris, Jessie Price, Kiare Ladner y Thomas
Eccleshare, por las primeras lecturas y sus sagaces
observaciones.
Jane Finigan, por su fe inmediata y permanente. También
a David Forrer de Inkwell Management y Juliet Mahoney
de Lutyens & Rubinstein.
Francesca Main por su pasión inagotable, su vista de águila
y su consejo incalculable.
También a sus brillantes compañeros de Picador.
Kara Cesare de Random House y Martha Kanya Forstner
de Doubleday Canadá, por sus tablas en el mundo de la
edición y su apoyo vital.
Mi familia, por toda una vida de amor.
Simon, por todo.

Aquí nos encanta proponerte otros
libros que te gustará leer

Un bolso y un destino

Leigh Himes

**Una divertida novela sobre el destino,
las decisiones y los sueños que pueden
convertirse en realidad**

¿Quién no ha soñado alguna vez con una vida perfecta?
Un cuento de hadas moderno y chispeante que nos invita
a explorar esa otra vida con la que a veces soñamos y que
quizá tampoco sería tan ideal como imaginamos.

El festín de la vida
J. Ryan Stradal

**Uno de los debuts más aclamados
por los libreros independientes de Estados Unidos**

Una novela que habla de aquello que nos une: los lazos
familiares, de amistad, de amor, los aromas y sabores de
nuestros platos favoritos; de los grados de separación que
nos mantienen a distancia unos de otros y de lo fácilmente
salvables que son cuando surge una pasión común.